대영제국에서 작가로 살아남기

대영 제국에서 작가로 살아남기 외전

초판 1쇄 발행 2025년 2월 21일

지은이 | 고스름도치
발행인 | 최원영
편집장 | 이호준
편집디자인 | 박민솔
영업 | 김민원 조은걸

펴낸곳 | ㈜ 디앤씨미디어
등록 | 2002년 4월 25일 제20—260호
주소 | 서울시 구로구 디지털로32길 30 코오롱디지털타워빌란트 1301-1308호
전화 | 02—333—2513(대표)
팩시밀리 | 02—333—2514
E-mail | papy_dnc@dncmedia.co.kr
블로그 | blog.naver.com/gnpdl7

ISBN 979—11—364—5987—9 04810
ISBN 979—11—364—4732—6 (SET)

※ 저자와 협의하여 인지는 붙이지 않습니다.
※ 이 책은 ㈜ 디앤씨미디어(파피루스)가 저작권자와의 계약에 따라 발행한 것으로 본사와 저자의 허락 없이는 어떠한 형태나 수단으로도 내용을 이용할 수 없습니다.

대영제국에서 작가로 살아남기

고스름도치 대체역사 장편소설 **외전**

PAPYRUS FANTASY HISTORY OF ALTERNATION

1장. 이세계물의 법칙 · 7

2장. 전후 세계-1920년대(전) · 41

3장. 전후 세계-1920년대(중) · 75

4장. 전후 세계-1920년대(후) · 111

5장. 전후 세계-1930년대(전) · 137

6장. 전후 세계-1930년대(중) · 173

7장. 전후 세계-1930년대(후) · 209

8장. 말년 · 249

9장. 위키 : 한슬로 진 · 285

10장. 에필로그 · 309

이세계물의 법칙

 여기서 잠깐, 트립물을 쓰기 전에 회빙환에 대해서 이야기해 보자.
 회귀, 빙의, 환생의 약자.
 웹소설의 시대에 '요즘 유행하는 회빙환이 질린다'라는 반응들이 있다.
 그럴 수 있다. 무언가가 흥하면 그것에 편승하여 장르화되는 것이 장르문학의 생태니까.
 하지만 본래 장르문학의 문법 정립 역사를 돌이켜 볼 때, 회빙환은 그런 생태와는 관련이 없다.
 왜냐하면 회빙환— 더 학술적으로 말하면 '별천지로의 이동'은 장르문학의 기본 뼈대요, 고전 메타였기 때문이다.

당장 〈이상한 나라의 앨리스〉부터가 훌륭한 이세계 진입물 아닌가?

원래부터 판타지의 근본 그 자체였다 이 말이다.

아무튼 그 근본은 후대로 이어지고 번성하면서 회귀, 빙의, 환생, 귀환, 동면 후 해동 같은 각종 바리에이션을 낳은 것이지만…… 도태된 방식도 하나 있다.

그건 바로 근본 중의 근본.

'트립'이다.

이유? 간단하다. 제약이 너무나도 크기 때문이다.

본래 그 세계에 없던 형태의 육신— 즉, '물질'이 갑자기 툭하고 튀어나오는 거다.

얼마나 이질적이겠는가? 진입한 세계, 그것이 판타지든 무협이든 SF든, 그 '이질적인 무언가'를 어떻게 납득시키는가에 대해 수많은 작가들은 머리 빠지고 손톱 부서지라 고민하다가 결국 그냥 회빙환을 택한다. 편하니까.

……이 얘기를 왜 하냐면, 나 역시 마찬가지였다는 뜻이다.

당장 19세기 영국 땅에 뜬금없이 아시아인? 그것도 차이니즈도 재패니즈도 아닌 코리안? 아무리 생각해도 말이 안 되지 않나?

그러기 위해 쓴 레퍼런스가 바로 10년대 말 인기 가상 역사 드라마였다.

신미양요를 영국 거문도 점령으로 변용하긴 했지만.

아무튼 그래서 나는 진짜로 거문도에 여양 진씨가 있는지는 모른다.

애초에 나 자신부터가 거문도? 가 본 기억이 없다.

종가? 그런 게 있었던가? 내 돌림자가 한인지 솔인지도 가물가물한걸.

그렇기에 대충 둘러댄 것에 불과했지만…….

"자, 얘들아! 종조부(從祖父)께 목례!"

"만수무강하세요오오—."

"……."

뭐냐. 이 한없이 짜고 치기의 흔적들은.

* * *

얼마 전, 그러니까 한슬로 진의 커밍아웃이 터지고.

이를 상당히 늦게 받아보긴 했지만 어쨌든 이 소식은 조선에도 닿았으며, 자연스럽게 전쟁 와중의 큰 경사가 되었다.

"우리 대한에서 이렇게 큰 인물이 나다니!!"

"한슬로 진 경이라고 하면 그 영국에서도 인정하여 기사 작위를 내린 천하의 큰 문인이 아니던가? 그런 분이 조선인이셨다니!"

물론 통령 민영환을 비롯해 월남 이상재 공사 등, 그의 정체를 아는 조선인들은 극소수 몇몇 있기는 했다.

하지만 대부분 민영환과 빈톨서방의 로웨나에 의해 통제되었고, 설령 그렇지 않더라도 '에이, 지금 한국 사정이 아직 이 모양인데'라면서 제풀에 믿지 않는 경우도 대부분이었다.

하지만 그것이 실제로 일어나 버렸으니.

"암, 그래! 예로부터 동방은 산수가 수려하여 그 문명(文名)을 드높이는 이들이 많지 않았던가? 차천로(車天輅 : 조선 중기의 문신)의 글월이 명을 감동시켰듯 한솔경 또한 영국을 감동시킨 것이다!"

"아아! 아쉽구나. 저 왜놈들만 아니었어도 당장 그분을 찾아뵙고 제자가 되었으련만!!"

조선 민중은 이제야 진한솔의 실체를 알고, 여과 없이 기뻐할 수 있었다.

물론 아직 장르문학과 순수문학은 고사하고 소설가와 문필가(文筆家), 나아가 사상가(思想家)와의 구분조차 쉽지 않은 시대였기에 한슬로 진의 문학을 이렇다 저렇다 평가하는 이는 드물었다.

정확히 말하면 할 수 있는 이조차 거의 없다시피 했지만.

그리고 자연스럽게, 시선이 몰린 곳은 다름 아닌 여양 진씨 문중이었다.

"우리 진씨 문중에 저런 인물이 있었다고?"

"허어! 마땅히 그 부모를 모셔야 하지 않겠는가? 우리 조선을 빛낼 위인을 낳았으니 마땅히 송덕비를 세워야 할 것일세!"

"한데, 그이가 대체 어디 출신이던가? 뭐? 거문도?"

여양 진씨 중에 거문도 사는 사람이 있던가? 아니, 여양 진씨는 고사하고 거문도 사는 진씨 자체가 있던가?

물론 찾아보면 있을 수도 있겠지만, 적어도 문중에서는 찾을 수 없었다.

애초에 거문도라 하면 저 여수 밤…… 아니, 앞바다에서도 상당히 먼 섬이 아니던가.

너무 외딴곳이라 조선에서 세금도 거두지 않고, 관리를 파견하는 대신 촌장이 대충 자치적으로 알아서 먹고살라고 둔 곳이니, 문중이라고 정보가 있을 턱이 없었다.

하지만, 한민족이 대체 어떤 민족인가?

'까라면 까', '없으면 만들면 된다'의 민족성이 발동되었으니…….

"이리된 것, 한솔 경이 귀국하시기 전에 우리끼리 일단 정리를 해둬야 하오."

"허어, 어찌하자는 말씀이오?"

"우리조차 그 존재를 몰랐다는 게 무슨 의미겠소? 당연히 오래전에 교류가 끊길 정도로 망했거나, 아니면 그 별, 크흠."

"어허!"

별보(別譜), 즉, 족보 조작 혹은 위조로 멋대로 성을 쓰고 있었다는 뜻일 가능성…… 은 의식적으로 배제되었다.

받아들인 쪽도 딱히 좋은 이야기는 아니니까.

아무튼 그렇게 해서 나온 결론이.

"……적당히 끼워서 맞추었다는 거로군요."

"크흠! 그렇습니다."

유생 진옥련(陳玉鍊)이라고 스스로를 소개한 사람은 헛기침을 하며 고개를 끄덕였다.

들기로 뭐 상계 시중공파가 어쩌고 중계가 어쩌고 27대손이라는데, 그쪽에서 꿰맞춘 거에 따르면 내 먼 친척 조카쯤이 된다나 뭐라나…… 나이는 나보다 대여섯 살은 더 잡수신 것처럼 보이는데 말이지.

아무튼 대충 여양 진씨 선조께서 거문도에 귀양 가셨을 때 낳은 자식의 후손이 어쩌고저쩌고 블라블라 하던데 이것도 못 알아들었다. 아무튼 종법상 내가 큰형님으로 끼워서 맞췄단다.

실제로는 어떠냐는 질문에는 그저 '진씨인 줄만 알았지, 집안일은 너무 어렸을 때라 제대로 못 들었다'하고 퉁 치고 넘어갔다.

농담이 아니라 진짜로 모른다.

100년 전에 자기 직계 조상들이 어디서 뭘 했는지 정확하게 아는 사람들이 얼마나 있겠냐고.

다만 이 '여양 진씨 문중'이 서울까지 올라와 아이들까지 데려와서 인사시키면서 깍듯이 대하는데 마냥 내치기도 어려운 게 사실이다.

이러니저러니 해도 족보로 치자면 내 조상님들인 건 틀림없는 것 같고.

게다가…….

―대, 대모님을 뵙습니다!
―대모님이 뭐야? 내가 대모님이야?
―그, 그렇습니다.
―흠, 그럼 나한테 잘해야 하는 거네? 그럼…… 동네 탐험하자!! 에반, 가자!!
―으, 응!
―예나야!!

우리 딸내미는 벌써 자기가 대빵이라는 걸 알아서인지 신났고. 한 살 위 밀러 남매의 막내 에반 진 밀러는 거기 끌려다닌다.

으음, 언제나의 우리 집이구먼. 하하.

그렇다고 안채까지 내주겠다길래 그건 사양하고 대충 적당한 호텔…… 도 없길래 영국 공사관을 찾아가서 '방 내놔!'했다.

한국 영국 공사도 나름 외교관이긴 하지만― 그래서 그거, 몬티보다 센가? 아니면 체임벌린보다 돈 많아?

물론 농담이고, 적당히 책에 사인해 주고 덕담해 준 다음 원만하게 해결했다.

그런 뒤, 이 상황을 제대로 설명해 줄 수 있는 사람을 찾아갔다.

"처음 뵙겠습니다. 통령 각하."

"어서 오시오. 한슬로 진 경…… 그토록 찾아뵙고자 하였는데, 이제야 뵙게 되는군."

"하, 하하. 공사가 다망해서요."

나는 앞의 민영환 통령을 바라보았다.

내가 알기로 그는 을사늑약 직후 자살하여 젊은 나이에 죽었을 뿐이라, 지금도 제법 정정해야 정상이다.

하지만 지금의 그는 새하얀 머리카락이 마치 갓 내린 눈처럼 얕게 쌓이고, 그 넓은 이마가 자글자글한 것을 보면…… 나보다 대여섯 살이 아니라 스무 살은 더 많다고 하여도 이상하지 않았다.

그만큼 몸도 마음도 고생을 많이 했다는 뜻이겠지.

나는 그의 모습에서 벼락 맞아 죽어 가는 앙상한 나뭇가지를 연상할 수밖에 없었다. 그만큼 파들거렸다고.

"그래, 여양 진씨 문중 때문에 오신 것이겠군."

"……제가 짐작하고 있는 게 맞습니까?"

"뭐, 숨길 필요도 없겠지. 틀리지 않소. 나는 한솔 경이 그들을— 허물로 쓰다 버리기를 바라오."

민영환은 담담하게 설명했다.

마음 같아서는 날 직접 이 한반도 촌구석에 초청하고

싶지만, 이미 거절했으니 그럴 수도 없고.

"민 통령께서 만수무강하시어 이 나라를 잘 이끌면 되지 않겠습니까? 제가 보기에 지금의 통령께서는 민씨 척족의 폐단을 잘 바로잡으실 수 있는 분입니다."

"하하, 오시면서 보신 게로군."

씁쓸하게 웃은 민영환이 말했고, 나도 고개를 끄덕였다.

한양도성이 함락된 그 짧은 기간에도 기회를 놓치지 않고 일본에 붙어 부역한 매국노들.

내가 말하지 않아도 벌써 목 잘려서 효수됐더라.

그 중, 이완용과 송병준 사이에 민병석의 이름 역시도 보였다.

그를 따랐던 다른 민씨들도 가끔 보였고.

"나는 그럴지 모르지. 하지만 이 나라 사람들은 아직 특정 문벌(門閥)에 휘둘리는 게 더 익숙한 사람들이오."

민영환은 깊은 한숨을 쉬고 말했다.

안동 김씨, 풍양 조씨, 여흥 민씨 등등, 세도정치에 너무 오래 휘둘린 나라니까.

"차라리 붕당(朋黨)을 이루던 시절이었다면 나았을지 모르지. 하지만 지금은 그렇지 않소."

"제가 김창수를 천거하지 않았습니까. 그라면 충분히 민주주의를 이 나라에 심을 만합니다."

"그도 안 되오, 능력이 아니라 출신이 문제지. 안동 김씨잖소? 인식을 바꾸려면 완전히 무관한 이일 필요가 있소."

……틀린 말은 아니지. 신구(新舊)의 차이가 있지만 그게 그렇게 부각될 지도 모르고.

"나는 언제 갈지 모르오."

민영환은 담담히 말했다.

"여양 진씨는 그럭저럭 먹고 살 만하긴 하지만 뚜렷한 권세를 얻은 적은 없는 문중이지. 권력도 기술이오. 내가 통령 자리를 준다 하여 제대로 다룰 수는 없을 것이고, 온갖 부나방들이 달려들겠지— 바로 그때."

"나서서 그 허물을 불에 태우라는 말씀이군요. 그 화전(火田) 위에서라면, 김창수라는 씨앗을 심어 민주주의를 꽃피울 수 있을 것이고."

"역시 아시는구려."

클클, 하고 웃은 민영환이 웃으면서 고개를 끄덕였다.

나는 그 말에 흠, 하고 팔짱을 끼며 말했다.

"저는 지금 영국에 받은 게 너무 많아, 한국의 정치에 이래라저래라할 권리는 없습니다."

"그렇소? 그렇다면—."

"다만, 그 방법이 너무 많은 피를 볼 듯하고…… 조선 출신으로서 걱정된다는 점은 어쩔 수가 없군요."

"……하면 어쩌란 말이오?"

"통령 각하."

나는 잠시 밖을 보았다.

한양도성은 아직 전쟁의 참화에서 회복되지 않아, 정상적인 수도로 기능하지 못하고 있다.

그나마 철도라도 복구해서 행정 처리는 가능하다지만, 아무튼 상당히 힘든 상황이라는 것은 분명해 보인다.

나는 이런 나라에서 또다시 피를 흐르는 게 영 거시기 하다.

지금은 일단 휴식이 필요하지. 민주주의가 피를 먹고 자란다지만, 굳이 피를 먹여서만 자랄 필요는 없지 않은가?

"영국 역사에서, 의회가 가장 강하게 힘을 가진 이유가 뭐라고 생각하십니까?"

"……글쎄, 군사력 아니오?"

"아닙니다."

나는 씨익 웃으며 말했다.

"종교의 자유지요."

가장 간단한 자유부터 시작해 보자고.

가만있자, 만해 한용운(불교)과 소파 방정환(천도교)은 지금 데뷔했던가?

* * *

웹소설 이전에도 회빙환이 존재했다는 얘기는 충분히 한 것 같으니, 그러면 그 웹소 이전의— 이른바 '양판소'

시절의 회빙환에 대해 이야기해 보자.

2000년대, 한국 인터넷 커뮤니티에는 국가적 분위기에 편승한 하나의 마약이 유행했다.

다름 아닌 '국뽕'이라는 마약이다.

'다시는 한국을 무시하지 마라', '두유 노 김치?', '제발 한국인이면~' 등의 밈이 이때 튀어나온 명짤들이다.

물론 반출 문화재 환수 같은 뜻깊은 일도 없잖아 있었고, 백신 한번 맞은 덕에 진짜로 뽕이 차오른 2020년대에는 자제하는 분위기가 생기긴 했지만…… 아무튼 그때 인터넷 하던 사람들은 다들 그 시절을 제법 흑역사로 여길 정도로 과격하긴 했었다.

아무튼, 대중과 발을 맞춰야 하는 장르문학계도 이 마약을 한 사발 드리킹해야 했다.

소위 '한국형 판타지' 논의가 이것이다.

물론 이 논의 역시 새 쿼텟의 탄생에 간접적으로 기여하긴 했지만, 그래도 흑역사인 건 마찬가지다. 퇴마 소설에 환빠는 왜 들어간 거냐고 진짜.

환빠 외에도 흑역사가 되어 버려진 클리셰가 여럿 있다. 그중 하나가 바로 '민주주의 배달'이다.

민주주의의 반대가 공산주의이며, 그런 공산주의를 악마화한다는 매카시즘이 지구 한 바퀴를 돌아와 만연한 끝에, '대한민국의 자유민주주의야말로 세계 제이이이이일!'을 외치게 된 국수주의 분위기에서 튀어나온 악성 종양.

물론 민주주의가 나쁘다고는 말하지 않는다.

이러니저러니 해도 나는 대중작가고, 대중의 힘이 제일 강력한 상태의 민주주의야말로 현 인류가 운용할 수 있는 가장 제대로 된 체계임은 부정하지 않는다.

문제는 '배달'에 있다.

민주주의가 성립하려면 우선 국민에게 '시발 이거 저 새끼들에게 계속 나라 맡기겠다간 좆되겠다'라는 관념이 있어야 한다.

자본주의? 물론 그것도 중요하지.

왜냐하면 '내가 가진 걸 빼앗기는 게 좆같다'라는 상인들의 관념이 자유시장 민주주의를 이끌었기 때문이다.

하지만 이건 루트의 하나일 뿐이고, 대부분의 판타지에선 힘들다.

왜냐하면 상인들의 힘이 국가보다 강해지는 게 그리 흔한 일은 아니거든.

대혁명 직전의 프랑스처럼 나라가 빚더미인 게 아닌 이상 말이지.

여기서 '저 새끼들'은 누구든 상관없다.

귀족이어도 되고, 사무라이여도 되며, 성직자일 수도 있고, 같은 평등한 국민일 수도 있다.

왜냐하면 그 관념이 없을 때 '어느 평등한 국민'은 '더 평등해질 수' 있기 때문이다.

아무튼 대가리가 좆같을 때 국민이 좆같다고 외치며 갈

아엎고자 할 때 갈아엎을 수 있어야 민주주의는 성립한다.

이 전제를 갖추는 것은 생각보다 굉장히 빡세지만……내가 정치철학자도 아니고 구태여 길게 설명할 필요성도 못 느끼므로 이에 대한 자세한 내용은 생략한다.

아무튼 양판소 시절의 '민주주의 배달' 클리셰를 쓰는 작가들은 이것에 대한 깊은 논의가 없이 그냥 무작정 넘겨줬고, 그래서 욕먹었다.

전제가 성립이 안 됐는데 결론이 도출되면 개연성이 무너지니까. 그러니 불신을 유예할 수 없는 것이다.

그 정도로 민주주의 배달은 빡세다.

그렇다면 지금.

이 대한제국이라는 이세계에, 영국식 민주주의를 배달하려는 나는 어떻게 전제를 성립시켜야 할까?

"일단 나라에 대해 좆같다고 외칠 수 있는 사람들부터 모아야죠."

그것이 바로 종교인들.

좆같은 유교 국가 대한제국에 굴하지 않고 자생한, 자신의 종교적 신념에 따라 나라가 좆같다고 외칠 수 있는 이들이다.

실제로 영국의 민주주의를 이끈 건 젠트리지만, 종교의 자유에 대한 열망이 이끌었다는 것도 이것 때문이다.

당장 명예혁명도 가톨릭 국왕 제임스 2세가 좆같았던

국교회인들이 끌어내린 거 아닌가?

그리고 그걸 들은 장년의 스님은 그런 나를 보며 잠시 얼을 빼다가 말했다.

"그게…… 소승이란 말입니까."

"솔직히 좆같으시잖습니까, 스님."

"그야…… 그렇죠."

하란다고 대놓고 말하네. 좋아, 이 몸 그런 거 아주 좋아요.

나는 씨익 웃으면서 고개를 끄덕였다.

"딱히 숨길 생각도 없으시구요."

"차라리 화병 나 뒈지겠습니다."

"예, 그러니 드러내시면 됩니다."

나는 씨익 웃으면서 말했다.

"의회에서, 화엄당(華嚴黨)의 당수로서 말입니다. 용운 스님."

"허허."

매지와 동갑인 민둥머리 스님.

만해 한용운은 어이를 잃고 마냥 나를 바라보았다.

* * *

"도깨비놀음에라도 홀린 듯하구려."

"누가 아니랍니까. 허허허……."

손병희(孫秉熙)와 길선주(吉善宙)가 서로를 보며 멋쩍게 웃었다. 천도교 교주와 장로회의 지도자적인 목사. 그러나 지금 여기서는 각기 천도당(天道黨)과 한국기독당(韓國基督黨) 당수 내정자로 만난 이들이기도 했다.

"……이런 날이 다 올 줄이야."

"이 역시 주님의 역사하심이겠지요. 하하! 역시 영국이 하나님을 독실히 모시는 나라라더니, 진한솔 경도 그 가르침을 깊이 이해하심이 아니겠습니까?"

"영국은 장로회가 아니라 성공회라던데요."

"어허. 같은 하나님 아버지를 섬기는 자녀들은 모두 한 형제입니다."

길선주가 당당히 말했다.

하지만 손병희도 딱히 더 반박하고 싶지 않아 헛웃음만 치고 말았다.

그도 그럴 것이, 이제까지 동학과 기독교가 받고 있던 취급이라는 게 썩 좋지는 못했으니까.

돌아가신 대군주, 이제 제대로 고종의 묘호를 받은 선제(고려 고종의 평가를 생각해 보면 민영환의 악의가 담겼다는 것이 대체적인 중론이었다) 때도 그랬지만, 그 뒤로 정권을 잡은 민영환은 대원군 시절처럼 종교를 탄압하지는 않았다곤 해도 딱히 종교를 인정한 것은 아니었다.

―나라를 위해 헌신하겠다는 것도 알겠고, 혹세무민하는 자들이 아니라는 것도 알겠다. 하지만 거기까지, 선은 넘지 마라.

철혈 통령 민영환이 이상한 바는 아니었다. 그들 역시도 잘 알고 있었다.

"……조정의 눈으로 볼 때, 우린 전부 반란 분자들이었으니 말이오."

"크흠. 우린 어디까지나…… 으음."

황사영 백서 사건과 동학농민운동.

원한의 대서라고 쓰고 조선왕조실록이라고 읽는 그 책에 각종교가 어떻게 보일지 확실히 아는 만큼, 그들은 자신들이 나랏일에 목소리를 낼 수 있으리라고 생각하지 않았다.

그저 민간에서 각자의 종교적 신념에 따라 개선과 교육을 펼칠 뿐.

영국이나 미국처럼 '정당'을 꾸려, '의회'에 들어온다는 것은 꿈도 꾸지 못했다.

"그만큼 각자가 가진 것을 더욱 많이 내놓으라는 뜻이겠지요."

"용운 대사, 대사도 그리 생각하시오?"

나이는 셋 중에서 제일 어리지만, 손병희는 만해 한용운에게 가볍게 대하지 않으며 그렇게 물었다.

가장 탄압을 심하게, 그리고 오래 받아 침체된 불교를 융성시키기 위해 개혁과 사회참여를 주장하고 어느 정도 성과를 내고 있는 한국 불교계의 대표적인 개혁 인사가 바로, 만해 한용운이었으니까.

"예. 소승은 진한솔 경의 글을 여럿 탐독해 보았습니다만, 그분은 '큰 힘에는 큰 책임이 따른다'라는 말을 자주 강조하시더군요."

"큰 책임이라……."

"참으로 뼈아픈 말이 아닐 수 없지 않습니까."

한용운은 쓴웃음을 지으며 말했다.

천도교와 기독교가 아무리 지은 죄로 인해 탄압과 멸시를 받았다 하나, 불교만 하진 않다.

무려 국시(國是) 자체가 숭유억불(崇儒抑佛)이요, 그 원죄는 '국가를 망하게 했다'니까.

하지만 그 탄압과 멸시 속에서 어떻게든 살아남았다는 건 그만큼 또 힘이 있다는 뜻이다.

무려 이차돈 이후 1400년간 이 반도에 뿌리 잡은 불교다.

수많은 거사와 보살들이 관습적으로 절에 시주하고, 승려에게 의지했다. 그 민심 자체가 살아남을 강력한 힘이 되고 있었다.

그 힘을 이제 와서 백성을 위해, 나라를 위해 쓰라고 한다면…….

"안 할 이유가 없지요."

"그렇지."

"암."

사실은 오래전부터 그런 제안을 기다려왔다.

아니, 제안이 없더라도 그들은 자진해서 한글을 가르치고, 민족을 구휼하고, 나라를 위해 일할 것이었다.

이미 지난 전쟁 때 의병도 조직해서 왜놈들과 싸우지 않았던가.

각기 평안도, 충청도, 경상도의 의병장으로도 이름나 있던 세 사람이기에, 그 생각은 크게 다르지 않았다.

"좋소. 그러면 우리 교단 애들을 좀 풀어 봐야겠군."

"고당(古堂 : 조만식)에게 좀 더 손을 벌려야겠군요. 허허……."

그렇게 두 사람이 일어나 떠나간 자리.

한용운은 홀로 남아 생각에 잠겼다.

'오랜 숙원이기는 했지만.'

한용운은 품에서 염주를 꺼내, 구슬 사이로 손가락을 넣고 기계적인 움직임을 반복했다.

이것은 수를 세는 것이되 세는 것이 아니다. 그저 스스로의 상념으로 들어가는 도구일 뿐.

그가 진한솔, 정확히 말하면 한슬로 진의 저서들을 매입한 것은 꽤 오래됐다.

홍콩에 거처를 둔 로웨나 진-로스차일드에 의해, 한·

중·일 3국에는 한슬로 진을 비롯한 영국 작가들의 소설들이 열심히 번역되어 팔려 나왔기 때문이다.

그 인세는 고스란히 로웨나의 홍콩 금융정복의 발판이 되었지만, 그것이 정말 '대중문학'으로 팔려 나갔냐 하면 조금 애매했다.

근대화에 어느 정도 성공한 일본이야 그렇다 쳐도, 한국과 중국에는 대중이 없고 문맹률도 높았기 때문이다.

물론 '문맹이 많다'고는 해도 셋 중 하나는 글을 읽을 줄 아는 대한제국과 0.1% 수준의 문해율을 자랑하는 중국이 비교 대상은 아니긴 하지만, 중국은 워낙 인구가 많으니 다른 의미로 논외.

그렇기에 대한제국의 식자, 특히 만해 한용운과 같은 문학적 소양이 풍부한 이들에게 한슬로 진의 문학이란 어떤 의미였는가 하면……

―저 영국에도 원효대사가 계셨던가.

과거, 그는 그렇게 생각했다.

읽기 쉽다. 그가 지금까지 읽었던 그 어떤 영국 소설보다 확실하게.

당연하지만 만해 자신의 영문학 경력이 일천하여 그렇게 느끼는 것도 아니었다.

당장 절친한 친구이자 언어의 천재, 벽초(碧初) 홍명희

(洪命憙) 또한 동의하는 바였으니 교차검증도 완벽하다.

그렇다면 읽기 쉽다는 것은 무엇을 의미하는가?

당연히 일찍이 이 땅에서 중국식이던 불교를 알기 쉽게 보급한 저 원효대사처럼 세상 이치를 알기 쉽게 정리한 것이 아니겠는가.

그저 재미있는 패관(稗官)처럼 여기는 이들도 있었지만, 그 저술들이 세상을 바꾸고, 더 많은 발명의 초석이 되어 가는데 어찌 그것을 마냥 패관이라 여기겠는가.

무엇보다.

―스님. 어찌하여 제가 동자승들을 폭행했는데도 남아있음을 허락해 주시는 것입니까?

―허락한 적 없다, 에디. 네가 시험을 통과했으니 약속대로 남아 있으라 하는 것뿐이지.

―그거 말입니까? 밑 빠진 독에 물을 채울 수 없어 그냥 물속에 던졌을 뿐인데…….

―빈도 또한 마찬가지다.

―예?

―밑 빠진 너를 그저 내 마음속에 던졌을 뿐이다.

방황하며 네팔에 흘러들어온 에드먼드를 히어로 던브링어로 다시 태어나게 하는 장면.

간단하기 그지없는 장면이지만, 그것이 에드먼드 에어

이세계물의 법칙 〈29〉

하트의 마음에 깊은 울림을 주어, 한용운 역시 깊은 깨달음을 얻었다.

'틀림없이 큰 도를 얻은 이일 것이다.'

그리하여 한슬로 진, 진한슬 경이 오신다고 할 때 버선발로 상경하여 그 가르침을 얻고자 했던 것인데— 그 가르침이 정치라니.

'과연, 내가 그 짐을 짊어질 수 있는가?'

또륵, 또르륵.

염주 굴러가는 소리가 귓가를 울렸다. 집중이 깨졌단 뜻이다.

한용운은 깊은 한숨을 내쉬며 염주를 다시 품에 넣었다.

"……그래, 어느 쪽이든."

할 일은 달라지지 않겠지. 한용운은 고개를 끄덕이며 몸을 일으켰다.

의회에서든, 종단에서든.

그가 해야 할 일은 크게 다르지 않을 것이므로.

* * *

"매지야, 봤지? 종교가 양지에 올라오면 저거 다 고객들이다! 성경 번역판 독점하면 그게 다 얼마일 것 같니? 한국 불경은 일본이랑 중국에선 없어서 못 파는 거란다!"

"한슬은 진짜 가끔 보면 또라이 같아."

억울해.

난 그저 돈이 좋을 뿐인데!

* * *

매지한테 욕먹었다.

진짜 억울해. 난 그저 이세계물의 클리셰를 그대로 실행했을 뿐인데 말이다.

그 클리셰가 뭐길래 정교 분리 원칙을 어기는 거냐고? 그야 간단한 거 아닌가?

마신(魔神) 토벌이다.

물론, 이건 의식된 클리셰는 아니다. 그냥 끝을 모르고 올라가는 파워 인플레를 어떻게든 따라가려고 빌런의 흑막의 흑막의 흑막…… 같은 식으로 끝까지 올라간 게 클리셰로 자리 잡아 버린 거였지.

사실 마신이나 악신에서 끝나면 그나마 양반이다. 파괴신, 우주신, 창조신…… 그걸 넘어서 외신에 근원까지. 하여간 별별 세 보이는 건 다 튀어나와서 이름 붙는 게 예사다. 무슨 무지개 반사도 아니고.

지금이야, 나도 생산자의 입장이니 이해를 못 하는 건 아니다. 긴장감은 줘야겠고 전개는 해야겠고. 미로 속에서 좀 더 편한 길을 찾으려 했던 것 자체는 이해하지만…… 좀 많이 안쓰럽다.

아무리 팔리는 게 답이긴 하지만 그것도 다 나름대로 애정을 갖고 만드는 작품들이 아닌가. 그렇게 되면 조금 거시기하지.

아무튼 나는 그 무수한 실패와 시행착오 끝에 이세계-1910년대의 대한제국에 우뚝 선 몸이므로, 너무 뇌절하지 않고 적당히 마신 정도에서 끝낼 예정이다. 그 이상은 뇌절이니까.

"그래서 그 마신이라는 게 대체 뭔데?"

"뭐겠니."

나는 어깨를 으쓱이며 말했다.

"걸신(Erysichthon)이라는 놈이란다."

걸신(乞神). 이곳저곳 떠돌아다니면서 빌어먹어야 하는 거지 귀신. 아귀(餓鬼)라고도 하고, 일본식으로는 가난신(貧乏神)이라고도 한다.

"지금 이 나라는 경제발전을 해야 해. 그것도 최대한 빨리."

"……그렇게까지 해? 내가 보기에 확실히 영국이나 홍콩처럼 성공한 나라는 아니긴 한데, 인도 시골 수준보단 훨씬 깨끗하고 좋은 나라던데."

매지가 떨떠름하면서 그리 말했다.

뭐, 틀린 이야기는 아니지. 나도 고개를 끄덕이며 슬쩍 창밖을 보았다.

사실 나도 의외였다. 민영환이 병상에 누워 있으면서도

몸을 깎아가면서 열심히 일했는지, 아니면 체임벌린이 이미 한번 근대화의 씨앗을 뿌리고 가 준 덕인지…… 아무튼 이 세계선의 대한제국은 의외로 근대화율이 높다.

물론 일본군이 초토화시키고 간 한양도성 안쪽은 논외지만, 강남 공업단지에서 임시 행정수도라 할 수 있는 수원화성 사이. 대표적으로 지금 우리가 머물고 있는…… 대충 용인쯤이려나? 하여간 이쪽에서 원래 역사의 성남, 광명, 군포 일대는 눈에 띄게 도시화가 진행됐다. 대충 일제강점기 경성과 비슷하거나 그 이상은 된다고 할 정도였다. 물론 기껏해야 나도 드라마나 영화로 보던 모습을 기준으로 하는 판단이지만 말이다.

아무튼 덕분에 나름 3층짜리 건물도 흔하고, 제법 크다 싶으면 5층짜리도 가끔 있다.

그리고 보니 우리 에디슨이 전기회사 시절에 여기다가 전등소 세웠다는 얘길 얼핏 들어서 찾아봤는데…… 사고 터져서 망했다더라.

역시 만 년 강도귀족 유망주시다. 어째 사업하는 거마다 전부 말아먹지? 그래도 나중에 체임벌린이 영국 전기회사 데려와서 전기는 빵빵하게 나오긴 한다만.

그런데 그러면서도 여전히 한국인 특유의 민심도 살아있는, 무척 독특한 모양새였다.

대표적으로는 이번에 만난 여양 진씨 문중도 뭔가 나한테 이득만 보려고 들러붙는 게 아니라, 정말 '먼 곳에서 고생하다 온' 친척처럼 대하는 분위기가 있더라고. 순수하게 자기네 문중에서 대단한 사람이 나와서 환영해 주는 동네 잔치 분위기랄까? 애들도 귀여워해 주고. 당장 식탁 위에 올라와 있는…… 잠깐만.

"매지, 너 또 여기 떡 다 먹었냐."

"아니, 이상하게 자꾸 배가 고픈 걸 어떻게 해…… 어머님이 해 주시는 요리도 맛있고."

"거참, 살찌면 어쩌려고."

"아, 그만큼 일하면 돼! 아무튼 그래서? 뭐가 문젠데?"

에휴. 이 녀석 언제 철들까.

아무튼 뭐가 문제냐 하면——

"주변 상황이 녹록지 않아."

"……응?"

"이 나라는 상임이사국이잖니."

"아앗……! 그게 있었지."

매지는 한탄하며 고개를 끄덕였다.

그렇다. 지금 대한제국은 국제연맹 상임이사국. 그것도 저 오스만 제국이 선진국으로 착각해버리는— 너무 과분한 지위에 올라 버렸다.

농담이 아니라 지금 대한제국과 이스라엘을 비교하면 경제력은 이스라엘 쪽이 월등할걸?

군사력은 전-드레드노트급과 인구 빨로 한국 쪽이겠지만, 충분한 경제력이 없으면 제대로 수리도 못 할 거다.

특히 민영환이 군수산업 위주로 발전시켜뒀으니……
이게 프로이센인지 대한제국인지 구분이 가야 말이지.

내가 보기엔 아직 꽤 멀었다.

게다가 원래 역사와 달리 간도를 보전하고 있지 않은가?

쑨원이 살아 있고 중국 땅이 혼란스러워서 망정이지, 아니라면 만주로 내뺀 청나라와 국경분쟁이 터져도 진작 터졌다.

"그러니, 이 나라는 빠르게 상임이사국에 걸맞은 산업과 경제를 일으켜야 해. 입헌 민주화와 같이. 그러려면 이 나라 사람들이 좀…… 많이 고생해야 할 거야."

그래서 종교를 의회에 끌어온 거다.

나라가 가혹하고 힘들 때, 그나마 도움이 되어 주라고 있는 게 종교니까.

김수환 추기경이 명동성당에서 시위대를 보호했던 것처럼 말이지…… 그러고 보니 그분은 지금 몇 살이지? 아니면 역사가 너무 뒤틀려서 못 태어나나?

"뭐 결국 그거지. 정교 분리를 외치기엔 아직 이 나라가 갈 길이 너무 멀어. 당분간은 그 반골들을 의회에 모아서 나라에 도움 되는 반골로 써먹는 게 답이야. 그러기 위한 종교의 자유고."

"으음…… 대충 이해했어."

사실 반도 얘기 안 했는데, 벌써 고개를 주억거리는 매지를 보니 절로 쓴웃음이 난다.

공산주의의 대두, 대공황, 냉전까지.

오늘도 평화로운 지구촌에서 상임이사국이라는 과분한 지위를 가져 버린 대한제국이 어떻게 개선해야 할지는 까마득하단 말이지.

뭐, 그래도…….

"경, 기다리시던 손님들이 오셨습니다."

"오, 이제야 오셨——."

"한솔 경! 오랜만에 뵙소이다!!"

김창수가 문을 열고 들여보낸 이들. 그중 제일 앞에 있던 미중년의 남자가 다가와 나를 꼭 끌어안았다.

프랑스인이랑 오래 붙어 있으셔서 프랑스식 인사가 몸에 배셨나?

"오랜만에 뵙습니다. 의친왕 전하."

"고향 땅에서 뵈니 더욱 기쁘구려."

의친왕 이강, 그리고 그 뒤를 따라 들어온 우사 김규식이었다.

내가 한국에 들어간다고 연락을 넣으니까 자기들도 귀국할 테니 한국에서 보자고 했지.

"다른 이들도 많이 귀국했소. 도산은 국제 연맹군으로 전출된 일도 있고 해서 좀 늦을 거라더군."

"그렇군요. 서부전선에서 그만한 공훈을 세웠다 하니, 마땅히 보답받아야지요."

"음, 그런가? 뭔가 후배가 어떻다느니 고생을 많이 하는 것 같긴 하던데……."

그럴 리가. 아무튼 국제연맹군에서 안창호가 그만큼 외화벌이를 하고 있다면 참으로 다행인 일이다.

상임이사국인데 그런 인재가 한 명 정도는 있어야지. 마치 지금 한국 대표로 다시 국제연맹에 복귀한 이승만처럼 말이다.

"민영환 통령은 보셨습니까?"

"물론이오. 내가 기억하는 것보다 훨씬 야위었더군. 그의 노고가 보답받을 수 있도록 이 나라가 어엿하게 설 수 있도록 노력해야겠소."

다만, 하고 이강은 깊은 한숨을 쉬며 고개를 저었다.

"……형님 폐하도 문제지."

"아, 뭐."

나는 잠시 눈길을 피했다.

사실 나도 여기 와서 현 황상 폐하, 원 역사대로면 순종의 묘호를 받을 황제를 뵙긴 했다.

그런데 딱 봐도 뭐랄까…… 사람이 멀쩡하신 분은 아니더라.

―지, 진한솔 경이시오?! 잘 봤소! 〈용류해전(龍流海傳)〉! '샛노란 소년의 머리카락 위로 바람이 불었다. 소금기가 짙게 스민, 특유의 바닷바람이었다……'.

이세계물의 법칙 〈37〉

―……그걸 다 외우십니까?
―무, 물론이오!

 오해 생길까 봐 말해 두지만, 소위 말하는 씹덕의 느낌은 아니었다.
 그보다는 약간 뭐랄까…… 소위 말하는 서번트 증후군 같은 느낌.
 혹시나 해서 물어본 거지만 수원화성에 있는 게 딱히 불편하지도 않고, 일도 민영환이 다 처리해 줘서 오히려 좋아하는 책이나 시계만 바라보고 있는 게 너무 행복하다더라.
 그 민영환이 지금 병상에 누워 있는 것도 모르고.
 ……결국, 바보라는 얘기가 절대 거짓이 아니라는 것도 잘 알 수 있었다.
 "그래서 여쭤보는 겁니다만, 의친왕 전하, 혹시 황제가 되실 생각이 있으십니까?"
 "아니. 나도 미국에서 여러 인사들을 만나 보며, 나라 돌아가는 일을 알게 되었소."
 의친왕 이강은 조용히 말했다.
 그 역시 짐작하고 있는 모양이다.
 "이 시대에 강력한 전제군주란 오히려 나라의 족쇄가 될 뿐이고, 일류 배우가 훨씬 도움이 되겠더군. 나 역시 황위에 오르는 것은 나라에나 나 자신에게나 불행한 일이 될 것 같소. 은퇴한 뒤 말년의 소일거리라면 또 모르겠지만."

"하하, 그렇게 말씀하실 줄 알았습니다."

이런 사람이니 내가 쓸만하다고 여긴 거지. 그게 아니었으면 딱히 지원도 안 했다.

"오히려 묻고 싶은데. 한솔 경, 정말 영국에 돌아갈 생각이오? 영국에서 그랬던 것처럼 우리 대한에 남아 이것저것 그 예지를 펼쳐 줬으면 하오만……."

"예지라니요. 전 그저 다른 사람들보다 조금 상상력이 풍부할 뿐입니다. 그러니까 작가 해먹으면서 살고 있지 않습니까."

나는 허허 웃으면서 그렇게 말했고, 뒤에서 매지와 김창수의 시선이 느껴졌다.

특히 매지 시선이 매섭다. 아니, 진짜 내가 알고 있는 건 거의 다 써먹었다고!

"그 대신, 흠흠. 혹시 제가 이곳에 와서 들은 인재들을 좀 추천 드려도 되겠습니까? 일단 여기, 제 동생이나 다름없는 매지와 김창수도 한국에 남을 거고요."

"오, 김 부위! 오랜만이군. 결혼했다는 이야기는 들었네. 그리고 밀러 부인. 부인의 마음 씀씀이에 정말 감사드리오."

의친왕은 매지와 김창수를 보며 눈을 빛냈고, 나는 우사 김규식에게 내가 아는 명망 높은 독립운동가들 이름을 쭉 적어 주었다.

그 명단을 받아 든 김규식은 고개를 끄덕이더니 말했다.

"이동녕(李東寧), 박은식(朴殷植), 양기탁(梁起鐸), 주시경(周時經)이라…… 이미 전하께서도 아시는 이름들입니다."

"오호, 그렇습니까?"

"예. 〈독립신문〉이라든가, 그런 곳에서 어느 정도 이름을 날린 이들이지요."

물론 전부를 아는 건 아니었다. 여운형(呂運亨) 같은 이름은 생소하다고 하더라.

으음, 아직 이 시대는 아직 이름을 날리지 못한 건가. 확실히 좀 아쉽구먼.

아무튼 그렇게 김창수와 독립운동가들은 잘 토스했으니, 이제 대한제국의 발전을 이끄는 것은 이 나라 사람들에게 달렸다.

그러면 이제 내 진짜 목표.

"매지, 건져갈 만한 작가들은 찾아봤니?"

"아, 응. 지금 이 동네에선 그, 이광수? 란 사람이랑 최남선이 제일 유명하던데……."

"걔들은 패스."

매국노들이잖아.

때려치워.

2장 전후 세계-1920년대 (전)

전후 세계-1920년대(전)

 진한솔이 춘원 이광수, 육당 최남선, 금동 김동인 등 원한의 대서(친일 인명사전)에 적힌 이름들을 블랙리스트에 올려 평생 등단(登壇)하지 못하도록 못 박는 한편, 카프(Karf)나 구인회(九人會)는 대부분 태어나지도 않았거나 꼬꼬마임을 한탄하며 1918년을 보내는 동안…….

—한슬, 진짜 괜찮아?
—얘들을 쓸 거면 차라리 키플링을 고쳐 써 보는 게 나을 텐데, 써 볼래?
—……아니, 됐어. 그 정도면.

아무튼 1918년.

본래 전간기(戰間期)라고 불려야 할 시대, 유럽 제국들은 전후 처리부터 받아들여야만 했다.

전쟁은 끝났지만, 불행히도 그들은 계속 살아가야 하기 때문이다.

그리고…… 대영 제국에 제일 먼저 터진 것은 민족자결주의도, 공산주의도 아닌 지극히 당연한 문제.

계산서였다.

"전쟁이 끝났으니, 이제 전역할 병사들에게 밀린 봉급과 참전 수당을…… 줘야 하는데."

"이걸 줬다간 우리 영국은 파산입니다."

본래 병사들에게 지급될 예정이었던 일당은 하루당 대략 1실링에서 1실링 6펜스 정도였고, 거기에 전투에 직접 참여한 기간에 대해 특별히 하루에 1펜스씩 추가로 전투 수당(War Pay)이 지급될 예정이었다.

당연히 이 시기의 평균적인 임금은 물론, 전쟁으로 폭등한 물가까지를 따져 본다면 턱도 없다. 대체 이걸로 어떻게 다시 취직할 때까지 가족을 먹여 살리란 말인가. 정부가 재취업을 도와줄 것도 아니면서.

하지만 재무부 입장에서는 이조차도 새된 비명을 지를 수밖에 없을 정도로 큰 부담이었다.

"전쟁 채권을 갚기도 모자랍니다!"

"전쟁 전에 비해 물가도 절반 이상 올랐습니다."

"그, 국제연맹군으로 돌리는 방식으로 어떻게 좀 지급

을 늦춰 볼 수는 없을까요?"

"연맹도 한계랍니다! 미국 놈들이 폭탄을 너무 많이 옮겼대요!"

전쟁으로 뭔가 엄청난 소득을 얻었다면 모를까, 나미비아나 탄자니아 등 독일에서 뜯어 온 식민지 대부분은 채산성이 안 나오는 땅.

심지어 뜯어 온 독일 기업은 말이라도 통하는 하노버에서 갖다 쓰는 게 낫겠다는 것이 경영 전문가들의 결론이었다.

이렇게 되자, 대영 제국의 종특 중 하나가 튀어나오게 되는데…….

"이렇게 된 이상 방법이 없군요…… ─증세하는 수밖에."

"꺄아아악!!"

"저, 저 증세 콧수염이 또 발작한다!"

창문세, 벽돌세, 굴뚝세, 벽지세, 모자세, 수염세, 시간세, 비겁세 등등.

뭔가 이상한 세금이다 싶으면 고개를 들어 영국을 보면 된다 할 정도로 세금에 진심인 나라 영국.

그리고 그런 영국의 신임 총리 데이비드 로이드 조지는 본래 재무부 장관 시절에도 불로소득세, 소득세, 재산세 등 수많은 '인민예산'을 증세해 게으른 백수들을 먹여 살리려 드는, 자유당 최악의 빨갱이로 악명 높았던 이였다.

그런 이가 전후 총리까지 되어 증세의 호흡 제1형 추가 과세를 시도하자, 사업가들은 당연히 발작했다.

아무리 그들이 전쟁 중 물자를 좀 사재기한데다, 잠수함 핑계로 가격을 높이고, 여성이나 비정규직 등의 이유로 임금을 후려쳐 먹었기로서니.

그 답이 증세라니! 증세라니! 저 빨갱이 웨일스 놈은 실로 사탄의 혈족이 아닐 수 없었다.

"제, 제기랄 저걸 확 조져 버릴 수도 없고!"

"나에게 힘만, 힘만 있었어도……."

"흠흠, 여러분. 아무래도 심려가 크신 모양입니다."

"엇, 당신은!?"

그렇게 속으로 부들부들거리며 좌불안석하던 그들에게 조용히 접근한 누군가.

다름 아닌 로이드 조지 행정부의 신임 외무부 장관이자 전직 국방부 장관, 몬티 밀러였고.

당연히 온갖 욕이 진탕 쏟아졌다.

"큰 빨갱이가 설치니 작은 빨갱이가 왔군."

"꺼져라, 이 악마야! '마셜 플랜' 같은 걸 통과시킨 작자가 뭘 얻어먹으려고 신성한 상공인들의 전당에 왔단 말이냐!!"

"허허, 들켰……. 아니, 일단 들어 보세요. 사실 저도 나름 같은 상공업 집안 아닙니까? 저도 마냥 정부와 경제인들이 충돌하는 건 원치 않는단 말이지요. 아, 정 껄

끄러우시다면 그냥 내쫓으셔도 괜찮습니다. 다만 아이스브레이킹을 위해서 제가 다음 〈문명의 충돌〉 팩 유출 정보를 얻어 왔는데——."

"……쓰읍. 일단 들어 보지."

공감 끌어내기, 유리한 사실만 말하기, 흥미를 끌어내는 선물.

몬티는 어느 동양인 작가 옆에서 딱 붙어 다니며 보고 배운 화술을 십분 발휘했고, 그렇게 십여 분 정도 지나자 테이블의 한 자리에 무리 없이 앉아 덱을 늘어놓기 시작했다.

"본론부터 말씀드리죠. 아시겠지만 저희 내각 쪽도 많이 힘듭니다. 어떻게든 병사들에게 약속한 임금을 줄 수 있어야 저희도 다음 선거 이길 수 있어요. 여러분도 설마, 여러분이 사업하는 동안 이 영국에서 노동당 출신의 총리가 배출되는 꼬라지를 보고 싶으신 건 아니겠지요?"

"절대 아니지."

"암! 아무리 그래도 빨갱이는 결사반댈세!"

"하지만 그렇다고 지금 우리가 주워들은 그 증세 폭은 납득할 수 없네. 이럴 거면 그냥 법인을 통째로 하노버로 옮기는 게 나아! 설마 그걸 원하는 건 아니겠지?"

"아니지요."

그러니, 하고 몬티는 담담하게 설명했다.

"저희도 할 수 있는 만큼 지출 폭을 줄이면 어느 정도

가능하지 않을까 싶습니다."

"지출 폭을 줄인다니, 무슨 말인가."

"우선, 이번에 얻은 독일 식민지들은 그냥 독립시키려 합니다."

그 말에 사업가들이 제 귀를 의심했다.

지금, 대영 제국의 영토를 넓힐 수 있는데 그걸 참겠다고?

하지만 몬티 밀러는 기죽지 않고 당당히 말했다.

"결국 그 비용들도 모두, 여러분의 주머니에서 나가는 거 아니겠습니까? 있는 것도 간수하기 힘든데 뜯어낸 것들까지 군을 파견하고 하기는 빡세잖습니까. 로이드 조지 총리님도 우드로 윌슨 대통령이 주창한 민족자결주의에 동의하시는 바가 있고요. 무엇보다— 그렇게 되면 그들을 책임지며 추가적으로 나가게 될 비용도 아낄 수 있지요."

"⋯⋯흐음."

"그거 괜찮—."

"안 돼! 나미비아산 원자재면 아낄 수 있는 원료비가⋯⋯!"

"이 인간아, 눈치 안 챙겨!?"

"다음으로."

몬티는 손가락을 들고 말했다.

"국제연맹군으로 떠넘겼던 방식을 몇 번 더 써 보려 합니다."

"떠넘기다니, 어떻게 말인가? 듣기론 국제연맹도 이제는 한계라고 들었네만."

"우리가 떠넘길 수 있는 군대가 그들만은 아니잖습니까?"

식민지 군대.

몬티는 빙긋 웃으면서 말했고, 그 웃음을 본 사업가들은 무언가 싸한 기분을 느꼈다.

"그들의 운영 주체를, 영국 국방부에서 자치령 정부로 옮기려 합니다. 그러면 그 군사들이 받아야 할 봉급은 자치령 정부에서 내야겠지요."

"으, 으음?"

"그거, 군대를 준다는 뜻 아닌가?"

"그렇습니다. 아마 그만한 경제적 자율권도 주고, 사실상 독립국에 준하는 권한을 줘야겠지요. 국제연맹에 가맹시켜야 하니 외교권도 일부 허용하고요."

대충 이름 붙이자면 구성국(Constituent state)이라고 할 만하겠다.

몬티는 그렇게 말했고, 강력한 권력으로 막대한 부를 불러오는 대영 제국을 사랑하는 영국의 애국—기업가들은 즉각 반발했다.

"그, 그게 무슨 말인가!"

"경제적 자율권도 줘, 군대도 줘! 그러면 사실상 독립시켜 주는 거잖는가!!"

"어쩔 수 없잖습니까. 저희가 돈이 없는걸요."

최대한 깊은 한숨과 침울한 표정, 그리고 살짝 물기까지 맺힌 눈까지.

숙련된 정치인 몬티 밀러는 할 수 있는 한 힘껏 연기를 펼쳤다.

아무리 정치인의 눈물이 악어의 그것보다 가치 없는 것이라는 것을 잘 아는 경제계의 큰손들이라지만, 정치가로 대성하려면 그런 자들조차 '잠시나마' 속여야 한다.

그리고 영국과 미국을 휩쓴 최고의 연극배우들과 호부호형하던 몬티의 연기력은, 그 마음이 얼음장 같은 강도 귀족들이라 해도 아주 조금이라도 흔들리지 않을 수 없었다.

"결국, 저희는 선택해야 합니다. 증세를 하든, 아니면 애물단지였던 식민지를 내려놓든."

"……그 정도란 말인가."

"휴, 죄송합니다. 그 미친 빌헬름 2세만 아니었어도……."

"아닐세, 아니야! 선전 포고까지 조작해서 전쟁을 터트리는 전제군주가 미친놈이지, 그래!"

"그래, 어쩔 수 없지. 우리가 원자재를 값싸게 들여오던 식민지에서 철수하는 건 아쉽지만, 그래도 그게 우리 주머— 아니, 나라를 위하는 거라면…… 어쩔 수 없지!"

"흑흑, 감사합니다! 역시 여러분이야말로 진정한 영국의 애국자들이로군요!!"

"자자, 들게! 영국을 위하여!"
"위하여!"

스코틀랜드산 위스키로 건배를 나누며, 경제라는 정글의 맹수들은 남몰래 눈빛을 교환했다.

'생각해 보니 우리에게 완전히 나쁜 얘기는 아니야.'

'설령 식민지나 자치령이 자율, 아니 독립을 획득하더라도, 얼마든지 구워삶을 수 있겠지? 저 미국이 남미에 하는 것처럼 말일세.'

'어리숙한 토인 놈들이 경제에 대해 뭘 알겠어. 어쩌면 신생 구성국들의 경제를 우리 회사가 통째로 집어먹는 방향도 있으렷다?'

그렇게 동상이몽의 합의를 본 뒤.

로이드 조지 행정부는 예정보다 훨씬 완화된 증세안을 발표함과 동시에, 식민부(植民部)를 폐지하고 민족자결주의에 의거해 각 식민지와 자치령들을 대영 연방 제국 소속의 구성국들로 하여금 자체적인 의회를 설립하여 헌법을 제정케 하는 등, 독립에 준하는 권한을 부여하는 '웨스트민스터 헌장(Statute of Westminster)'을 발표했다.

그리고.

"이게 뭔가?! 국세, 지방세는 다 냈는데 이건 또 뭐야! 뭐!? 연방제국에 대한 세금!?!"

"그뿐만이 아냐! 구성국에 차린 지부에서도 지방세와 국세를 내래! 예전엔 지방세만 냈는데!!"

"이, 이이이!! 로이드 조지, 이 증세 콧수염이!! 속였구나! 속였구나!!"

확실한 것은.

대영 제국은 빠르게 정상화되고 있다는 점이었다.

　　　　　＊　＊　＊

도도히 흐르는 템스강이 증세의 호흡 4형, 삼중과세를 맞아 버린 돈귀…… 아니, 재벌가들이 흘린 눈물에 아주 사아아아알짝 염도가 올라가는 불상사가 있기는 했지만.

그래도 대영 제국의 연방제국으로의 전환은 꽤나 평화적이었고, 다소 잡음은 있어도 매끄럽게 진행되는 편이었다.

당장 옆 나라 프랑스만 봐도.

"민족자결주의라니, 뭐 이런 개 풀 뜯어 먹는 소리가 다 있냐?"

"비브 라 프랑스! 위대한 프랑스의 강역은 단 한 톨도 잃을 수 없다!!"

"알자스와 로렌을 간신히 되찾았는데, 이제 와서 또 뭘 잃으라고!? 그럴 거면 뭐 하러 전쟁에서 이겼는데!?"

전쟁에 대한 강렬하기 그지없는 피해 의식은 프랑스인들을 극단적으로 만들었고, 큰 피해를 입은 자국의 산업을 부활시키기 위해 식민지에 대한 수탈을 가속화 했다.

"우리는 니체가 말했듯. 괴물과 싸우다가 더 큰 괴물이 되어 버린 것은 아닌가, 항상 고민해야 한다."

에밀 졸라는 그 말을 남기고 모든 공직을 때려치웠고, 드레퓌스 사건 때 그랬듯 온갖 비난을 받아야 했다.

어떻게 독일인의 말을 인용할 수 있냐는 비난이었다.

하지만 이것조차 나라의 방향만큼은 한 곳으로 향하니 나름대로 정리는 되어 있다. 그렇게 판단할 여지가 있었지만······.

"여러분, 우리는 평화를 향해 가야 합니다. 하나님께서 우리에게 주신—— 컥!"

"각하, 각하!!"

"언론! 언론 통제해!!"

미국 대통령 우드로 윌슨이 가두 연설 중 쓰러져, 인사불성이 되는 사건이 발생했다.

미국의 정계가 끝을 알 수 없는 심연 속에 빠지는 순간이었다.

* * *

우드로 윌슨 대통령이 쓰러졌다.

사실 이것 자체는 그다지 놀라운 일은 아니었다. 아닌 게 아니라 전쟁이라는 아드레날린과 도파민에 시달리는 막중한 업무를 처리한 고령의 대통령 아닌가. 그런 노인의 몸 어딘가가 삐거덕거리지 않는다면 그것이 이상하다.

따라서 얼마 안 있으면 곧 깨어나, 앞으로 있을 대통령 선거에서 사위이자 재무장관인 윌리엄 깁스 매커두(William Gibbs McAdoo Jr.)의 지지를 발표할 것이다. 민주당뿐만 아니라 정적인 공화당 또한 그렇게 생각하고 있었다.

"그런데, 이게 무슨 아닌 밤중에 홍두깨 같은 말입니까."

미국 뉴욕주 상원의원, 프랭클린 델러노 루즈벨트는 지끈거리는 머리를 부여잡으며 말했다. 그런 그에게, '한슬로 진의 곳간지기'이자 그 자신도 단편 작가로 이름난 남자, 윌리엄 시드니 포터는 어깨를 으쓱이며 말했다.

"말씀드린 그대로입니다. 다행히 이번 '예언'은 다른 것보다 직설적이지요."

"하지만, 그래도…… 너무나 어이가 없군요."

'우드로 윌슨은 깨어나지 못할 것이며 그를 대신하고 있는 것은 영부인이다'라니.

FDR은 어처구니가 없음을 넘어, 불쾌함마저도 느낄 수밖에 없었다.

"한슬로 진 작가님은 대체 이 나라의 민주주의를 뭐로 여기시는 겁니까? 미합중국의 정부는 그렇게 허술하게 돌아가지 않습니다."

"미국인으로서는 저도 어느 정도 동의합니다. 하지만 — 솔직히 의원님께서도 느끼고 계시지 않습니까? 뭔가 이상하다는 것을요."

"……크흠!"

아직 우화하지 못했다고는 하더라도 FDR은 FDR.

논리로 설명할 수 없는 직감적인 무언가에서, 백악관과 의회에 흐르는 기묘한 기류를 본능적으로 느끼고 있었던 그는 헛기침으로 얼버무릴 수밖에 없었다.

"……도통 이해가 안 되는군요. 지금 한슬로 진 작가님께서는 고국, 그러니까 코리아에 가 계신다고 하지 않았습니까? 그런데 어떻게 그 태평양 반대편에서……."

"이 말씀을 드리면 더욱 놀라시겠군요. 사실 이 정보는 그분이 여행을 떠나시기 전에 보낸 전보에 있던 정보입니다."

"뭐…… 라구요?"

FDR은 입을 딱 벌릴 수밖에 없었다. 여행을 떠나기 전이라면, 우드로 윌슨이 한창 종전협약으로 바쁜 와중이 아니던가? 그런데 어떻게 이런…….

'예언, 인가?'

그럴 리가 없다는 것을 머리로는 알면서도, FDR은 식은땀을 줄줄 흘릴 수밖에 없었다.

설마, 아무리 그래도 비과학적인 일이 정말로?

하지만 그런 그를 안심시키듯, 오 헨리는 고개를 저으며 차분하게 말했다.

"저희 작가님의 조언을 들은 사람들은 다들 그렇게 반

응하더군요. 하지만 안심하십시오. 이것은 그저 작가님의…… 다소 독특한 예측에 불과합니다."

"독특하다, 구요?"

"그렇습니다. 모르시겠지만, 작가님의 정보원 중에는 윌슨 대통령의 제자인 싱먼-리라는 한국인이 있습니다."

"아, 그 외교관 말이군요. 그러고 보니 윌슨 대통령과도 꽤 친밀해 보였는데……."

"예. 그로부터 윌슨 대통령의 건강이 좋지 않으며—, 이디스 윌슨 영부인의 허영심에 대해서도 정보를 얻었다고 하시더군요."

"과, 과연."

그렇다면 이해가 된다. 프랭클린은 흐르던 식은땀을 닦고 그렇게 생각했다.

마술사의 비밀을 안 뒤에는 그 마술이 별것 아닌 것처럼 느껴지기 마련이니까.

물론 오 헨리는 그런 것조차 '그렇게 느끼도록' 일부러 한슬로 진이 깔아 놓은 나름의 논리라는 것을 알고 있었지만, 굳이 그것까지 말해 주진 않았다. 그래야 FDR이 이쪽을 필요 이상으로 경계하지 않을 테니까.

"예. 다만 이 정보를 어떻게 활용할지에 대해서는, 전적으로 의원님께 맡기겠다고 하셨습니다."

"나에게, 말입니까?"

"작가님은 어디까지나 한국계 영국인이시니까요. 이득

을 위해 어느 정도 간섭은 하지만, 미국의 정치는 미국인들에게, 라고 하셨습니다."

거짓말. FDR은 그렇게 생각했다.

이만한 정보를 자신에게 주는 것부터 외부 개입에 가까운 일이다. 아마 이 정보로 그가 어떤 방향으로 움직이든 큰 힘을 얻을 것이라고 예측하고 있을 것이고, 그 힘으로 무언가를 얻어 내려고 하겠지. 지금도 꾸준히 받고 있는 후원금처럼.

'후, 하지만……'

거절할 수도 없는 것이 FDR의 현실이었다.

지금 그는 뉴욕주 상원의원이다. 하지만 그뿐이다. 왜냐하면 민주당도, 공화당도 아닌 무소속이기 때문이다.

'숙부님, 숙부님. 이러려고 저를 공화당에 들이셨습니까.'

지난 1912년, 전직 대통령 시어도어 루즈벨트는 공화당 내 자신의 계파를 갖다 쪼개 '진보당(Progressive Party)'을 창당하고 3선에 도전했다.

뜬금없이 정당을 쪼갠 이유는 간단했다.

후계자 윌리엄 하워드 태프트에게 축출당했기 때문이다.

—저, 저 뚱보 놈이 모든 것을 망가트리고 있어! 내 공화당의 혁신을! 개혁을!!

공화당의 분열로 우드로 윌슨은 어부지리로 대통령에 당선되어 행복했다. 태프트는 자기 취향에 더 맞는 대법원장 자리에 앉게 되어 더 행복했다.

 오로지 시어도어 루즈벨트만이 불행했고, FDR은 더욱 불행했다.

 가장 대표적인 후원자였던 숙부 루즈벨트가 자폭하는데 그가 무사할 리가 없었다. 그나마 그 태프트보다는 득표율이 높았다는 이유로 함께 복당에는 성공했지만, 사실상 천덕꾸러기 신세.

 '이대로는 안 된다.'

 그저 그런 정치인으로 끝나려면 이대로도 상관없을 것이다. 가늘고 길게 살아남는 거야 지금까지 모아 놓은 계파와 자신의 눈치로도 가능하니까.

 하지만 FDR의 목표는 대통령.

 그것도 저 시어도어 루즈벨트보다 위대한 대통령이 되는 것이다.

 ……말년의 꼬라지를 보니 어째 목표 수치가 한 단계 내려간 것 같긴 하지만, 그래도 그의 고점은 역대급이긴 했으니까. 음.

 아무튼.

 "이…… 정보는 최대한 빨리 사용하면 사용할수록 좋겠지요."

 "아무래도 그렇겠지요."

그렇다면— 프랭클린 델러노 루즈벨트는 패에 들어온 SSR급 OP카드를 만지작거렸다.

터트린다면 초대박급의 폭탄. 어쩌면 미국 역사에 단 한 번도 없었던 '대통령 탄핵'까지도 끌어낼 수 있는 폭탄일 수도 있다.

'그리고 그 폭풍을 이용하면······.'

능히 그를 일약 스타로 끌어 올려 줄 수도 있을 것이다. 조금, 아니 많이 무리한다면 매킨리 대통령마저 뛰어넘은 최연소 대통령 자리도 가능하겠지.

하지만—.

"······혹시 뭔가, 더 전해 달란 말은 없으셨습니까?"

"무슨 말씀이십니까?"

"그것만일 것 같진 않아서 말이지요."

다시 말하지만, 그는 프랭클린 델러노 루즈벨트다.

이미 정치에서 어언 10년 정도, 한바탕 구르면서 쓴맛 단맛 다 본 FDR은 아직 완전히 우화하진 못했어도, 어느 정도 전후무후한 4선 대통령의 자질이 엿보이고 있었으니.

눈앞의 오 헨리가 뭔가를 숨기고 있다는 것을 눈치챈 그는 슬쩍 그렇게 떠보았고, 오 헨리는 침착하게 고개를 끄덕이고 말했다.

"만약 의원님이 이 정보를 쓸 생각이 있으시다면, 한 가지 유념해 두라고 하셨습니다."

"젠장, 역시나. 무엇입니까."

"이 정보가 풀린 직후, 집권여당이 되는 길은 피하라고 하셨습니다. 아니, 여당이 되더라도 웬만하면 중심 계파가 되진 말라고 하시더군요."

"그게 무슨……."

이것 역시 무언가의 예지인가. FDR은 잠시 고민했다. 사실상 이 정보를 팔면 그만큼 강력한 힘을 얻을 수 있거늘.

그게 아니라면……

"……그러고 보니, 요즘 독감이 꽤 유행하고 있다지요."

"예? 예. 시카고에서 둘에 하나는 독감 환자라고 하긴 합디다."

"그렇군요."

고개를 끄덕인 프랭클린 델러노 루즈벨트는 고개를 끄덕인 뒤, 천천히 웃음을 지으며 말했다.

"숙부님이 저를 공화당에 집어넣긴 했지만, 전 원래 민주당이 좋았지요."

"……그 말씀은?"

"민주당으로 전입해야겠습니다. 〈앨리스와 피터〉 재단이 도와주시겠습니까?"

"물론입니다. 할 수 있는 것이 있다면 도와야지요."

시어도어 루즈벨트의 후계자로서, 진보 좌파들은 당연히 자신을 지지한다.

〈앨리스와 피터〉 재단이 있는 한, 흑인과 아일랜드계

등 소수인종의 지지도 확고할 것이고.

경제만 잘 살리면 따라올 이들이 중산층이니, 이쪽은 그가 공부만 잘하면 된다.

'그렇다면.'

후일, 그가 표를 흡수해야 할 것은 당연히 남부 딕시들.

그들의 표만 얻는다면, 그는 미국의 절반을 손에 넣을 수 있다.

이 정보를 들고 가서, 민주당이 시간을 벌 수 있도록 돕는다면— 민주당의 중진들도 전입을 인정할 정도의 공적이 쌓이겠지.

'시간은 내 편이다.'

이제 겨우 30대 후반. 시어도어 루즈벨트가 성급하게 움직이다 어떤 꼴이 났는지 본 그는, 절대 그 뒤를 따라갈 생각이 없었다.

그리고 원 역사대로 윌슨 스캔들이 비화되고, 워런 G. 하딩이 공화당의 대통령이 되며, FDR이 민주당에 편입되는 사이.

"포터 씨! 이게 대체 무슨 일입니까?!"

"……오셨습니까, 루즈벨트 의원님."

프랭클린 델러노 루즈벨트는 '집권여당이 되지 말라'는 한슬로 진의 말이 무슨 뜻인지.

전혀 생각지도 못한 방향으로 알아야 했다.

* * *

아르헨티나, 부에노스아이레스.

"왔는가?"

"퍽 오래 기다리셨습니다."

콧수염을 기른 동그란 안경의 인텔리 청년이 눈앞의 대머리 중년인과 손을 맞잡았다. 사실 둘의 나이 차이는 겨우 10살 안팎이지만, 고생을 많이 해서인지 그 액면가 차이가 훨씬 더 컸다.

"솔직히 크게 놀랐습니다. 동지께서 영국에 발목이 잡히셨다고 들었을 땐, 혁명의 길도 여기까지인가 했는데―."

"독일이 워낙 어수선하잖는가. 뭐, 덕분에 나도 러시아로 탈출하는 것은 꿈도 못 꿨지만."

하지만, 아쉽긴 해도 상관없다.

대신 이 따뜻한 나라에서도 혁명의 씨앗을 발견할 수 있었으니.

본래 이 시기, 아르헨티나는 중립국이었으나 대신 19세기 말의 정복사업을 통해 얻은 영토에서 생산한 막대한 농업물을 영국에 팔아치우며 부를 획득했다.

그리하여 부에노스아이레스는 '은의 여왕', '남미의 파리'라 불리며 급성장했지만― 그것은 어디까지나 상류층의 일.

아르헨티나에 정복당한 칠레, 브라질, 그리고 통일 과

정에서 제압당한 아르헨티나 연합국, 그리고 유럽에서 더 나은 미래를 위해 건너온 아르헨티나 드림까지.

하류층의 불만은 서서히 쌓이고 있었고, 원래대로라면 이 불만은 대공황이 터진 후에야 드러날 예정이었다.

하지만, 늑대는 그럴 때까지 기다려 줄 생각이 전혀 없었다.

"이폴리토 이리고옌(Ypolito Yrigoyen) 대통령은 말이 사회주의자지, 실상은 허상인 민족주의에 심취한 수정주의자이며 노동자들을 탄압하는 자이지. 이미 소수민족 단체와 아르헨티나 지역노동자연맹(Federacion Obrera Regional Argentina)를 연대시켜 놓았네."

"이 짧은 기간에 말입니까?"

"내가 한 게 아냐. 마르크스 동지가 예언한 자본주의의 타락이 이 아르헨티나를 혁명의 씨앗으로 만든 것일세."

본래 러시아 혁명의 주역이었어야 할 남자.

블라디미르 레닌(Vladimir Lenin)은 레프 트로츠키(Lev Trotsky)에게 손을 내밀며 말했다.

"이제 때가 되었네. 혁명을 위해 함께하겠는가?"

"저는 언제나 그랬습니다. 동지."

우드로 윌슨의 혼수상태로 인한 혼란, 그리고 역대급 '아무것도 안 함'의 대통령 하딩.

본의는 아니지만, 이 틈을 노린 남미의 패권 강대국, 아르헨티나에서 터진 공산혁명이야말로, 남아메리카 소비에트 연방(South American Soviet Union, 南美蘇聯)의 시작점이었다.

*　*　*

물론 공산주의에 대한 요구로 혁명이 터진 나라는 비단 아르헨티나만이 아니었다.

대표적으로 톨스토이가 중재한 러시아가 혁명에 가까운 농업개혁으로 성공했다지만, 고산 지역인 데다 민족성도 다른 캅카스 지방에서는 민족자결주의에 따른 독립과 공산혁명에 대한 요구가 동시에 터져 나왔고, 사회적으로 혼란한 와중인 동유럽권도 마찬가지였다.

갈가리 찢겨 나간 독일에서도 쿠르트 아이스너의 인기를 바탕으로 바이에른이 사회주의 공화국을 선포했고, 헝가리에서는 쿤 벨러(Kun Béla)가 이끄는 헝가리 공산당이 헝가리 평의회 공화국(Magyarországi Tanácsköztársaság)을 선포했으며, 몽골에서는 러시아에 남아 있던 율리 마르토프(Julius Martov)의 영향을 받은 히를러깅 처이발상(Khorloogiin Choibalsan)이 몽골 인혁당을 창당하고 민주주의를 요구했다.

그 외에도 정치적 혼란이 심한 나라들에서 속속들이 사회주의, 혹은 공산주의를 주장하거나 아예 혁명이 일어나고 있다고 하고.

게다가 크게 보면 쑨원의 중화민국도 급진사회주의 국가라 할 수 있으며, 일본에서도 고토쿠 슈스이의 사회민주당이 다이쇼 천황을 폐위시키고 세운 일본연방(日本聯邦) 또한 사해동포주의를 내세우며 전쟁 금지를 헌법에 못 박고 일본 황군을 자위대(自衛隊)로 군축하는 등, 상당히 빨간 편임은 틀림이 없으니.

바야흐로 전간기, 온 지구가 시뻘게지는 빨갱이 동네로 변화한 것…… 인데.

"……그래서, 뭐 변명할 거 있어?"

"아니아니아니. 내가 이게 이렇게 터질지 어떻게 알아!?"

내가 지금 대체 뭘 들은 거냐. 남미 소련? 전 세계의 사회주의 혁명? 이걸 대체 어떻게 알아?! 전간기가 원래 이렇게 뻥뻥 터지는 거였나?! 아니면, 러시아 혁명을 막은 결과 다른 곳에서 빨갱이들이 펑펑 터져 나온 건가? 무슨 쥐구멍 막는 것도 아니고!

"그 동네 양반들이 전부 이걸 주장하는데 한슬도 어느 정도 책임은 있지."

그렇게 말하면서 몬티가 내민 것은 다름 아닌…… 〈빈센트 빌리어스〉였다.

아니, 시벌 애가 여기서 또 왜 나와.

안나 무하가 아르누보 풍으로 그린 전형적인 영국 신사가 여유롭게 와인잔을 들고 있는 그 표지를 보면 이 책이 벌어다 준 돈 덕에 기분이 좋았는데 지금은 기분이 영 멜

랑콜리하다.

"지금 혁명을 일으키고 있는 사회주의 공화국들은, 가장 온건하다곤 해도 〈빌리어스 강령〉을 사규, 혹은 헌법으로 제정할 것을 주장하고 있어."

"……예를 들면?"

"보자, 대충…… 근로기준법, 최저임금제, 노동조합 합법화, 사회보장제도, 그 외 기타 등등?"

"뭐야, 그게. 별로 시뻘건 맛도 아니구먼."

나는 안도하고 고개를 끄덕였다.

우리 미래인들은 그걸 정상화라고 하기로 했단다, 몬티몬티야.

너도 영국의 정점에 서니 영국 맛이 너무 많이 들었구나.

이에 몬티는 한숨을 푹 쉬더니 고개를 저으며 말했다.

"뭐, 사실 나도 그렇게 생각하긴 해. 이 정도도 안 하면 국가가 존재할 이유가 없지."

"그럼 뭐가 문젠데?"

"아르헨티나야."

팔짱을 낀 몬티가 더욱 깊은 한숨을 내쉬었다.

아르헨티나, 지금 한창 소비에트 혁명을 넓히겠다고 칠레와 브라질에 혁명을 '수출'하고 있는 그 나라는 원래부터 유명한 유럽의 곡창지였다.

거기서 수입되는 막대한 식량은 곧 영국 국민들의 생명

줄이나 다름없었고, 그 정치적 혼란이 지속되어 식량 수입이 끊기면 간신히 정상화시키고 있던 물가가 다시 오른다는 것이다.

그러고 보니 〈빈센트 빌리어스〉 연재 초기에 그걸 소재로 썼다가 여기저기 불려 나간 기억이 나는군.

허허, 새삼 신박한 인연일세 이거.

아무튼.

"뭐, 거긴 미국 앞마당 아니냐? 미국이 알아서 하지 않겠어?"

"지금 미국에 그럴 돈이 어디 있어."

영국이야 세계전쟁 직후, 군축과 식민지 독립으로 간신히 물가를 정상화시키는 데 성공했다. 하지만 지금의 미국에게 그런 대비책이 있을 리가.

하딩 대통령이 내세운 공약은 '정상 정치로의 복귀(Return to Normalcy)'였고, 그것은 곧 공연히 전쟁 나가서 쌈박질하지 않는 정치를 뜻한다.

게다가 미국이 21세기의 미국이 아니듯, 아르헨티나도 21세기의 막장 국가가 아니다.

드레드노트급 순양전함에 이미 항공모함의 가능성을 보고 개발도 하고 있던 남아메리카 최강의 군사 강국이지.

이게 그 9연속 디폴트의 아르헨티나라고? 가슴이 웅장해진다.

"그래서 미국에서조차 출병을 놓고 갑론을박이고, 국

제연맹을 통해서 주변국에 개지랄 떨지 말라는 얘기하는 게 최선이야."

"답이 없네, 진짜. 그러면 영국 물가는 어쩌냐?"

"그래서 내가 여기 왔잖아."

몬티는 자신을 두드리며 말했다.

그러고 보니 지금 여기는 영국이 아니다. 한국이지. 여기서 몬티를 보니까 새삼 새롭긴 하네.

"지금 우리 외무부에서는 노동당과 MI6의 협조를 받아서 사회주의 공화국들…… 구체적으로 말하면 '공산권(共産圏)'의 심도를 정하고 있어."

"심도라면?"

"뭐, 간단하게 말하면 우리랑 교섭할 생각이 있는지, 아니면 아예 전쟁할 수준인지. 그걸 대충 가늠하자는 거지."

말도 잘 통하고 전쟁도 안 할 거면 코드 퍼플.

말은 안 통하지만 전쟁할 생각은 없거나 전쟁할 생각은 있어도 교섭이 가능하면 코드 레드.

마지막으로 전쟁도 불사할 것 같고 교섭도 끊은 코드 크림슨.

바로 남미 소련이다.

현재 몬티의 목표는 바로 코드 퍼플 국가들과 교섭해서 물가부터 내리는 것.

그 대표적인 국가가 바로.

"동아시아 3국이지."

몬티의 말에 따르면, 대충 영국에서 쑨원은 '빨갱이이긴 해도 말은 잘 통함'으로 퉁쳐지고 있단다.

하긴 양쯔강 일대가 좀 많이 곡창지대이긴 하지. 거기서 밀을 사 오는 안이 인기를 얻는 것도 이해는 한다.

아니, 근데.

"야, 말은 바로 해라. 한국은 빨갱이 나라 아냐."

"의회랍시고 차린 거 보니까 전부 다 시뻘겋더만, 뭘."

"공산주의자들은 '종교는 인민의 아편'이라고 주장하는데, 종교인들로만 채운 의회가 어딜 봐서."

나는 당당하다. 물론 화엄당 당수 만해 한용운의 사상은 불교 사회주의에 가깝다지만, 엄밀히 말하면 수렴진화한 거지 마르크스주의하고는 관련이 없다.

"뭐, 아무튼 생각보다 제대로 돌아가던데? 다시 봤어."

"내가 한 건 아냐. 민영환 통령⋯⋯ 아니, 이제는 총리인가? 아무튼 제대로 했지."

이건 진심이다. 민영환도 나름 영국식, 미국식 제도를 참고하려고 노력했는지 놀랍게도 법조인들도 있더라고.

헤이그에서 만난 이준(李儁)부터가 대한제국 최초의 검사(檢事)고.

그런 이들을 모아 사법부를 차리고 의회와 함께 대한국국제(大韓國國制)부터 제대로 된 헌법부터 만들었다. 그리하여 완성된 헌법은 다름 아닌 대한헌법(大韓憲法).

아무래도 영국 영향을 받은 양반도 많고 황가에 대한

반감도 없어서 그런가? 대한민국이 되진 않았다.

뭐, 아쉽긴 해도 꼭 필요한 부분은 아니긴 하지.

물론 대신, 1장 1조에 이건 박을 수 있었다.

―1항, 대한국은 사회적·민주적 법치국가이다.

―2항, 대한국의 주권은 국민에게 있고, 모든 권력은 국민으로부터 나온다.

―3항, 대한국의 정부형태는 의회군주제이다.

이로써 〈변호인〉의 명대사는 지킬 수 있던 것이다. 후후.

그 외 대부분의 영역에서는 일본의 전례를 따라 영국과 미국의 제도들을 적당히 짬뽕해 성문화했다.

대표적으로 상·하원, 의원내각제, 사회보장제도, 좌측 통행, 로비 금지 등이 있다.

다만 내 나름의 고집으로, 무조건 이건 다른 나라 방식을 받아들여야 한다고 주장한 것도 있었다.

대표적으로 연동형 비례대표제나 주5일제, 주민등록증처럼 내가 좀 일찍 도입한 것도 있다. 그리고 무엇보다.

―미터법.

―아니, 작가님. 하지만 척관법으로 응용하면 큰돈이 필요 없지 않습니까?

―미터법!

―미국도 영국도 야드파운드법을…….

―갈!! 미터법!!

어딜 감히 임페리얼 단위계 같은 흉참한 단위계를 쓰려고 하는가! 내 눈에 흙이 들어가는 한이 있어도 야파법은 절대 금지다.

미국이니까 로켓 한둘 날려 먹어도 괜찮은 거지, 한국에서 그랬다간 진짜 큰일 터진다고.

"영국에서도 이를 빠득빠득 갈더니, 결국 성공했네."

"오죽하겠냐."

영국에서 내가 한국인인 게 정말 서러운 건 인종 차별이 아니라 그놈의 야드 파운드를 내다 버리자고 법률을 제안하지 못한다는 점이었다.

조지 5세 국왕 폐하도 왕세손 시절부터 난색을 표하더라고. 하긴 너무 돈이 많이 들겠지. 크흑.

"그러면, 이제 대충 다 된 셈이네?"

"뭐, 그렇지."

나는 천천히 고개를 끄덕이며 니체의 지팡이를 흔들었다.

내가 훈수 둘 수 있는 건 다 뒀고, 이제부터는 〈앨리스와 피터〉 재단의 일이다.

제철소와 철강소 등 군수산업체는 이미 민영환이 잘 세워 뒀고, 재단 입김이 닿는― 예를 들어 라이트&캐리어, WB's사, 포드사 등의 중공업 공장을 한국 곳곳에 세워

달라고 하면 된다.

이 작은 나라에 그럴 만한 수요가 있냐고? 저 중국을 봐라. 공장이 돌아가기만 하면 곧장 같은 무게의 금으로 바꿔 줄 부자들이 어마어마하게 많은 나라다.

작가들 발굴은 여기 남기로 한 매지에게 맡기면 되고, 학교도 나보다 재단 사람들이 잘 세울 테니.

슬슬 한반도를 떠도 상관없는 셈이다. 뭐, 어차피 못 돌아오는 것도 아니고.

"올 때랑은 반대로, 그러니까 일본부터 들러서 나츠메 씨, 아니 이제 문화부 장관이던가? 아무튼 그 양반 만나서 유학할 만한 사람들 픽업할 거야."

말 안 해 놨는데 아쿠타가와 류노스케와 가와바타 야스나리(川端康成)를 벌써 픽업했더라. 아주 기특하다.

여기에 한국에서 소파 방정환, 벽초 홍명희, 열재(悅齋) 이해조(李海朝)를 데려가 유학 생활을 시킨다면 한일 문학이 아주 풍부해지겠지. 후후, 컬렉터로서 아주 뿌듯하다.

그러면 이제 남은 건 하나뿐인데.

"김 부위, 뭔가 하고 싶은 거 없습니까?"

"하고 싶은 것…… 이라 하셨습니까?"

"지금 솔직히 백수잖아요."

김창수는 당황한 기색을 감추지 못했다. 아닌 게 아니라, 지금 이 양반 좀 애매한 상태이긴 하거든.

한인 정보조직을 꾸리고 일을 하고는 있었지만, 이쪽은 지금 한국 정부 쪽으로 편입해서 '외교부' 산하의 전략정보과로 붙여 줬고, 그렇다고 경제나 작가 일 쪽은 거의 젬병이니 남편으로서 매지랑 붙어 다니기도 뭐하고.

"뭔가 사업 같은 거 하고 싶은 거 있으면 말해 봐요. 지금이야 꼬리표 때문에 바로 진입 못해서 그렇지, 한국에 민주주의가 제대로 자리 잡으면 정치 쪽에 보낼 생각도 있으니까."

"으음. 무슨 말씀이신지 알겠습니다. 발판이 될 만한 것을 하나 만들어 두란 말씀이시군요."

"그게 나라에 도움이 되면 더 좋겠지. 물론 스스로가 잘 할 수 있는 걸 우선으로 생각해 봐요."

"흠, 그렇다면—."

김창수의 눈이 번뜩였다. 오, 뭔가 있나.

나는 솔직히 기대되었다. 그 '아름다운 나라'의 김구 아닌가. 오이겐 산도프와 오래 알고 지내기도 했으니, 이 나라의 스포츠에 큰 보탬이 될지도—.

"경마 산업을 시작해 보고 싶습니다!"

"……."

그.

준마처녀요?

3장 **전후 세계-1920년대(중)**

전후 세계-1920년대(중)

 처음에는 그저 내가 말에 미친 집안(왕가)하고 너무 붙어 다니는 바람에 물들었나 했다.
 하지만 백범 김구 선생 릴리의 경마에 대한 열정은······ 내 생각보다 더 진심이었다.
 "예로부터 고구려는 개마무사(蓋馬武士)가 유명하며, 간도는 여진족의 준마(駿馬)로, 제주도는 몽골조차 탐낸 양마(養馬)로 유명한 지역이 아니겠습니까? 우리 대한의 용마가 더비에서 우승하는 것도 꿈은 아니라고 생각합니다."
 "······그때 말이랑 지금 경주용 말이랑 품종이 전혀 다른 건 알죠?"
 "물론입니다."

어쩐지 뭔가 익숙한 장년의 부하까지 데려와 옆에서 PPT를 하고 있는 김창수의 불타는 눈은 내가 본 그 어느 때보다 열정적이었다.

물론 나랏일을 할 때도 열정적이었지만, 그때는 진중하고 묵직해서 냉철함이 겸비되어 있었다면 지금은 뭔가…….

"하여, 우리 한국에서 흥미를 보이는 부호들과 함께 공동 출자하여 영국에서 은퇴한 경주마들을 수입해 마방(馬房)을 만들고 길러볼 생각입니다. 이미 한국경마회(Korea Racing Association)도 설립했고, 경마장 부지도 알아보고 있습니다."

……정말 순수하게 열정만으로 다이렉트로 박아 버리는 느낌이라고 해야 하나? 그냥 덕질하는 덕후의 모습이란 말을 순화했다고 하면 간단하다.

이런 모습 참 낯설다.

하지만, 흠.

"경마라……."

솔직히 말하자면 나도 영국에 있으면서 경마 자체는 많이 봤다.

당장 내 친구가 조지 5세 아닌가? 에드워드 7세가 워낙 열성 마주라 상대적으로 약해 보일 뿐이지, 영국 왕실은 대대로 말박이들이다. 당장 둘째인 콘월 공 앨버트 공자도 꽤 경마 애호가고.

괜히 무굴(몽골) 제국 황제가 아니라는 생각까지 든다

니까? 말에 대한 사랑만큼은 예케 잉굴 울루스를 선포해도 쿠릴타이에서 '어 인정'을 받을 수 있다.

게다가 나 자신도 이래 봬도 한때 중앙 트레센 학원에서 수많은 G1 마를 배출한 또레나이지 않았는가. 수백 회가 넘는 육성의 시간은 결코 장식이 아니라는 거다.

그런 만큼 경마의 재미를 모르는 것도 아니고, 도리어 김구가 어째서 저렇게 진심으로 빠지게 되었는지 나름 이해가 가기도 한다.

사실 경마라는 스포츠 자체는 알게 모르게 인류에 영향을 끼칠 정도로 큰 종목이니까.

대표적으로 선거철에 자주 쓰이는 출마(出馬)라는 단어도 그렇고, 라이벌전을 말하는 더비라는 단어도 그렇고.

생각보다 나쁘지 않다는 거지.

하지만 그렇기에 오히려 걱정되는 것이 바로— 사행성 문제다.

"……그, 도박하려고 하는 건 아니죠?"

"절대 아닙니다. 아니, 물론 배당 자체는 두겠지만, 절대 민생에 해를 끼치지 않는 수준으로 관리하겠습니다."

그나마 다행이긴 하네.

어떻게 보면 우리나라 경마의 이미지가 조져진 제일 큰 이유가 바로 이 부분이니까.

사실 배팅 자체는 거의 대부분의 스포츠에 존재하고 있으니까 경마만 특별히 이상한 건 아니다. 솔직히 미친 건

축구에 미친 놈들이 더하다니까? 아니라고 생각한다면 고개를 들어 훌리건들을 보고 오라.

그러니 잘 관리를 한다면 좋지 않을까 싶다. 자칫 잘못하다 꼴뚜기 게임에 끌려가는 사람이 나오지 않도록 말이다.

막 얼굴 시커멓게 내려앉아서 담배 냄새 풀풀 풍기는 아저씨들이 인상 팍 쓰고 있는 공간이 아니라 주말 유원지 느낌으로 가볍게 즐길 수 있게 만드는 형태 말이지.

실제로 영국에서는 폴로와 함께 꽤 괜찮은 이미지로 잡혀 있으니.

아무튼 그 점에서는 꽤 금욕적인 김구이니, 확고하게 말하는 것을 보면 꽤 안심은 된다.

도덕적인 문제에 대해 해결이 됐다면— 이제 현실적인 문제인데.

"경마라면, 어느 경마를 들여올 거죠? 혹시나 해서 묻지만, 우리나라 기후가 영국식 경마에 적합하지 않은 것은 알고 있습니까?"

"그건…… 알고 있습니다."

김구 역시 몹시 안타깝다는 듯 그렇게 말했다.

일본이야 섬나라라서 높은 습도가 어떻게든 커버해 주지만, 한국은 쌩 대륙성 기후.

이게 무슨 말이냐, 경마의 꽃인 잔디 마장을 관리하기 대단히 빡세단 뜻이다.

서안 해양성 기후가 깡패지 진짜.

미국은 어떻게 하냐고? 그래서 걔들은 더트, 그러니까 모래 마장 경주가 주류 아닌가.

"그럼, 미국식 경마를 수입할 생각입니까?"

"그 생각도 어느 정도는 있습니다만, 그렇다고 영국식 경마도 포기할 수는 없습니다."

진지하게 말한 김창수가 옆의 부하에게 눈치를 주자, 그가 빠르게 지도를 넘겼다.

원래 조선의 지방행정 구분은 그 유명한 8도다. 하지만 대한제국 시절에 13도가 되었고, 여기서 제주도를 나누고 북간도, 서간도가 추가로 편입되어 새롭게 16도가 되었다.

그중에서 제주도를 포함하는 남쪽 지방에는 푸른색 동그라미 몇몇이, 개마고원이 포함된 북쪽 몇몇 지방에는 노란색 동그라미가 그려져 있었으니. 대충 봐도 경마장이 세워질 만한 곳으로 낙점된 지역들임을 잘 알 수 있었다.

"일단 제주도는 대표적인 온난한 섬이 아니겠습니까? 이곳과 진주에서라면, 살짝 무리해서라도 잔디 경마장을 만들 수 있을 것으로 조사되었습니다. 그리고 전주(全州)는— 다소 무리해서라도 만들어야 한다고 생각합니다."

"전주(全州)라……."

왕실. 즉, 전주 이씨의 비호를 노린다는 게 눈에 보인다.

전주에는 경기전(慶基殿)이 있으니까.

하지만 확실히 그럴듯하다.

바로 옆 나라의 일본만 해도 경마 강국이라 천황상에 거는 의미가 남다르지 않았는가. 아, 지금이야 천황제를 폐지했으니 없어지겠지만.

"반면 북쪽 지방에서는 미국식 경마를 도입하여, 모래 경마장을 설립하고 잔디 경마와 더트 경마의 경쟁을 붙여보면 어떨까 합니다."

"호오……."

"원래 일반적으로 경마라고 하면 더비가 유명합니다만, 실제로는 애스콧 경마장에서 열리는 로열 애스콧(Royal Ascot: 매년 6월 중순에 열리는 영국 왕실 주최 경마 행사) 경주나 브리티시 챔피언스 데이(British Champions Day: 매년 10월 중순에 열리는 시즌 챔피언 대회)도 대단히 위상이 높습니다."

"그건 알죠."

나도 가끔 가서 봤는데, 1년의 결산 같은 느낌이라 확실히 아는 만큼 더 열광하게 되는 그런 곳이었다.

그걸 전주에서 열고, 황제나 이강 황자, 아니면 덕혜옹주 같은 사람들이 가서 직접 트로피를 전달한다면…… 씁, 꽤 괜찮은데?

권위가 주는 '뽕'이 얼마나 대단한지 아는 나로서는 꽤 혹할 수밖에 없다.

실제 경마가 그 뽕으로 빨아먹은 돈이 얼마나 많은지, 그리고 현재까지 이어지는 인기를 생각하면 더더욱.

오래된 스포츠이니만큼 그 효과는 더더욱 좋을 테고.

문제는.

"이것도 혹시나 해서 묻는 건데, 군사적인 목적은 없죠?"

"없습니다."

김창수는 당당히 말했다. 옆에 서 있던 부하가 놀랄 정도로 당당했다.

"이미 조사해 봤습니다. 경주마로 쓰이는 서러브레드는 대단히 빠르고 영리하지만, 그만큼 대단히 유약하고 덩치도 작은 편입니다. 군마로는 전혀 적합하지 않습니다. 그리고— 무엇보다 기병(騎兵)은 이제 도태 대상입니다. 지난 대전에서 알려 주셨잖습니까."

바로 그거지.

나는 흔쾌히 고개를 끄덕였다.

빠르기로는 비행기를 능가하지 못하고, 튼튼하기로는 전차를 능가하지 못하는 게 기병이다.

참호전에서 가장 많은 피해를 입은 병종도 기병이고, 국방장관이 된 몬티도 기병을 골칫덩어리로 여겼지.

"아마 근위대를 빼면 기병을 볼 일이 없을 겁니다. 그리고 근위대는, 솔직히 말씀드리면 관광용이 아니면 쓸 일이 없겠지만— 그거라면 더더욱 경마를 진흥시키는 편이 좋지 않겠습니까?"

"하하, 그렇지요."

생각해 보자, 그 영국 근위대도 별로 유명하지 않은 말을 타고 다니는 데도 그렇게 유명한 관광자원이다.

그런데 이벤트로 그 근위대가 '황제'나 '패왕', '회색 괴물' 같은 현창마(顯彰馬)급 명마들을 타고 나온다? 이거 어떻게 참아?

성공만 하면 돈이 우수수 쏟아질 게 눈에 보인다. 물론, 성공만 한다면.

"말들 관리도 철저히 하세요. 경쟁이니 최대한 디바이드 앤 롤로 가야겠지만, 그렇다고 해서 말들을 혹사하거나, 폐사시키는 놈들을 마주랍시고 권한을 보장해 줘선 절대 안 된다는 것도 잘 아실 거고."

"물론입니다. 어떻게 그런 짓을 할 수가 있습니까?"

나도 그렇게 생각해요. 근데 그러는 놈들이 있더라고.

그리고 보자, 이러면 대충 현실적인 부분에서 반대할 이유는 거의 없는 거지만…….

마지막으로.

"경마회를 설립했다고 했지요? 지금 여기에 돈을 모은 집이 어딥니까?"

"경주 최부잣집의 최현식(崔鉉軾) 진사, 만석꾼 허준(許駿)과 심호택(沈琥澤), 윤황(尹堭)…… 거기에 평양의 조만식(曺晚植)이란 청년이 있습니다. 그리고 윤치호(尹致昊) 참판과 김갑순(金甲淳) 사장, 이목승 사장에 여흥 민씨 쪽의 젊은이들도 일부 투자했고요."

역시나.

나는 이름난 만석꾼 집안과 구한말의 미묘한 이름들이 한데 섞여 있는 것을 듣고 고개를 끄덕였다.

요컨대, 이것은 일종의 '전경련'이다.

왜, 21세기 재벌들도 친목을 유지하며 골프를 친다거나, 그런 것 있지 않은가?

그리고 경마는 이 시대, 골프를 능가하는 최고의 상류층과 부자들 전용 레저 스포츠.

이 경마 산업을 꽉 잡는다면, 충분히 상류층의 일가로 자리 잡아 세를 일으키는 것도 가능할 것이다.

내가 주문한 '발판이 될 만한 사업'에도 부합하고.

물론 김창수가 김창수이니, 경마 산업을 꽉 잡아 상류층들과 어울리겠다는 그런 야망만 있는 것은 아닐 것이다.

"……다른 생각이 있군요?"

"영국에 있으면서, 소위 큰 부자들이 회합을 갖는 모습을 자주 보았습니다."

김창수는 담담하게 설명했다. 여전히 열정이 가득한 모습이긴 했지만, 그 이상의 냉철함도 겸비한 눈이었다.

"그들의 간단한 말 몇 마디, 혹은 체스나 카드 같은 가벼운 손짓 몇 번에 얼마나 많은 서민이 고통을 받는지도 잘 보았고요."

"……그래서, 그들을 지근 거리에서 감시하겠다?"

"만약 그들이, 가진 힘을 주체 못하고 나라에 해를 입히는 기생충들이 된다면— 제 손으로 처단하겠습니다."

순간 미래에서 본 어느 일제강점기 영화 속 모습을 떠올리는 그 모습에서 나는 그가 이러니저러니 해도 김구라는 생각이 들었다. 하긴, 이 정도 과감함은 있어야지.

요컨대 이것은 전경련인 동시에 살생부(殺生簿).

의심하지 못하도록 경주 최부잣집 같은 의심할 여지 없는 '생'까지 섞어 놨다는 점에서 대단하다는 말밖에 안 나온다.

"좋습니다. 그런 생각이라면 얼마든지 투자하죠."

"감사합니다. 경."

"아, 그런데 저 친구는 누굽니까? 이런 얘기까지 들려준 걸 보면 꽤 측근인 것 같은데, 뭔가 낯익은 얼굴 같기도 하고."

"고향에서 활동할 적 인연을 맺은 안 씨 집안의 총 잘 쏘는 친구입니다. 이보게, 응칠. 인사드리게."

"인사드립니다, 경! 황해도 해주의 안중근(安重根)이라 합니다!"

"……음."

그래, 김구 확실하네.

남는 게 사진이니 사진이나 많이 찍어 둬야겠다.

* * *

도마 안중근이 원 역사의 대한의군 참모중장 독립특파대장만큼은 아니지만, 김창수의 밑에서 얼추 비슷한 업무를 처리하게 되는 것은 어쩔 수 없는 일이었다.
"네가 응칠이냐? 방 좀 빌리자."
"누, 누구시요?"
"난 김창암…… 아니, 김창수라고 한다."
동학농민군의 접주와 그 동학군을 제압한 의병장의 아들. 당연히 서로 잘 맞지 않았지만, 그래도 한 가지 공통점은 분명했다.
책을 좋아한다는 것.
"응칠아, 이것 봐라."
"형님, 그게 뭡니까?"
"고 선생님(후조 고능선)께서 갖다주신 패관인데, 요즘 한양에서는 이런 게 유행이라더라."
그것은 다름 아닌 이사벨라 버드 비숍이 조선에 가져온 〈피터 페리〉—를 무단 번역한 해적판, 이른바 〈피천덕전〉이었다.

—이 아이도 패리 자네처럼 엄마가 없다네.
—날 따돌리고 있어! 왜…… 왜냐~? 정말 미워!
—그래서…… 패리 그 아이를 사는 보람도 희망도 없는

바보로 키우는 게야! 질투하는 모습이 아주 귀엽지!

 물론 번역 품질 자체가 썩 좋다고는 못할…… 아니, 그 수준을 넘어서 거의 재창조를 해 버린 물건이긴 했으나.
 그럼에도 불구하고 서사의 중심은 묘하게 지키고 있었고, 그것이 주는 생소하면서도 원초적인 쾌감과 소설의 재미는 두 소년을 완전히 사로잡았다.
 애석하게도 이사벨라 버드 비숍이 가져온 책은 얼마 되지 않아(원래 책은 부피가 상당한 물건이다), 번역판도 얼마 안 가 끊기고 말았지만, 해적판이라는 것은 원래 그런 것을 신경 쓰지 않는 법.
 〈피천덕전〉의 후속작, 외전, 그 외 기타 등등을 자처하는 온갖 불법 2차 창작이 한양에 잠시 들끓었고, 이 혼란은 한참 뒤 로웨나 진-로스차일드가 세운 '빈톨서방'이 정식 번역판을 출간한 뒤에 가라앉지만, 김창수와 안응칠은 그런 것 따윈 신경 쓰지 않고 닥치는 대로 찾아 읽으며 우애를 키웠다.
 "창수 형, 나 이거 다 읽었다. 다음 권 줘."
 "지금 읽고 있으니 조금만 기다려라."
 "근데 이거 되게 재미없네."
 "가짜는 어쩔 수 없지. 범인도 사또의 아들이라니, 뭐 이런 쉬운—."
 "으아아악!! 말하지 마!!"

그리고 또 몇 년 뒤, 김창수가 치하포 사건을 일으키고 탈옥도 하며 출가하여 잠시 스님이 되기도 하다가 마침내 고향에서 훈장 일을 하던 무렵.

한양의 역사는 또다시 바뀌었다.

"되었네, 백범! 나라에서 자네의 죄를 사면하고 군관으로 뽑는다더군!"

"안 선생님, 그게 무슨 말씀이십니까? 어찌 제가……."

"난들 알겠나? 당장 상경하세! 혹시 잘 되면 우리 응칠이 좀 부탁하세."

"……그, 일단 알겠습니다."

그리하여 김창수가 안중근의 아버지 안태훈의 손에 이끌려 상경한 뒤, 민영환이 키운 광무군의 일원으로서 중국에도 갔다 오고, 나라도 뒤엎고, 미국에도 갔다 오는 사이.

본래라면 러시아 블라디보스토크로 망명하여, 평생을 조선 독립에 바쳐 마침내 이토를 저격해야 했을 총 잘 쏘는 청년 안중근은 '광무군 부위의 아는 동생'이라는 타이틀 덕에 늦게나마 대학도 다니고, 형 김구를 따라 광무군에 입대하게 되었으니…….

그가 자연스럽게 하안술로진. 즉, 진한솔에 대해서도 궁금해하는 것도 당연한 일이었다.

그리하여 마침 그를 따라 마주하게 된 진한솔 경은.

―"경마라······."

탁, 타닥.
젊고 눈부신 편은 결코 아니었다.
당연한 일이다. 그의 나이를 생각해 보면, 오히려 지천명(知天命)을 넘은 그의 눈이 저토록 생기있다는 것이 대단하다고 생각해야 하는 점이었다.
그를 대신해, 그 검은 정장 차림과 낡은 지팡이라는 옷차림 속에서 흘러나오는 것은, 돌아가신 고능선 선생에게서 엿보이던 원숙한 몸짓과 그 하나하나에서 묻어 나오는 품위와 세련됨.
그리고 그 풍부한 지성이었다.

―"경마라면, 어느 경마를 들여올 거죠? 혹시나 해서 묻지만, 우리나라 기후가 영국식 경마에 적합하지 않은 것은 알고 있습니까? 그럼, 미국식 경마를 수입할 생각입니까?"

김창수의 '한솔 경은 경마에 대해 잘 모르신다. 경마장에서도 썩 좋아하시지 않은 눈치였고.'라는 말과 달리, 그 눈그늘(dark circle) 짙은 눈은 냉철하기 그지없는 눈으로 마치 전문가와 같은 지식을 드러내고 있었으니.

―"이것도 혹시나 해서 묻는 건데, 군사적인 목적은 없죠?"

게다가 당신에게는 사사롭게는 사위(?)에 해당할 김창수에게조차 가차 없이 함정을 판다. 그리고 그 시험을 통과한 뒤에야 고개를 끄덕이니, '인재를 보는 눈이 정말 뛰어나다'라는 형님의 말이 결코 거짓이 아님을 알 수 있었다.

무엇보다.

―"경마회를 설립했다고 했지요? 지금 여기에 돈을 모은 집이 어딥니까?"
―"……다른 생각이 있군요?"

김창수가 생각하고 있는 것 따위는, 그 무엇을 생각하는지 알 수 없는 옅은 밤색 눈동자로 꿰뚫어 볼 수 있다는, 서늘하기 그지없는 미소.

그 미소를 보고서야 안중근은 문득 생각이 들 수밖에 없었다.

'그렇군.'

이분이야말로, 그 〈피천득전〉과 〈문삼특전〉의 진짜 저자이자, 대한이 낳고 영길리가 길러 낸 최고의 대문호. 천하제일의 대국이라는 영길리에서 그 드높은 문필을 기려 작위를 받아 낸 대학사셨으니…….

이분이 가리키는 대로만 따라간다면, 대한의 무궁한 영광은 확정이나 다름없다— 도마 안중근은 진한솔 경과 사진을 찍는 영광을 누리며, 그렇게 생각을 했던 것이다.

* * *

"틀림없네. 이것이 바로 한슬로 진 경이 가리키시는 길이야."

"아니, 그."

정말입니까?

국제연맹군 기갑군 참모, 도산 안창호 중령은 도저히 그렇게 물어볼 수 없었다.

분명 눈앞의 선배는 평소에는 호탕하고 간언도 잘 받아주는 편이지만, 단 한 가지. 자신이 확신하고 있는 일에 대해 태클을 걸었다간 '감히 후배가…… 말대꾸?'라는 반응을 보이는 인물이니까.

그러니.

"어찌하여 그 말씀을 제게 해 주시는가, 솔직히…… 잘 모르겠습니다. 맥아더 선배님."

"모르겠다니요, 안 선배!!"

조심스럽게 말하는 안창호의 말을 빼앗으며 소리친 것은 그 제안을 한 사람이자, 웨스트포인트 육군사관학교의 3년 차 교장인 더글라스 맥아더가 아니었다.

그 옆에 있던.

그와 함께 불려온 국제연맹군 기갑군 대령 조지 S. 패튼이었다.

"영광된 일이 아닙니까! 다른 사람도 아닌 맥아더 선배가 우리를 불러서 '대업'의 꿈을 꾸는 것은—!"

"조용, 조용히 좀 하게!! 지금 우리가 무슨 쿠데타 모의라도 하고 있는 것 같잖아!!"

"뭐, 그건 아니긴 하지."

언제나의 WWE와 만담 사이의 무언가를 보며, 더글라스 맥아더는 고개를 끄덕였다.

"난 어디까지나, 내가 이 나라에 봉사할 수 있는 길이 — 꼭 군인만은 아닌 것 같다. 그런 생각이 들어서 말일세."

정치.

더글라스 맥아더는 진심으로 그렇게 말하고 있었다.

"내가 보기에, 앞으로 지난 빌헬름 2세의 망동 같은 대전쟁은 일어나기 힘들 거야."

"……좀 더 자세히, 들어도 되겠습니까?"

더글라스 맥아더는 조용히 그리 말했다.

그 말을 들은 패튼이 경악하며 입을 딱 벌렸고(마치 세상 망한 것과 비슷한 표정이었다), 도산 안창호도 의아해하면서 귀를 열기 시작했다.

"독일 제국, 일본 제국, 그리고 오스트리아-헝가리. 이 셋은 유럽의 구태인 제국주의와 식민주의에 심취한 '신흥' 제국이었고, 그렇기에 이들은 기존의 제국들에게 패배했네."

하지만, 하고 더글라스 맥아더는 말을 이었다.

"지금의 형세를 보게. 영국은 구태를 버리고 민주주의를 중심에 놓는 연방으로 탈바꿈하고 있고, 그에 못잖게 성장하고 있는 것은 우리 민주주의 국가인 미국이지. 즉, 시대의 흐름은 제국주의에서 민주주의로 흐르고 있네. 우리 미국과 영국이 세계의 민주주의를 선도하며 앞서 나가는 국가가 될 거란 얘기지."

"……크흠. 그래서요?"

한국에 돌아갈 날만을 기다리는 도산 안창호는 침착하게 물었다.

"대신, 좀 더 자잘한 싸움들이 우리를 기다리겠지. 저 공산주의와의 싸움이 그것일 거고."

"역시 맥아더 선배님이십니다! 그 애미애비 없는 빨……!"

"말 좀 끊지 말게! 계속하시죠."

"음, 그렇기에 우리 미군의 전쟁은 좀 더 촘촘하고, 조밀하며, 효율적이어야 해야 한다는 게 내 생각일세."

하지만 맥아더는 그런데, 라고 운을 떼며 얼굴을 일그러트렸다.

"지금 미국의 공화당을 보게. 저 유약한 이들이 과연

공산주의와의 성전을 이끌 만한 지도층으로 보이나?"

"그건...... 아니긴 하지요."

도산 안창호는 천천히 고개를 끄덕였다.

하딩 행정부는 국제연맹에서는 남미 소련에 국제연맹군을 급파해야 한다고 주장했다.

아르헨티나를 완전히 장악한 뒤, 우루과이와 칠레, 브라질 등 주변국의 폭동을 사주하여 공산주의로 물들이려는 그들을 용서해서는 안 된다고.

하나 그러면서도 막상 국내에서는 육해공을 가리지 않고 군축을 이어 가고 있다.

당장 공군을 세워야 한다는 당연한 요구조차, 저 영국의 일류 파일럿들에게서 노하우를 배워온 베테랑 빌리 미첼을 좌천시키며 입을 막고 있지 않은가.

"진실과 예견이 아닌, 선동과 날조만으로 날뛰는 이들이 대전쟁의 전훈(戰勳)을 쓰레기통에 처박고 있어. 우리 미국은 세계를 선도할 나라로써, 이런 작은 대륙에 갇혀 있을 나라가 아니란 말일세. 마땅히 국제연맹에 징징대는 게 아니라, 연맹군을 스스로 이끌고, 직접 남미에 군대를 파견하여 저 레닌인가 하는 대머리를 참수해야 해."

그렇기에 더글라스 맥아더는 도저히 더 이상 미국의 군대에 남아 있을 수 없다는 결론을 내렸다.

그를 막아섰던 베이커 장관처럼, 그 자신이 스스로 나라의 중심으로 올라서야 한다.

"이것은 아까 말했듯, 한슬로 진 경이 가르쳐 준 길이기도 하네."

"그, 어째서요?"

"그야, 뻔하지."

15년 전, 더글라스 맥아더의 뛰어난 두뇌는 마치 카메라처럼, 시카고에서 만난 한슬로 진과의 대담을 사진처럼 명확히 떠올릴 수 있었다.

—흰머리수리를 승리로 이끌어 줄 날개.

—전쟁이라는 화마로부터 많은 이들을 구하고 싶은 마음은 있지요. 그러니 그땐…… 부디 당신 같은 군인이 옳은 선택을 해 주시길 바랄 뿐입니다.

군인의 옳은 선택.

세계 1차 대전의 젊은 영웅인 그가 지금의 전훈을 가장 잘 살리면서 앞으로 나가려면— 역시 이 선택이 제일 옳지 않을까? 더글라스 맥아더는 그렇게 생각했던 거다.

'무엇보다.'

그가 대권을 잡은 미국이 왕으로서 군림하고, 마법사인 한슬로 진이 뒤에서 조종하는 영국이 미국을 보좌한다면.

그것만큼 쉽게 '팍스 아메리카나'를 이룩할 수 있는 길은 없지 않을까?

"……무슨 말씀이신진, 알겠습니다."

안창호는 조심스럽게 말했다.

물론 다소 맥아더의 과대망상이 섞인 감도 있지만, 그가 보기에도 미국 자체의 성장세는 결코 뒤떨어지지 않을 듯하며, 영국보다는 미국과 친해지는 것이 고국인 한국의 입지에도 좋을 듯하니.

하지만 역시 문제는.

"그것을 왜 제게 말씀하시는 건지, 전 도대체 이해가 가지 않습니다."

"시치미 떼지 말게, 샌프란시스코의 영웅."

맥아더는 빙긋 웃으면서 두 사람, 안창호와 패튼을 번갈아 바라보았다.

한쪽은 아시아계 이민자 커뮤니티의 중심적인 인물.

한쪽은 캘리포니아 명문 가문의 후계자.

그 뉘앙스를 눈치챈 안창호는 당황해하며 물었다.

"그런 건 보통 고향에서 시작하지 않습니까? 아칸소는 어쩌시고요?"

"그곳은 내 고향이 아냐. 태어난 곳일 뿐이지. 오히려 연고라면 웨스트포인트가 있는 뉴욕일 텐데, 그걸 연고라고 하기엔 조금 애매하지."

그러니 캘리포니아다.

맥아더는 그렇게 말하며 두 사람에게 손을 내밀었다.

"부탁하네, 친구들. 날 도와주겠나?"

"……전 이제 슬슬 전역해서, 고국에 돌아갈 생각이었

습니다만."

"그것도 상관없지. 하지만 여기 남을 사람들이, 한미 우호를 위해 더 큰 역할을 하게 되면…… 그것도 좋지 않겠나?"

그 말에 도산 안창호는 갈등할 수밖에 없었다.

본래 이야기책 좋아하던 교육자 지망생, 노내미집 셋째는 군대에 올 생각이 전혀 없었다.

그런 그가 웨스트포인트 유학을 생각하게 된 계기는 단 하나였다.

―그대가 이번 구세학당(救世學堂)의 추천으로 유학하게 된 안치삼(안창호의 자)이군.
―그, 그러합니다. 통령 각하.

통령 민영환.

세간에서는 '나라님 잡아먹은 괴물', '돌아오신 운현궁 대감' 등, 이런저런 이야기를 많이 듣던 그 어른은, 놀랍게도 안창호 등 유학생 한 명 한 명과 만나 진지하게 나라의 미래에 대해 이야기를 나누었다.

그리고 당시 나눈 대담의 중심은 다름 아닌― 교육.

―이 나라에 필요한 교육이 뭐라고 생각하나?
―그것은, 역시…… 자강(自强)이 아니겠습니까? 힘을

기르는 것이 먼저이니.
 ─그럼, 힘이란 무엇인가? 돈이 많은 것인가? 아니면
─ 군사력인가?

 민영환은 진지하게 안창호를 설득했다.

 ─나는 광무군을 기른 자로서, 권비들을 제압하기 위해 북경까지 갔다 와 봤지. 그리고, 저들의 군사력을 눈앞에서 보았어.
 ─돈은 지금 우리 대한도 부족하지 않아. 우리에게 부족한 건…… 힘이지. 그것도, 저 양인들의 힘은 우리의 그것과 전혀 다르네.
 ─부탁일세. 치삼 학생. 저들의 군무(軍務)를 배워 주게. 그리고 아이들의 스승 이전에, 군인들의 스승[軍師]이 되어 주게.

 결국 그 간곡한 부탁이 안창호를 웨스트포인트로 이끈 셈이었으니, 그의 인생이 뒤틀리기 시작한 시점은 바로 그때였을 것이다.
 '후, 어쩔 수 없지.'
 하지만 뒤틀렸다고 해서 결코 멈춰 서서는 안 되는 것.
 "알겠습니다."
 기억 속의 민영환과 눈앞의 맥아더를 겹쳐 보며, 안창

호는 맥아더와 손을 잡았다.

 먼 훗날, 미 국방부 최초의 아시아인 장관 도산 안창호는 '내가 그때 그 손을 뿌리쳤어야 했는데'라면서 회고했다.

* * *

 "—그리하여, 한슬로 진 경이 현대영문학에 준 영향은 실로 막대하다 할 것입니다."

 영국 옥스퍼드 대학교, 머튼 칼리지 영문학과의 현대영문학개론 시간.

 교수는 칠판에 'Hanslow Jean'이라는 이름을 크게 쓰며 말했다.

 "단순히 그가 현대 영문학의 장인 '잡지 소설'의 시대를 적극적으로 견인하고, 유행하게 만들었으며, 도서관과 학교 등 교육재단을 경영하고 있는 것만을 말하는 것이 아닙니다. 물론 그것 역시 대단한 업적이긴 하지만, 그것은 어디까지나 사업가로서의 업적이니까요."

 중요한 것은 소설가로서의 업적이다.

 교수는 그렇게 말을 이었다.

 "물론 여러분 중 셜로키언도 있을 것이고, 디킨스의 팬도 있을 것이며, 고전 영문학에 심취한 분들도 있을 것입니다. 물론 그들의 문학 역시 '대중문학개론'과 '참여문학개론'시간에 배울 것입니다. 하지만 제가 한슬로 진 경의 영향을 1순위로 놓는 것은 단순히 제 팬심이 아닌, 영어로 쓰인 독자적인 신화(神話)를 서사시로 읽어, 현대 영문학으로 승화시키는 데에 성공했다는 점에 있습니다."

그 말과 동시에, 교수는 천천히 영사기에 무언가를 비추었다. 다름 아닌 영국의 지도였다.

"현재는 과거의 연장선이자, 미래로 가는 중간다리입니다. 하지만— 우리 영국에는 오래도록 보편적 과거라 할 만한 것이 없었습니다."

최초의 영국인으로 추정되는 켈트계 게일족으로 시작하여, 픽트족, 앵글로족, 색슨족, 주트족.

그리고 중세 시대의 노르만족까지.

한때 온 동네 배 타고 다니는 놈들이라면 전부 씹고 뜯고 맛보았던 영국의 가슴 터지는 역사를 간략히 보여 준 교수는 침잠된 목소리로 말했다.

"이민족의 침략과 맹목적인 종교 분쟁. 그로 인해 기록은 윤색되고, 왜곡되고, 사라졌지요. 그렇게 우리의 언어와 문학에서 그리스어와 켈트어, 로망스어와 그리고 독일어, 스칸디나비아어, 핀란드어에는 있는 민담과 전설, 그리고— 신화(神話)는 역사의 사토 속에 묻혀 영영 사라지고 말았습니다."

물론 남은 것이 아예 없지는 않다.

교수는 그렇게 말하며 〈베오울프(Beowulf) 서사시〉의

1010년 필사본을 비추었다.

"그리고 나름의 노력으로 이 서사시를 재현해 보려던 이들도 있었습니다. 윌리엄 블레이크의 〈알비온(Albion) 신화〉도 어느 정도 가치는 있었습니다만, 그의 문체상 몽환적이기는 하되 직관적이지 않아 어디까지나 교양의 영역으로 남을 수밖에 없었습니다."

하지만, 하고 교수는 이어 말했다.

"한슬로 진의 〈피터 페리〉 서사시— 이른바, 〈요정향(妖精鄕: Fairyland) 서사시〉는 현재와 과거, 그리고 미래까지 관할하는 거대한 서사시로서 영국인들의 보편적인 신화. 거대한 우주 기원에 관한 것에서부터 낭만적인 동화의 차원에 이르기까지, 어느 정도 서로 연결된 전설의 체계로 자리 잡는데 성공했습니다."

교수는 〈피터 페리〉를 과거, 〈지옥불〉와 〈던브링어〉를 현재, 그리고 〈용이 흐르는 바다〉를 미래에 놓으며 그렇게 설명했다.

"〈피터 페리〉는 그리스·로마 신화와 북유럽 신화의 영향을 모두 이어받은 우리 영국의 보편적 문화 요소, 이른바 켈트 신화에 있던 '요정'으로 편입하여 융화했고, 그 자체로 창의적이고 거대한 장편 스토리— 이른바 '서사시'의 형태로 재창조했지요."

"이제 여러분은 엘프(elf)라고 하면 제일 먼저 뾰족하고 큰 귀를 가진 미남미녀를 떠올리고, 드워프(Dwarf)라고 하면 제일 먼저 키 작고 가무잡잡한 피부를 가진 대장장이를 떠올립니다. 실프(Sylph)의 날개, 님프(Nymph)의 아가미도 마찬가지입니다."

"놀라운 일이 아닙니까? 여러분 이전 세대의 사람들은 이들을 그림에 그려 보라고 하면 천차만별의 그림을 그렸습니다. 한슬로 진은 이 보편적 심상(image)을 통일시켜, 그 이후의 모든 소설가를 자신의 영향권 안에 놓았습니다. 피터 팬(Peter Pan)의 팅커 벨이 전형적인 실프의 형상을 한 것은 지극히 당연했던 일이라고 할 수 있습니다."

이것이 요정의 '표준'이 된 것이다.

교수는 그것에 큰 원을 마구 그으며 말했다.

"아마 이 표준에서 벗어나려면, 그에 못잖은 창의적이고 완벽한 신화적 세계관을 창조해내는 수밖에 없을 것입니다."

교수의 말에 남은, 미묘한 분위기.

학생들이 그것을 눈치채기 직전, 교수는 빠르게 말을 돌려 강의를 계속했다.

"이 표준은 시간이 지날수록, '자연적으로' 강력해졌습니다. 이 뒤를 따른 다른 2차 창작자들이 그 위에서 수많은 탑을 쌓아 올렸기 때문이지요. 〈셜록 홈스〉의 일대기를 작성한 팬들이 있는 것처럼, 〈피터 페리〉의 팬들이 동인 활동으로 만들어 출판해 공식 못잖은 인기를 얻은 〈요정력(妖精曆) 연표〉를 아실 겁니다."

팬덤 자체가 안에서 하나의 거대한 이야기를 생성해 내고 소비해 낸 케이스.

그리고 이것은 점차, 별 연관성이 없어 보이는 다른 작품에도 이어지는 것이었다.

"〈던브링어〉, 〈용이 흐르는 바다〉는 직접적으로 〈피터 페리〉와 연관성이 없습니다. 동일한 비슷한 괴물, 혹은 요정을 재탕한 경우는 있으며, 이벤트성으로 〈피터 페리〉의 등장인물인 여왕 마브나 알비스와 같은 등장인물이 등장한 적은 있습니다. 다만 이것이 〈지옥불〉만큼의 연관성은 없었지요."

하지만, 하고 교수는 말했다.

"그 적은 연관성만으로, 이 소설들은 '서사시환(敍事詩環, Epic Cycle)'이 구성됩니다. 첫 작품이자 18세기 말의 〈피터 페리〉, 19세기의 〈던브링어〉와 〈지옥불〉, 그리고 먼 미래, 인류의 잘못으로 이세계의 문을 열어 멸망한 지구까지. 이들의 연관성은 대단히 옅지만— 오히려 그렇기에 독자들은 더더욱 강력하게 서사시환이 구축되어 있다고 믿게 됩니다."

교수가 그렇게 말하며 칠판에 그린 그림은 다름 아닌 사슬의 고리 모양이었다.

크기는 작지만, 대신 오밀조밀해 보이는 사슬이었다.

"연관이 적다는 것은 그 자체만으로는 많은 것이 설명되지 않았다는 뜻이기도 하지만, 그와 동시에 독자들이

제멋대로 그 사이를 상상하고, 끼워서 맞추며, 스스로 납득할 수 있도록 유도하고 있다는 뜻이기도 합니다. 방금 전의 〈요정력 연표〉 또한 〈피터 페리〉와 〈지옥불〉 사이의 약 20여 년간의 이야기를 스스로 끼워서 맞추었죠. 저는 이것이, 한슬로 진의 의도라고 생각합니다."

이른바 여백의 미.

교수는 그렇게 정의하며 단언했다.

"이것이야말로 '현대 장편 영어 소설을 쓰는 법'이라 하지 않을 수 없습니다."

"작가는 모든 독자의 머리에 1분 1초, 완벽하게 설명할 수 있는 세계를 그릴 수 없습니다. 성실함이 우선되는 잡지 연재 작품일수록 더더욱 그러합니다."

"하지만 그렇기에 작가는 독자들을 믿고, 편과 편 사이의 여백을 주어, 함께 공상하며 여백을 채울 기회를 만들어 갑니다. 그렇기에 장르문학은 폐쇄적이고 기지(旣知)화된 문법 속에서— 미지(未知)에의 카타르시스를 창출해 낼 수 있는 것입니다."

"이상으로, 현대영문학 개론 수업을 마치겠습니다. 다음 주부터는 찰스 디킨스로부터 시작하여, 대중문학이란 무엇인지, 어떻게 발생했는지에 대해 심도 있는 토론을 해 보겠습니다."

"이제, 질문을 받겠습니다."

* * *

"오늘도 훌륭한 강의였다네, 존!"

"잭(Jack), 기다렸나?"

강의를 마치고 나온 영문과 교수 존과 거세게 포옹한 잭이 고개를 끄덕였다.

한쪽은 정 교수, 한쪽은 이제 막 신참 딱지를 뗀 개별 지도 교수였지만, 다과회에서 만나 친구가 된 그들에게 그런 것 따위는 서로의 나이 차이만큼이나 중요하지 않은 것이었다.

두 사람의 대화는 그 어느 때보다 자유롭고 편안했고, 이런 '황금시간'을 더 즐기기 위해 사소한 구분은 사치나 다름없는 것이었으니까.

"그러고 보니, 버지니아 울프의 신작 〈델러웨이 부인(Mrs Dalloway)〉 읽어 봤나? 굉장히 잘 나왔던데."

"물론일세. '의식의 흐름'대로 시점 자체를 혼란스럽게 하면서 작품을 전개하면서도 서사를 파악하는 데에는 무리가 없도록 치밀하게 잘 썼더군. 내 취향은 아니지만, 확실히 대단한 작가임은 분명해."

최신 영문학의 발전.

"최근 할리우드 종합 예술학원의 만화영화는— 기술적으로 대단한 발전을 이루고 있더군. 한슬로 진 경조차 감탄했다는 이야기가 있던데, 내가 보기에도 얼마 안 있으면 그 역시 영화의 한 축으로 인정해야 할지도 모르겠어."

"하, 만화? 아니, 나는 전혀 그렇게 생각하지 않아. 그것은 '나쁜 스타일의 전형적인 예'가 아닐 수 없네. 한슬로 진 경이 감탄한 것은 어디까지나 기술의 발전 속도에 불과해! 그것이 어엿한 영화로서 〈피터 페리〉와 같은 명저들에 담긴 진지한 신화적 이미지를 구현하려면 아직도 많은 시간이 필요해!"

"글쎄, 그것은 자네가 지나치게 종교를 긍정적으로 바라보고 있어서 그렇게 말하고 있다고 생각하네. 유물론자인 내가 보기엔……."

최근 웨스트엔드의 영화관에도 올라가고 있는, 이른바 애니메이션에 대한 이야기들.

"허! 이래서 자네의 무신론적인 관점에는 치가 떨려! 자 보게, 피터 페리는 아무리 봐도 예수 그리스도의 은유이고, 그렇기에 막달라의 메타포인 이루릴은 이루어질 수 없어! 그는 천상과 현실의 모방으로서 현실과 요정향을 만든 거야! 그렇기에 같은 천상-현실에 속한 포셔가 정실일 수밖에 없지!"

"재미가 우선이라는 사람이 어찌 그런 말을 하는가!? 이미 한슬로 진 경은 '고향에 대한 지나친 향수가 다소 무리수를 두게 만든 점이 있다'고 자백하는 인터뷰를 하신 적이 있네! '물론 그때의 나는 이미 완성되어 있다. 쓸

데없는 가필은 하고 싶지 않다'라고 하셨지만, 그렇기에 나는 아서 코난 도일 경이 민 이루릴이야말로……."

물론 그렇다고 언제나 평화적인 이야기만 주고받는 것은 아니었지만.

물론, 그렇다고 하여 〈잉클링스(Inklings)〉에서 그들의 대화가 결코 싸움으로 비화되는 일은 결코 없었다.

종교적인 것이든, 사상적인 것이든, 취향적인 것이든. 어디까지나 취향에 불과한 것이니.

"뽑아, 이 자식아!"

"오냐, 그 빌어먹을 전차 군단과도 구른 내가 쫄 것 같더냐?!"

……취향은 존중받아야 마땅한 법이다. 아무튼 그렇다.

실제로 그들이 뽑은 것은 리볼버가 아니었다.

바로 그들 각자가 취미 겸 진심을 담아 쓰고 있는 책들이었고, 서로에게 매너 있게 넘겨준 그들은 품위 넘치는 목소리로 서로의 문장을 정성스레 읽다가.

"우웨에에엑……."

"으으으으으윽……."

서로의 목소리로 들은 각자의 원고를 직접 들으며, 온몸이 오그라들어 북해에서 갓 잡힌 오징어 꼬라지가 되는 참사를 겪어야 했다.

"후, 후우. 아직도 '신화의 창조'에 매달리나. 평생 걸려도 어려울 걸로 보이는데."

"후욱, 후욱. 그렇기에."

평생을 걸고 도전할 만한 일이지.

존은 천장을 보고 누워, 손을 꾹 쥐고 말했다.

한슬로 진 역시 가능했으니, 자신 역시 가능하지 않겠느냐는.

'물론.'

어렸을 적부터 느꼈던, 기이한 그에 대한 호승심.

그리고 이제는 어렴풋하게밖에 기억이 나지 않는, 그에 대한 어마어마한 애착이— 그 선구자에게 도전하는 것이 정말로 가능하겠느냐, 그렇게 속삭이고 있었지만.

그렇다고 해서 포기할 수는 없다. 존은 그렇게 생각하며 잭에게 말했다.

"자네야말로…… 신화와 현실 간의 접합이라니, 내 보기엔 그것도 나 못지않게 어려워 보이는데."

"하하, 그야 그렇지만—."

"포기해야 할 이유는 되지 않지요."

엥?

존과 잭, 두 교수는 오징어에서 돌아와 자리에 앉은 세 번째 남자에게 눈을 돌렸다.

최근에 많아지긴 했다지만, 옥스퍼드 대학교에서 결코 흔치 않은 동양인.

심지어 장년…… 아니, 중년인인가? 자글자글한 피부에서는 분명 흔치 않은 세월의 흐름을 느낄 수 있었지만,

전후 세계-1920년대(중) 〈109〉

그 눈은 마치 청년일 때 그대로인 듯 눈부시게 빛나고 있었다.

낡은 나무 지팡이를 짚고, 담배 냄새가 전혀 나지 않는 파이프를 패션으로만 입에 문 그 동양인은, 방금 막 다 읽은 듯한 원고를 내려놓고는 싱긋 웃으며 말했다.

"슬슬 찾아와 봐야겠다 싶어서 혹시나 하고 와 본 건데, 실로 대어를 건졌군요."

"다, 당신은."

"서, 설마?!"

"어떻습니까. 두 교수님들."

동양인은 원고를 가리키며 말했다.

"이 원고, 전폭적으로 지원하고 싶군요. 혹시 출판 계약에 생각이 있으신지?"

누가 감히 아니라 할 수 있을까.

존과 잭.

존 로널드 루엘 톨킨(John Ronald Reuel Tolkien)과, 클라이브 스테이플스 루이스(Clive Staples Lewis)는 홀린 듯 고개를 끄덕였다.

4장 전후 세계-1920년대(후)

전후 세계-1920년대(후)

싸늘하다. 가슴에 비수가 날아와 꽂힌다.

새삼스럽게 무슨 걱정이란 말인가 싶지만 언제나 이런 느낌이 들곤 했던 것도 사실이다.

상식적으로 누가 그를 좋아하겠는가. 낯가림도 심하고, 말더듬이에 심한 괴짜. 사교적인 편도 아니고, 이렇다 할 능력도 없으며, 항상 반짝반짝 빛나는 형에 가려진 그림자에 불과한 인간.

하지만 그렇기에 좋아했다.

어렸을 때부터 빛나던 별. 그런 그녀의 뒷모습을 쫓지 않은 날이 없었고, 그녀가 좋아하기에 카드 실력을 갈고 닦아 지금은 그랜드마스터에 이를 지경이었다.

그렇기에 주머니 속, 돌아가신 증조할머니의 표상이 담

긴 카드를 쓰다듬자…… 언제나처럼 놀라울 정도로 마음이 가라앉는다.

염려할 것 없다. 이미 부친의 허락은 받았다. 물론 할머니는 대경실색했고, 어머니는 난처해하면서 어떻게든 말리려 하셨긴 했지만, 결국 받아들이셨다.

성사만 된다면, 모두가 행복할 결말이 기다리고 있을 것이다…….

그렇게 생각하며 버티—, 앨버트 프레더릭 아서 조지(Albert Frederick Arthur George)는 떨리는 마음으로 눈앞의 세 남자에게 고개를 숙이며 소리쳤다.

"부, 부탁드립니다……! 메, 메리와의 결혼을, 허, 허락! 허락해 주십시오!!"

그리고, 그 반응은.

"메리만 좋다면야……."

"그, 확실합니까? 우리 메리가—."

"개소리 집어치워!!"

분노의 밥상…… 아니, 찻잔 뒤집기.

격앙된 목소리로 '절대 불가'를 외치는 그 남자의 이름은 바로.

"귀천상혼(貴賤相婚)이라뇨, 2왕자님!! 왕실 혼례법(Royal Marriage Act)이 무섭지도 않으십니까?! 우리 메리를 그 차디찬 구중궁궐에서 얼마나 고생시키시려고!!"

루이스 몬태규 밀러.

딸 같은 10살 연하 여동생에게 결코 그 고생을 시킬 수 없다는 의지로 눈을 불태우는 하원의원이었다.

* * *

대영 연방 제국 제2 왕자, 앨버트 공자와 세간에서 큰 인기를 얻고 있는 여류 추리소설 천재 작가, 메리 클라리사 밀러가 연애하고 있다는 정보는 그다지 널리 알려진 사실은 아니었다.

기껏해야 조지 5세 부부를 비롯한 왕실 식구들과 밀러 남매, 그리고 한슬로 진 부부와 그 아들딸 정도?

……생각보다 많은 편 아니냐고 할 수 있지만, 근본적으로 영국의 온갖 가십들이 몰려들 수밖에 없는 두 사람이다.

병약하고 조용하지만, 선이 얇은 미소년으로 유명한 왕자와 한슬로 진과 아서 코난 도일을 동시에 사사한 장르 문학계의 적통 황녀이자, 심지어 차기 총리로 확정된 루이스 몬태규 밀러의 여동생이기까지 하다.

존재만으로 가십거리인 두 사람이 만나 가십거리×가십거리가 된다? 완벽한 궁극의 가십거리가 되어 줄 것이 분명하다.

아마 둘이 만나는 사진만으로도 같은 크기의 황금 판과 같은 가치를 갖고 있으며, 이를 보도하는 라디오 방송국의 청취율(聽取率)도 천원 돌파하겠지.

하지만 그럼에도 불구하고 그 어떤 언론에서 이를 물지 않았던 이유는 크게 셋.

첫째, 둘의 성격이 의외로 방송용이 아니다.

조용하고 내성적인 데다 말더듬이 심한 앨버트와 '작가는 글로 말한다'고 주장하며 입을 여는 경우가 매우 드문 메가 마이페이스 메리 밀러는 평소 인터뷰를 해도 알찬 내용이 별로 나오지 못한다.

둘째, 좋은 의미로도 나쁜 의미로도 앨버트를 가려 주는 태양…… 그야말로 소설 속 에드먼드의 행적을 그대로 따온 듯한 에드먼드 왕세자가, 동생인 버티에게 쏘아질 빛을 다 가리고 있었다.

물론 그에 따라 조지 5세와 한슬로 진의 위장은 날이 갈수록 구멍이 뚫리고 있지만.

마지막 셋째.

"제가 막고 있어서지요."

다른 이들의 이목을 피해, 그 누구도 들어오지 못하도록 통제 중인 조지 5세의 옛집인 요크 별장(York villa).

두 일가의 상견례 장소가 된 그 요크 별장에서, 밀러 일가 측 세 번째 자리에 앉은 한슬로 진은 태연하게 '네, 제가 햄스워스 쪽이랑 짜고 언론 통제했습니다. 뭔가 문제라도?'라고 밝혔다.

"아시겠지만, 앨버트 공자."

"아, 음. 경."

"너무 차갑지 않은가, 한슬."

이제껏 없던 한기를 드러내며 쏘아붙이듯 말하는 친구에게, 조지 5세는 그의 별명을 부르며 은근하게 말했다.

"자네가 태어났을 때부터 보아 온 아이 아닌가. 사적인 자리에서 버티라고 불러도 된다고, 내 예전부터 말했을 텐데."

"경애하는 폐하, 이것이 사적인 자리라고 보이십니까."

"사적이지."

근 30년 동안 그 어떤 상황에서도 진심으로 싸운 적 없는, 전혀 다른 위치에 있는 두 사람의 말다툼에 분위기는 흐레스벨그의 북풍한설이라도 몰아친 듯 가라앉았다.

"서로 사랑해 마지않는 두 아이의 성혼일세. 이보다 개인적인 일이 또 어디 있는가?"

"일국의 군왕은 그 털끝 하나하나조차 공공재입니다. 가족도 예외는 아니지요."

"너무하는군. 난 드디어 자네와 약속한 사돈이 될 수 있나 기대하고 있었는데."

"언제나 그렇지만, 농이 지나치십니다."

"실망했네, 한슬. 그리도 꿈과 희망을 이야기했던 자네가 이렇게까지 보수적일 줄이야."

"꿈을 외면하진 않습니다. 하지만 현실적으로 버티…… 앨버트 공자는 안 됩니다. 국왕 폐하께서도 아시지 않습니까."

 옆에 앉아 있던 몬티 밀러가 거세게, 그리고 로웨나 로스차일드 역시 조심스럽게 고개를 끄덕였다.

 "……이, 이상한, 데요."
 "이상해."

 그리고 그 분위기에, 앨버트와 메리 밀러가 동시에 말했다.

 좌중의 시선이 두 연인에게 모이자, 앨버트는 잠시 메리와 눈을 맞추었다.

 메리 밀러는 담담히 고개를 끄덕였고, 마치 〈피터 페리〉 후속작을 쓰지 않겠다고 선언했을 때만큼이나 가시 돋친 목소리로 말했다.

 "이상해, 한슬. 뭘 숨기고 있는 거야?"
 "……무슨 말씀이십니까, 메리 아가씨."
 "한슬이 버티를 마음에 들어 하지 않을 리 없어."

 메리는 태연하게 선언하듯 말했다.

 그것은 한슬로 진도, 앨버트 공자도 이미 자신의 손바닥 위에 있으니, 허튼소리 하지 말라는 뜻이기도 했다.

 "한슬은 우리를 잘 알아. 버티가 아무리 말더듬이에다 내성적이라도, 속이 깊고 착한 진국이라는 걸 모를 리 없어."

 태연히 연인의 가슴에 못을 박으며 메리 밀러는 당당하게 말했다.

너무 당당해서 한슬로 진의 싸늘함이 잠시나마 떨떠름함으로 바뀌었을 정도였다.

"예, 뭐. 그렇지요."

"그런데 '앨버트 왕자는 안 된다'고? 왜? 귀천상혼이 아무리 인식이 안 좋아도, 한슬이라면 그런 거 깨부수고 앞으로 밀어붙일 사람이잖아."

"……저에 대한 평가가 너무 좋으십니다, 아가씨. 저는 현실하고 타협도 많이 하는 사람입니다."

"안 되면 소설이라도 써서 인식을 바꿔 버릴 사람이면서."

한슬로 진은 '누굴 최면 어플이라도 가진 줄 아는 거냐?'라고 어이없어했지만, 놀라울 정도로 그 누구도 그의 말에 동의해 주지 않았다.

"저 역시, 그런 생각이 드는군요. 한슬."

그렇게 조용히 입을 연 것은 다름 아닌 주름이 자글자글한 노부인.

대부분의 일들은 바깥 남편과 아들(들)에게 맡기고 안에서 조용히 매지와 메리, 두 딸을 정성스럽게 길러 낸 밀러 가문의 안주인인 클라라 밀러 여사였다.

어떻게 보면 유일하게, 한슬로 진이 찍소리도 못하고 입을 다물어야 하는 밀러 가문 사람이기도 했다.

"한슬이라면, 마치 빈센트처럼 메리를 버티 왕자님과 함께 고향으로 보내 버릴 수도 있겠지요."

"……그건 그저 사랑을 핑계로 한 도피에 불과합니다."
"그렇지만, 아름답죠?"
"……끙."
"그런데도 이렇게 반대하고 있다……."
클라라 밀러 부인은 거기서 입을 다물었다.

그리고 재미있다는 듯 미소를 짓고 있는 양가 부친들과 입 다물고 있는 오빠(들) 사이에서, 메리 밀러가 선언하듯 말했다.

"―버티가 영국을 떠나면 안 되는 이유가 있는 거야, 그렇지?"
"……정말이지."

아서 코난 도일이 너무 많이 가르쳤다.

한슬로 진은 그렇게 중얼거리며 품에서 파이프 담배를 꺼내 물었다.

그 누구도 그 안에 담뱃잎이 들어가는 것은 보지 못했지만, 한슬로 진은 심리적 골초 상태가 된 채 맨 공기만 빽빽 들이마셨다.

그가 이렇게 되면, 입을 열어야 하는 것은 차기 총리 몬티 밀러의 몫.

"국왕 폐하, 발설해도 괜찮은 것입니까?"
"난 오래전부터 이래야 한다고 생각하고 있네."

조지 5세는 담담하게 말했다.

"자네들은 모르겠지만, 나의 메이 역시 본래 귀천상혼

으로 이야기가 많았지. 하지만 그녀가 내게 지나치게 과분한 왕비라는 것은 자네들도 잘 알고 있을 게야."

"아바마마."

"버티."

아들을 격려한다기보다는 마치 선언하듯, 조지 5세는 둘째 아들의 이름을 불렀다.

그러고는 마치 이를 가는 듯한 목소리로…… 선언하듯 말했다.

"네 형, 에드먼드를 정식으로 폐세자하려 한다."

"예, 예?!"

"……한슬?"

"그놈은, 선을, 너무 넘었어."

조지 5세는 이를 빠득빠득 갈며 말했다.

한슬로 진은 깊은 한숨을 쉬며 고개를 젓고는 천천히 말했다.

"버티, 혹시 조니를 기억하십니까?"

"아, 어, 음. 제, 제 마, 막냇동생 말씀, 이시군요."

근처에 조니라는 별명이 많긴 하지만, 구태여 '기억하느냐'고 묻는 조니라면 그뿐일 것이다.

고작 11살에 죽어 버린 제5 왕자, 존 찰스 프랜시스(John Charles Francis).

태어날 때부터 지나치게 병약하여 일찍 죽어 버린 동생을 어찌 잊겠는가.

온 왕궁이 울음바다가 되어 버렸던 그 기억을.

"하지만, 왕세자는 그 사건을 '유감스럽고 성가신 것'이라고 하더군요."

"으, 으음."

패륜이다. 금기이고.

물론 이것만이면 말을 하지 않는다고, 조지 5세는 이를 갈며 말했다.

"그놈이 밖으로 나도는 걸 좋아하기에 나는 그놈을 해외 영토와 우호국 순방에 보냈다. 너도 알 테지?"

"그, 그야 자, 잘 알지만……."

"그런데."

한슬로 진은 더욱 큰 한숨을 쉬며 품에서 사진 몇 장을 꺼내 보였다.

인종, 국적, 나이. 모두 서로 다른 모습의 여인들이었지만, 한 가지는 분명했다.

하나같이 아름답다는 것.

그리고.

"왕세자가 정통(精通)한 여인들입니다. 심지어 제 고국의 여배우들도 있더군요."

"예, 예?!"

많다는 거야 알고는 있었지만…… 이렇게 많이?!

앨버트 왕자는 눈을 깜빡였다. 게다가 거기서 끝이 아니다. 자세히 보면 확실히 몸매에 비해 가히 배가 부푼 여인들도 있다.

한슬로 진과 교류하며 성장해 온 에드먼드에게 인종 차별은 거리가 멀었다.

그는 모든 인종에게 각자의 매력이 있음을 학습했고—
그 결과…….

"인종을 가리지 않고 여자를 사귀는 하렘왕이 되어 있더군요."

"……."

"이강, 그 개자식을 소개하는 게 아니었는데……."

한슬로 진은 한숨을 빽빽 쉬며 그렇게 중얼거렸다.

친구 따라 강남 간다고, 이강에게 빠르게 물든 에드먼드는 세계 3대 영화사, 할리우드와 먼로파크, 그리고 충무로를 가리지 않고 스캔들을 창출해 냈다.

그나마 의친왕은 나이도 있고 피임도 잘해서 애라도 많이 안 낳지만, 젊은 에드먼드가 그런 걸 알 턱이 있나.

결국 한슬로 진과 MI6의 위장만 아파 온 것이 현실이었다.

"이대로 에드먼드, 이놈이 국왕이 되었다가는 연방 제국 황실의 이미지는 땅에 떨어지고 말 거다."

금욕적이고, 아내 한 사람만 바라보는 조지 5세는 절대 이해할 수도 없는 행각.

심지어 대영 연방 제국은 그 모든 해외 영토에서 왕실이 지지받지 않으면 지극히 위험한 구조다.

그렇기에 에드먼드와 같은 파락호가 국왕이 된다면, 스캔들과 국세 낭비로 온갖 구설에 오를 것이 분명하다.

"그러니, 버티. 네가 왕이 되어야 한다."

조지 5세는 그렇게 말했다.

"나아가, 모두에게 친숙한 왕이 되기 위해…… 물론 메리 밀러 양은 더없이 훌륭한 인재지. 현명하고, 대중의 인기도 굳건하다. 나로선 오히려 바라 마지않을 일이야."

"……."

"아아, 한슬과 몬티 군이 걱정하는 것도 잘 안다네. 귀족들은 아마 경기를 일으키겠지."

하지만, 하고 조지 5세는 당당히 말했다.

"그 잘난 구습들이, 왕실보다 귀하던가?"

"……폐하."

"물론 자네가 싫다면, 억지로는 불가능하겠네만."

"질문이 있습니다, 국왕 폐하."

그때 메리 밀러가 가볍게 손을 들더니 진지하게 물었다.

"왕비는 겸직 금지인가요?"

"출판은 괜찮네."

"그럼 할게요."

"응?"

"그 정도야 하면 되는 거 아닌가요?"

그렇게 훗날 조지 6세의 정식 왕비.

애쉬필드의 메리 왕비라 불릴 여인은 태연하게 고개를 끄덕였다.

* * *

'도망쳐서 도착한 곳에 낙원이란 있을 수 없다(There can be no paradise where have fled).'

어렸을 적 어니스트 헤밍웨이는 우연한 만남에서, 그를 향해 벼락처럼 떨어진 그 말에 큰 충격을 받지 않을 수 없었다.

'그렇구나, 나는 이제까지 도망치고 있었어!'

10살에 불과한 그였지만 영리한 어니는 자신이 지금까지 집에서 어떻게 싸워 왔는가를 자연스럽게 돌이켜볼 수 있었다.

그는 집의 갈등을 알아보려 하지 않았다.

어머니의 마음을, 외할아버지와 아버지의 갈등을, 아버지의 나약함을 이해하지 않았다. 그저 강인했던 아버지의 잔재만을 동경했을 뿐이다.

그것이 실수였다. 동경은 이해로부터 가장 먼 감정이니까.

물론 이해했다고 해서 어른들 간의 갈등을 중재하거나, 가정의 평화를 되찾는 건 할 수 없었다. 실패했다고 봐도 좋겠지.

하지만 그렇다고 해서 그 모든 것이 쓸데없는 일은 아니었다. 적어도 어머니를 일방적으로 미워하진 않게 되었으니까. 그저 불쌍하다 생각하게 되었을 뿐이다.

그리하여 만물에 대한 깊은 고찰과 제대로 된 이해하는 법을 배운 어니스트 헤밍웨이는 우수한 성적과 열정적인 에너지를 갖고 중등 교육을 이수했으며, 언젠가 자신에게 그 이야기를 들려준 존경스러운 한국인 앞에서 당당하기 위해 스스로의 발로 미래를 개척하고자 했다.

그리하여 소년 기자, 〈앨리스와 피터〉 구호단 운전사, 간호사와의 사랑과 실연을 겪으면서 마침내 ㈜글로벌 미디어 미국 지사 기자로서 파리 특파원 자리까지 얻게 되었지만——.

"아아, 다 때려치우고 싶다!!"

"어니, 왜 이렇게 죽상이야."

"스콧 그 자식이 꼴 받게 하잖습니까, 스타인 씨!!"

또 지랄이군.

〈앨리스와 피터〉 재단 프랑스 지부장, 거트루드 스타인(Gertrude Stein)은 씁쓸한 미소를 지으며 물었다.

"또 프랜시스…… 아니, 피츠제럴드(Francis Scott Key Fitzgerald) 군이랑 싸웠나? 나이도 비슷한데, 친하게 지내지."

"그 나약하기 그지없는 자식이 정신 나간(insane) 마누라랑 헤어지기 전에는 절대 그렇게 못 합니다!"

허허, 참.

거트루드는 씁쓸한 미소를 지은 뒤, 적당히 회계 장부를 흘낏거렸다.

"젤다(Zelda Sayre Fitzgerald)는 정신 나간 사람이 아냐, 어니. 자네도 알다시피, 재능만이라면 스콧보다 위지."

"그럼 뭐합니까. 자기가 아직도 남부 부잣집 딸인 줄 아는데! 머리부터 발끝까지 명품을 두르고 입에서는 알코올 냄새가 빠질 일이 없더군요!"

그 모습에 답답해진 어니스트 헤밍웨이는 탁자를 탕 치며 외쳤다.

"피츠제럴드 부부만이 아닙니다. 에즈라(Ezra Pound), 제임스(James Joyce), 앤더슨(Sherwood Anderson)…… 그 재능 충만한 인간들이 쓰라는 글은 안 쓰고 허구한 날 술에, 파티에! 여기가 소돔과 고모라지, 별 곳이 소돔과 고모라입니까? 차라리 뼛속까지 남부 촌놈이지만, 포크너(William Faulkner)가 훨씬 나을 것 같습니다!"

"무슨 말인지는 알겠고, 자네의 애사심도 알긴 알겠네만, 진정 좀 해. 한슬로 진 대표님께서 직접 정한 우리 재단의 원칙을 잊은 겐가?"

"……생명과 법률의 문제가 아닌 이상, 작가들의 사생활은 터치하지 않는다. 알고 있습니다."

"그렇지."

물론 생명과 법률의 범위가 지극히 자의적이며, 그 때문에 전설적인 노예…… 아니, 전속작가 오스카 와일드가 손자까지 본 나이인 지금까지도 간간이 땜빵 원고를 만들고 있다는 전설이 있긴 하지만.

거트루드 스타인은 굳이 그것에 대해선 입에 담지 않았다.

그녀는 전설 따위 믿지 않는다.

"열정이 풍부한 건 좋은 일이지. 하지만 자네도 알잖나? 작가들. 아니지, 예술가란 놈들은 기본적으로 상종 못 할 인간 말종이고, 사회성은 개차반에, 저 혼자 땅 파고 들어가선 꽁하는 게 대부분인 쓰레기들이야. 재능이 있을수록 심하면 심하지, 덜하진 않지. 애초에……,"

그녀 자신도 어느 정도 여류소설가이지만. 아니, 오히려 그렇기 때문에 거트루드 스타인은 더더욱 가차 없이 예술가들의 반사회성에 대해 까 내렸다.

그렇게 한참을 이어지던 말에 듣던 헤밍웨이조차 '그렇게까지는 아니지 않나'라는 생각이 조금은 들 정도였다.

"그림쟁이와 글쟁이를 구분 짓는 건 손기술뿐이지, 실제로는 더 해. 자네도 파블로(Pablo Picasso)와 앙리(Henri Matisse)는 알고 있겠지? 그 내숭쟁이 놈들이 쫀심 굽히지 않겠다고 지랄했던 걸 생각하면——."

"그, 엄. 죄송합니다."

"크흠! 아무튼, 그 인연으로 이렇게 체계적인 후원을 하게 된 건 다행이긴 하지."

한때 회화 경매계에서 '밀러 화상(畵商)의 유일한 라이벌', '파리 예술계의 대모'라 불렸던 여인은 헛기침을 하며 끓었던 피를 잠시 가라앉혔다.

치열하던 어쨌든, '한때'라는 것은 결국 경쟁에서 패배해 한슬로 진의 산하로 들어가게 되었다는 뜻이니까.

물론 계약상으로나 실질적으로나 '제휴'에 가까운 형태이고, 〈앨리스와 피터〉 재단 프랑스 지부는 사실상 스타인 본인의 회사나 다름없다지만…… 아무래도 밖에서 그렇게 느끼는 것과 스스로 생각하는 것은 다를 수밖에 없는 것도 사실이었다.

"아무튼, 자네들 세대의 예술가들은…… 어딘가 더욱 그런 면이 없잖아 있어. 음, 이렇게 말하고 보니 차를 수리하러 정비소에 갔다가 얼핏 들은 이야기가 생각나는군."

"어떤 이야기입니까?"

"흔한 이야기이긴 해. 요즘 젊은 애들은 일에 집중하지를 않는다, 어딘가 붕 떠 있어서 실력이 형편이 없다, 제 잘난 맛에 살아서는 어른들 말을 들어 먹지 않는다……."

그렇게 말한 거트루드 스타인은 피식 웃으면서 헤밍웨이에게 말했다.

"꼭 누구 같지 않나?"

"……크흠."

"눈 피할 것 없어, 어니. 자네도 그렇다는 게 맞으니까. 아니지, 자네는 물론— 지난 대전쟁을 겪은 모든 젊은이들이 그래."

스타인은 씁쓸한 웃음을 지으며 창밖을 보았다.

고층 빌딩 아래, 파리의 시내를 내려다보았다.

1920년대.

프랑스인들은 부정하고 있었지만, 벨 에포크(La Belle Epoque)의 사형선고를 인정해야 했다.

물가는 치솟았고, 세금은 높지만 금리는 낮았다.

피츠제럴드를 비롯한 영미권의 작가들이 거액의 돈을 펑펑 써 대면서 사치를 할 수 있는 이유는 간단했다.

프랑화(貨)의 가치가 지나치게 낮기 때문이다.

이런 상황에서도 프랑스 정부는 노동쟁의에 강경 대응을 선포하고, 모로코 등 북아프리카에서 발발한 반란에 대해 추가 파병을 검토했다.

국제연맹이 경제 제재를 경고하고 영국의 장관 몬티 밀러가 민족자결주의에 의거해 베르베르족을 지원할 것을 약속하면서, 외교 관계도 악화되고 있다.

즉, 스스로 무덤 속으로 들어가고 있는 것이 현 프랑스의 현실이었다.

그리고 이것이 프랑스만의 문제인가…… 하면 그건 아니었다.

그랬다면 미국을 떠나 프랑스로 넘어온 미국인들이 그리 많지는 않았을 것이다.

남미 소련과의 전쟁은 지지부진하고, 공산주의에 대한 공포는 날이 갈수록 광기에 이르렀다.

마냥 근거 없는 공포라고 보기도 어려운 것이, 당장 러시아처럼 캅카스를 중심으로 쿠데타를 성공시켜 우랄산맥 서쪽의 러시아 소비에트 공화국과 동쪽의 제국으로 나뉜 것처럼 공산주의는 확산되었고, 이탈리아에서는 무솔리니 같은 파시스트가 등장하기도 하지 않았는가.

"지금 이 세상에는 명확한 도덕이랄 게 없어."

거트루드 스타인은 차갑게 말했다.

전쟁을 일으킨 것은 빌헬름 2세이고, 그는 명확한 처벌을 받았다.

독일은 갈가리 찢겨 나갔고, 침략당한 이들은 정의의 이름으로 악인들을 처벌했다.

뼈아픈 희생이 무수히 있었지만, 그럼에도 불구하고 선한 자들은 마침내 악한 자들에게서 승리를 쟁취했다.

그런데 어째서 그들은 왜 '그리고 그들은 행복하게 살았습니다'로 끝나지 못하는가?

전쟁은 대체 왜 했는가? 빌헬름 2세의 탐욕이란, 독일인들의 탐욕이란 무엇이었는가?

민족자결주의란 좋은 것일 텐데, 왜 국제연맹은 프랑스, 네덜란드, 이탈리아인들이 그 자결권을 침해했다며

반란군을 편드는가?

그렇게 그 칼날이 자신의 목젖을 찌를 때까지 길어지자……

그제야 백인들은 꿈에서 깬 것이다. 벨 에포크라는 곪아 썩은 나태한 꿈에서.

"그리고 그것은, 어른들의 잘못이지."

무려 100년 치의 꿈속에서만 살아온 그들이, 이제 이 차가운 현실에서 살아가야 한다는 것을 어떻게 아이들에게 알려 줄 수 있겠는가.

향락과 사치에 빠져드는 그들에게, '그렇게 살면 안 된다'라고 어떻게 말할 수 있겠는가.

"이제 갓 사회로 나온 아이들이 길을 잃고 방황하는 세대(Lost Generation)가 되었다면— 그건 사회를 제대로 만들지 못한 어른들의 잘못이야."

"……썩 마음에 드는 해석은 아닙니다, 스타인 씨."

그런 그녀에게 헤밍웨이는 반발하듯, 또는 반쯤 위로하듯 말했다.

"물론 벨 에포크라는 마약에 취해 아무것도 하지 않은 어른들의 잘못이 없다곤 생각하지 않습니다. 하지만 그것은 어디까지나 그 어른들도 아이들 시절 어른들에게 배웠기 때문이지 않습니까."

"……뭐, 그렇지."

무려 100년 치의 단꿈이니 말이다.

그러잖아도 금수저인 스타인은 그저 떨떠름하게나마 고개를 끄덕일 수밖에 없었다.

"게다가 그렇다고 해서 그 안에서도 제대로 깨어 계셨던 분들이 없었던 것은 아니지 않습니까."

"……누군지 알겠군."

어니스트 헤밍웨이가 존경해 마지않는 진한솔. 한슬로진 경.

거트루드 스타인은 그 말에 반박하고 싶었다. 한때 그와 대등하게 겨루었던 이로써의 마지막 치기라 할 수 있었다.

하지만 이내.

'……못 하겠군.'

도리어 그러기에 그녀는 진한솔이라는 이방인이 언제나 미래를 본 듯, 최선은 아닐지언정 최악 또한 아닌 길을 가리켰다는 것을 알고 있었다.

언제나 눈부시고 독창적인 성공을 걸을 수 있도록 많은 이들을 이끌었다는 것을, 그리고 지금도 이끌고 있다는 것 또한.

'……그리고, 어쩌면.'

자기 자신 또한.

스스로를 돌이켜 보건대, 자신이 그 진한솔의 위치에 있었다면 그럴 수 있었을까? 아니, 오히려 어쩌면 허명에 취해 잘못된 선택을 해 놓고도 그것이 잘못됐는지 어떤지 알지도 못한 채 수렁에 빠져들고 있었을지도 모른다.

가장 앞에서 길을 개척하는 자, 어둠을 헤치고 나아가야 하는 이가 보는 시야는 지독히도 어둡고, 두려울 수밖에 없으니까.

"……뭐, 좋아."

고개를 끄덕이며, 거트루드 스타인은 천천히 말했다.

"피츠제럴드 부부를 불러서 경고는 하겠네. 이제까지는 제법 가불을 해 줬지만, 앞으로의 연재 활동에 지장을 줄 가능성이 있다면 그 내역을 제출케 해야겠지."

"……가불까지 받아 갔습니까?"

"뭐, 그 이상으로 벌어들이고 있으니 별 상관없긴 했지만."

어니스트 헤밍웨이의 똥 씹은 표정을 본 거트루드 스타인은 오랜만에 폭소를 터트리고 싶었다.

그녀의 표정에서 그 충동을 눈치챈 헤밍웨이는 괜스레 기분이 나빠 밖으로 나가려 했지만, 그의 상사는 결코 그것을 가만두고 보지 않았다.

"아, 그리고 어니. 다음 잡지 말인데."

"예. 기사 써 오란 거죠?"

"기사 원고 하나에, 소설 원고도 하나 써 와."

"……예?"

"말했잖나? 예술가란 재능이 뛰어날수록 인간 말종이라고."

"……그러니까, 그 말씀은."

"자네 인성 꼬라지를 보니 꽤 괜찮은 소설 원고를 뽑아 올 것 같단 말이지."

심사해 보고 괜찮으면 지면에 실어 주겠노라, 거트루드 스타인은 말했다.

어니스트 헤밍웨이는 확실하게 실어 주겠다는 것도 아닌데, 자연스럽게 일을 추가로 시키는 그 말에 확실히 그녀 역시 일류 작가가 맞다는 것을 깨달았다.

……서로 제 얼굴에 침 뱉기나 다름없었지만 말이다.

전후 세계-1930년대(전)

　로웨나 로스차일드에게 있어, 가정이란 '맛있음'이라는 단어와 비슷한 위치의 무언가였다.
　실존한다는 것은 알지만, 자신의 것이라는 현실감을 갖기엔 너무나 머나먼— 환상 속의 이상향이었다는 뜻이다.
　'이 아이가 올해 합격생인가? 몇 년 만인지 모르겠군.'
　'얼굴도 반반하군요. 언젠가 비싸게 팔리겠어.'
　동유럽계 친부모는 이미 죽었고, 맛대가리 없는 급식을 씹어 삼키며 학교에서 살아남았다.
　아니, 그 이상으로 두각을 드러내고 가치를 증명해 성씨와 자리를 얻었다.
　하지만 이는 어디까지나 가축으로서 A++도장이 찍힌 것에 지나지 않았다.

가문 내에서 그녀의 역할은 어디까지나 잘 쳐줘도 정략용 매물.

 혹은 언젠가 자르고 도망치기 위한 꼬리 정도였으니까.

 그렇기에 로웨나는 언젠가 만들고 싶었다.

 그녀만의 자리를. 가축이 아닌 사람으로서 살 수 있는 집을.

 '아, 로웨나 씨. 이거 한번 드셔보실래요? 제 고향식으로 만들어 본 요리인데, 다른 사람 입맛엔 어떨지 궁금해서요.'

 그래서 더더욱, 임무이면서도 더더욱 그에게 끌렸던 것일지도 모르겠다.

 이 앵글로·색슨족만의 사회에서, 자신의 자리를 거리낌 없이 만들어가는 아시아인에게.

 그러면서도 주인집의 세 아이를 마치 자신의 아이처럼 진심으로 기르고 애정을 주며, 마치 친구이자 장남이자 삼촌처럼 지내는 남자에게.

 '저런 사람과 함께 살 수 있다면.'

 만약, 그럴 수만 있다면.

 가정이라는 것에 대해 피상적으로밖에 모르는 로웨나 자신조차…… 언젠가, '나만의 자리'라는 것을 만들 수 있을 것 같았다.

 그렇기에.

 '하지만 제가 성공한다면— 부디, 제가 작가님의 성을

함께 쓰는 것을 허락해 주십시오.'

그녀는 다시 한번, 인생을 바꿀 수 있는 부탁을 올렸고, 마침내 성공하여,

로웨나 진—로스차일드가 되었고,

홍콩—이스라엘의 국모(國母)나 다름없는 자리가 되었으며,

마침내 피를 이은 자식들을 배 아파 낳아…… 가정을 꾸리는 데에 성공했다.

'다, 이루었구나.'

모든 것이 충족되는 기분 아래에서 로웨나는 생각했다.

이제 남은 것은 영국과 홍콩—이스라엘, 그리고 한국.

진—로스차일드 가문의 영지라고 할 수 있는 세 나라에 〈앨리스와 피터〉 재단과 ㈜글로벌 미디어. 두 비영리/영리 조직을 적절히 이용하여 반영구적인 영향력을 박아두고 아이들을 잘 키우는 것뿐이라고…… 그랬을 텐데.

"아, 싫다고오오오오!!"

어디부터 잘못한 걸까.

로웨나는 자신의 큰딸, 애나 진—로스차일드의 예술적인 목청에 귀를 막으며 생각했다.

그녀는 대체 어디서, 어머니가 되는 데에 실패한 걸까.

"나 대학 가기 싫어! 이대 가고 싶다고!!"

"그, 예나야……."

로웨나는 난처함을 숨기지 못했다.

"여자애가 이대라니."

 당연하지만 지금 말한 이대는 대한 왕국 유일한 여성학원인 이화 대학을 말하는 게 아니었다.

 이대(理大).

 즉, 이과 대학을 뜻한다.

 "엄마도 회계사잖아! 왜 나도 이공계 가면 안 돼!?"

 "회계가 왜 이과니?"

 이미 회계사라기보단 경영인으로 더 오래 살아왔지만, 로스차일드 가문에서 배워 온 고생을 떠올린 로웨나 진—로스차일드로서는 양보할 수 없는 영역이 있었다.

 오죽하면 더 이상 들지 않았던 회초리를 들어야 하나? 하는 생각까지 들 정도로.

 '아니, 그보다.'

 왜 뜬금없이 이과인가…… 라는 생각은 없었다.

 옛날부터 애나 진—로스차일드는 '퍼즐 푸는 것 같아서 재밌다'라는 이유로 수학을 제일 좋아했고, 자력으로 미적분을 풀어낸 적도 있을 정도로 재능이 있었으니까.

 그들의 집에 드나드는 수많은 손님 중 저명한 대중작가들이 많았으나, 애나는 그 인기 많던 작가들에겐 별로 관심도 없었다.

 대신 라이트 형제에게 비행기를 태워 달라고 하질 않나, 니콜라 테슬라와 함께 시간 가는 줄 모르고 이야기하지 않나, 윌리스 캐리어와 펜팔을 하지 않나…….

여러모로 '그쪽'에 진심이라는 것이 눈에 보였으니, 어쩔 수 없는 것이다.

'하지만…….'

로웨나 로스차일드는 머리를 감싸 쥐었다.

우선 여성 이공학자가 어떤 취급을 받는지에 대해서는 논외로 두자.

원래 한슬로 진 자신이 그러했듯, 대부분의 차별은 그런 것에 당해 주지 않을 정도로 압도적인 힘이 있으면 얼마든지 헤쳐 나갈 수 있다.

그런 한슬로 진의 딸이라면, 그것이 어떤 학계든 관여치 않고 그 학계 자체를 '따'시켜 버릴 수 있을 정도니.

문제는.

"……예나야. 네가 그러고 싶다고 그럴 수 있는 신분이 아니란 건 잘 알잖니."

"그치만! 난 그놈의 경영이니 하는 거, 하나도 모르겠다고!"

깊은 한숨을 부르는 일갈에, 로웨나는 그저 허허로이 천장만을 바라보았다.

이것이 바로 모녀의 갈등 요점이었다.

솔직히 말해서 A&P 재단과 GM사, 한슬로 진의 양팔이라 할 수 있는 이 두 조직은— 오로지 한슬로 진의 인망과 로웨나 로스차일드의 경영, 이 두 가지만으로 돌아가는 조직이다.

아닌 말로 무슨 놈의 교육재단이 빈민구제 사업도 하고 과학 연구 지원을 하는 데다 정당 싱크탱크에 자회사에서 호텔 사업까지 하는가?

차라리 출판, 방송, 영화 사업만 하는 글로벌 미디어사가 양반으로 보일 정도의 문어발이다. 이쪽은 그나마 '언론'이란 이름으로 묶을 수 있으니까.

심지어 이마저도 대부분의 중공업 관련은 네빌 체임벌린의 엘리엇 그룹에 떠넘겨서 눈 가리고 아웅 하고 있다.

만약 한슬로 진이 왕가나 로스차일드 가문과 짝짜꿍하고 있지 않다면 진작에 칼질당해도 이상하지 않다.

즉, 이 모든 것은 그들 부부가 만들어 놓은 사상누각.

이것을 지키려면 후손 중 누군가는 왕좌에 앉아 왕관의 무게를 견뎌야 하는 것이다.

'쟤 동생들은 너무 어리고.'

그렇다고, 다른 누군가…… 대표적으로 밀러 가문에 맡기기엔 불안할 수밖에 없지 않은가. 친형제들끼리도 나눠 먹을 수 없는 게 권력이거늘, 3대 만에 일이 틀어지면 어떻게 하려고?

'물론 한슬은 기겁하겠지만.'

이러니저러니 해도, 그녀의 남편 진한솔은 밀러 가문에 너무나도 약하니까…… 그렇게 생각하던 로웨나는 다시 한번 한숨을 푹 쉬었다.

이것이 바로 부모의 업인가…… 그저 멍하니 생각하는

로웨나의 회장실 문을 열고, 남편 진한솔과 딸인 애나와 비슷한 나이대의 조용한 금발 미소년이 문을 열고 들어왔다.

"무슨 일이야, 로이? 밖까지 소리가 다 들리던데."

"당신, 왔어요?"

"아빠! 에반!!"

"그, 죄송합니다. 아주머니. 제가 잘 타이를게요."

"아니란다. 에반."

로웨나가 쓴웃음을 지으며 에반 진 밀러를 보았다.

함께 자란 아이들인데, 대체 왜 이렇게 차이가 심한 걸까, 라고 생각하면서.

물론 그런 엄마만큼이나 애나 진—로스차일드 역시 할 말이 정말 많았다.

"아빠, 들어 봐. 엄마가 자꾸 나한테—."

"아, 진로 얘기? 안 그래도 그 얘기하려고 에반도 데려왔다. 그러고 보니 에반, 넌 어디 갈 생각이니?"

"아빠, 내 말 안 들려!?"

"글쎄요, 교장 선생님은 원하는 대로 갈 수 있을 거라곤 하던데…… 샌드허스트도 괜찮고, 케임브리지도 괜찮다고요. 그런데 아직 뭘 할지는 못 정했어요."

"흐음."

진한솔이 의뭉스러운 미소를 지으면서 고개를 끄덕였다.

로웨나는 그 음흉하기 짝이 없는 미소에 남편이 또 무

언가 이상한 걸 떠올렸구나, 하고 눈치챘지만.

음모를 꾸미는 아버지를 잘 겪어 보지 못한 진예나는 그저 여느 때처럼 달라붙어 말할 뿐이었다.

"아빠, 내 얘기 좀 들어 봐! 엄마가 자꾸 공부하기도 싫은 경영학 공부하라잖아!!"

"하하, 우리 딸은 뭐가 그리 불만일까?"

"다!! 난 그냥 내가 좋아하는 공부나 하고 싶다고!!"

"얘가 또……!"

"히이익! 아빠! 에반!!"

빠르게 아빠와 소꿉친구 뒤로 숨어 들어가는 모습이 마치 청설모와 같다.

어머니에게 그렇게 생각되든 말든, 애나는 당당히 소리쳤다.

"아무튼! 난 그런 공부 안 해! 라틴어 공부는 더더욱 안 해!!"

"그게 본심이었구나? 우리 딸. 뭐, 라틴어가 극혐이긴 하지."

로웨나는 그렇게 태연하게 말하는 남편을 한번 째려보았다.

"한슬, 무슨 생각인지는 모르겠지만, 순순히 꺼내 놔요."

"응? 나야 언제든 아이들이 원하는 걸 해 주잔 쪽이지. 물론, 이공계 쪽으로 가겠다는 것도 말릴 생각은 없어."

"한슬."

"무슨 말인지 알아, 로이."

푸근한 눈으로 미소를 지은 한슬로 진이, 입가에 빈 담뱃대를 물며 말했다.

"개인적으로, 내가 죽기 전에 볼 수 있을까 말까 한…… 매체(Media)의 특이점이 하나 있어."

"……그게 무슨 말이에요?"

"테슬라 씨나, 에디슨 씨가 돌아가시기 전에도 말해 봤는데, 둘 다 전공 아니라고 난색을 표하더라고. 그래서 그나마 가능성이 있을 것 같은 사람을 찾아보고 있었지."

지금으로서 제일 가까운 사람은, 아마 폰 노이만(von Neumann) 아니면 튜링(Alan Turing)일까?

한슬로 진은 언제나처럼 그렇게 뜻 모를 말과 처음 듣는 이름들을 읊조렸고, 그 모습에 딸인 애나부터가 화를 내며 말했다.

"뭔 소리야, 아빠!? 그게 뭔데?!"

"우리 딸은 알라나? 해석기관(analytical engine)이라는 건데."

"……헤?"

"아, 그냥 해석기관은 아니고, 천공 카드(Punched card)를 쓰지 않고, 회로소자로 진공관을 사용해서, 전기로 돌아가는 거."

"……뭐어?! 그게 말이 돼?!"

"글쎄? 아빠는 모르지? 아빠는 작가지, 공학자가 아닌걸."

"그게 뭐야."

맏딸이 머리를 부여잡았지만, 로웨나 로스차일드는 알 수 있었다.

'저건 가능하다.'

'하지만, 어떻게 하는지 모른다는 것도 사실일 것이다.'

왜냐하면 한슬로 진이란 사람이 던지는 떡밥이라는 게 항상 그런 것이니까.

마치 델포이의 신탁이라도 받는 것처럼, 결과만 툭툭 던지고 중간 과정은 나 몰라라 하는 사람이니까. 저 소설가는.

"끄으으응…… 이렇겐가? 아니면, 저렇게……!"

그리고 그런 아버지의 함정에 빠진 예나는 어느새 고민에 빠져들고 있었다.

그런 딸의 모습에 진한솔은 로웨나와 눈을 맞추며 예의 의뭉스러운 표정을 지었다.

'어때?'

'어휴, 알았어요.'

이렇게 된 이상, 마냥 반대하기도 어렵다. 로웨나 로스차일드는 깊은 한숨을 쉬고 고개를 끄덕였다.

다만.

"그러면, 우리 회사 후계자는 어떻게 하지요? 예나 저 아이가 공학도 하면서 경영을 할 순 없을 텐데."

"여기 괜찮은 후보 있잖아?"

진한솔은 그렇게 말하며, 고민하면서 어느새 설계 도면까지 쓱쓱 그리고 있던 예나를 묘한 눈으로 바라보고 있는 에반 진 밀러의 등을 두드렸다.

갑작스러운 두드림에 놀란 소년이 놀라 로웨나와 진한솔을 번갈아 보았고, 로웨나가 그 눈빛을 알아보지 못할 리 없었다.

"……아하. 그렇단 말이죠."

로웨나가 고개를 끄덕였다.

완전히 마음에 들지는 않지만, 에반 정도라면 충분히 만족스러운 선택지일 것이다.

그리하여 십수 년 뒤.

세계 최초의 전자식 컴퓨터 '애니악'이 케임브리지 출신 애나 밀러의 손에서 탄생하여, 남편과 아버지의 회사인 ㈜글로벌 미디어의 주력 상품 중 하나로 출시되었다.

* * *

―화살처럼 빠른 것을 이 길에 태우고
―나도 나의 불행을 말해 버릴까 한다.
―한 줄기 길에 못이 서너 개―― 땅을 파면 나긋나긋한 풀의 준비――.

"봄은, 갈가리 찢기고 마는 계절이라는 게지……."

학교의 졸업이란 언제나 익숙해지지 않는다.

물론 이런 말을 하면, 졸업이란 애당초 익숙해져야 하는 부류의 것이 아니며, 이제 겨우 갓 피어나야 할 파릇파릇한 학생에게 익숙한 것이 얼마나 되겠는가— 같은 말이 되돌아오겠지만.

그럼에도 창백한 얼굴색과 댕기 머리를 한 학생이라면 언제나처럼 나른한 듯 담담하게 말할 것이다.

'그렇기에 졸업과 같은 익숙지 않은 일은, 언제나 아물기 힘든 흉터가 아니겠는가,' 하고.

그리고 아마—.

"자네 차례라고 하는 데 뭘 멍하니 앉아 있나, 하웅(河狁)."

언제나처럼 이 꼽추…… 구본웅(具本雄)이 다가와 이런 말을 하며 산통을 깨겠지. 아니, 이번엔 조금 특별하다. 어쨌든 '진로 조사'는 언제나 같은 일은 아니니까 말이다.

"아, 서산(西山). 벌써 그럴 차례인가……."

가슴팍에는 '金海卿'이란 명찰을 단 학생은 깊은 한숨을 내쉬고 일어나 교실 밖으로 나갔다.

언제 와 기다리고 있었던 것인지, 의부이자 백부인 김연필이 꼿꼿한 허리를 곧추세우며 그와 마주쳤다.

"나왔느냐."

"……예. 백부님."

"성적을 보니 하나 틀렸더군. 좀 더 잘하지 못할까."

숨이 막히는 듯했다.

김해경은 한숨조차 쉬지 못하는 자신이 꼽추인 구본웅과 크게 다를 것이 무엇일까 했다.

배에서 나올 말이 나오지 못해, 등으로 솟아오르는 자신이 아닌가.

다행히 그를 구원한 것은 다름 아닌 그의 담임 선생이자, 학교 선배, 그리고 동시에…… 스승이라 할 수 있는 인물이었다.

"아이고, 김 어르신 오셨습니까!"

"그간 별래무양하셨는가, 염 선생."

"하하하. 저야 어르신들 덕에 언제든 건강합지요."

항상 술에 취해 빨간 딸기를 연상시키는 코의 소유자인 염 선생이 그럴 수 있나, 싶긴 하지만 김해경은 그걸 따질 겨를조차 없었다.

두 사람이 인사를 나누는 그 찰나가 안도의 한숨을 내쉴 만한 유일한 휴식 시간이었기 때문이다.

그 생각을 아는지 모르는지, 백부 김연필은 크게 코웃음을 치며 고개를 젓고는 말했다.

"빨리 끝냅시다, 염 선생. 어차피 이 아이가 가야 할 길은 정해져 있지 않소."

"아, 하하. 일단 알겠습니다. 들어오시죠."

염 선생은 고개를 끄덕이며 백질(伯姪)을 상담실로 안내했다.

까다롭기 그지없는 몰락 양반 출신 학부모를 대접하기

위해, 근자에 유명한 세란(細蘭, 실론)산 홍차에 염 선생이 특별히 귀여워하는 제자를 위한 애굽산 멜론까지 공수해 놓은 자리였다.

하지만 김연필은 앉으라는 말도 듣지 않았음에도 자리에 털썩 앉더니, 찻잔을 마치 제집 기물처럼 들어 올렸다. 실로 모범적인 몰락 양반이었다.

"내 무슨 말을 할지 잘 알 게요."

"아, 예. 물론입니다. 그, 해경이를 건축과에 넣고 싶다고 하셨지요."

"바로 그러하오!"

김연필은 당당히 외치듯 말했다.

"아무리 시대가 변한다 한들 기술자는 배를 곯지 않소. 오히려 요즘처럼 산업이 융성하는 시대에는 큰돈을 벌어 집안을 일으킬 수 있지."

"예, 예에. 그건 그렇지요."

단순히 염 선생이 김연필의 말에 비위를 맞추기 위함이 아니었다.

한국의 수도 한성.

한때 전쟁으로 초토화되었던 이 땅은, 어느새 하루가 멀다고 신식 건물이 들어서는 계획 도시로 탈바꿈하고 있었으니까.

―공장만 돌리면 팔리는데, 여기서 가만히 있으라고?

—일단 뭐든 닥치고 찍어 내! 중국인들이 전부 사 갈 거니까!!

 세계 1차 대전으로 계유 혁명이 흐지부지되고, 쑨원의 중화민국은 어떻게든 북경을 탈환하는 데에는 성공했지만, 그 사이 외몽골을 중심으로 마르토프 계열의 멘셰비키 사회주의 공화국이 들어서는 것을 막지 못했다.
 물론, 그들도 쑨원이 사회주의자라는 것을 부정하진 않았다.
 하지만 그것과 쑨원의 중화민국에 소비에트 공화국을 합치는 것과는 별개의 문제.

—우리는 쑨 총통, 당신이 수십 년간 독재를 하고 있는 중화민국을 보면서 그대가 보나파르트주의자가 아닌지 심히 우려하고 있소!!
—무엇보다 그대는 극악무도한 유대—부르주아지, 로스차일드 가문과 손을 잡지 않았나! 당신과 같은 수정주의자야말로 혁명의 적이오!!
—저, 저 뻔뻔한 놈들이!?

 그로 인해 플레이어만 바뀌었을 뿐인 중국의 전통 놀이인 난세가 계속되었고, 만리장성은 졸지에 오랑캐로부터 중원을 보호하는 성벽에서 공산주의로부터 민주주의를 보호하는 '돌의 장막'이 되었다.

그 사이에 낀 티베트, 위구르도 간 보기에 들어간 것은 덤이다.

여기에 내전을 막기 위해 투입된 국제연맹군까지 머무르고 있으니, 자연스럽게 그 전쟁 특수가 한반도로 쏟아질 수밖에.

지금도 한성, 개성, 평양, 의주, 북안동(단둥), 아슬(다롄) 등 황해 연안의 도시에서는 애들 모래성 쌓는 것과 비슷하거나 더욱 빠르게 발전소가, 항구가, 공항이 깔렸다.

자연스럽게 토목과 건축 수요가 폭증하니 건설업과 시멘트 산업, 그리고 철강 산업이 눈부시게 상승했고, 한국의 성장동력은 확실하게 성장하고 있었으니…….

'건축가가 되면 적어도 밥벌이는 확실히 하지 않겠는가'라는 김연필의 말은 가감 없는 사실이긴 했으나…… 이는 곧 염 선생에게는 더없이 잔인한 말이기도 했다.

"물론 어르신, 해경이 성적도 좋고, 또 대단히 똘똘하니 분명 대학에서도 큰 재능을 보일 겁니다."

"바로 그렇지!"

김연필은 흡족해하며 김해경의 머리를 쓰다듬었.

하지만 염 선생은 제자의 얼굴에서 비슷한 이야기를 했을 때 다른 집 아이들에게서 자주 볼 수 있었던 자랑스러움이나 따뜻함을 일체 느낄 수 없었다.

차라리 그것은…… 시체에 가까운 무언가였으리라.

'……어쩔 수 없지.'

한 사람의 선생으로서, 그리고 재단의 은덕을 받은 사람으로서. 염 선생은 도저히 여기서 발을 뺄 수 없었다.

"하지만 그, 조심스럽게 말씀드리는 것입니다만……."

그렇기에 그는 침을 꿀꺽 삼키고, 천천히 말을 골랐다. 최대한 지뢰를 밟지 않기 위함이었다.

"해경이의 예술적 재능을 보면, 굳이 남들 다 하는 건축회사에서 월급쟁이를 할 필요가 있나, 그런 생각이 들기는 합니다. 또, 해경이 스스로도…… 무언가 그 이상으로 하고 싶어 하는 것이 있는 듯하고……."

"뭐야?!!"

아이고.

결국 터져 버린 지뢰 폭발음에, 염 선생은 무심코 몸을 뒤로 빼고 말았다.

몸을 지키기 위한 반사적 행동이었다.

하지만 이는 차라리 안 하느니만 못했다. 김연필이 멱살 잡기 좋은 위치이었으니까.

"배, 백부님……!"

"해경이 너는 가만히 있거라! 어이, 상섭이!! 네가 그러고도 선생이야!? 어딜 감히 앞길 창창한 우리 애를 환쟁이로 만들려고 하고 있어!!"

"켁, 켁!! 아, 아뇨! 환쟁이가 아니라, 문학인, 입니다만……!"

환쟁이.

귓가를 때리는, 새 백모님의 손바닥만큼이나 묵직한 말에 김해경은 저의 소화기관에선 묵직한 총신이, 다문 입으론 매끈매끈한 총구가 느껴지는 듯했다.

견딜 수 없는 무게에 무심코 고개를 돌리자, 찢어진 벽지 속에서 죽어 가는 나비가 파들거리는 날개를 몸부림치고 있는 것이 보였다.

아니, 어쩌면 그저 파리였거나 바퀴벌레 같은 것이었을지도 모르겠다.

"그거나, 그거나!! 얘가 똘똘해서 남들보다 글 조금 더 능숙하게 쓰는 건 당연하지! 암! 우리 강릉 김씨 가문을 일으킬 장손인데! 하지만 그런다고 얘가 뭐, 나빈(羅彬 : 나도향) 선생이나 빙허(憑虛 : 현진건) 선생이라도 되겠나? 아니면, 한솔 경만큼이나 잘 쓰겠냐고!?"

그 순간.

"그럴 수 있다면요?"

격앙되고 케케묵은 목소리 사이로 향기가 만개하는 듯했다.

조선 사람의 것이라기엔 독특한 발음이었으나, 그 뜻은 분명히 전달되었다.

김연필은 벌게진 얼굴을 돌려 문을 열고 들어온 사람을 잠시 노려보았다.

"어딜 감…… 크흠!! 그쪽은 누구길래 멋대로 들어오시오!"

하지만 그가 곧바로 기세를 잃은 이유는 간단했다.

문을 열고 들어온 귀부인이, 그 독특한 발음만큼이나 이국적인 옷맵시와 이목구비를 한 탓이었다.

물론, 그 뒤를 따라 들어오는 거구의 사내도 또한 이유이긴 하였겠으나…….

"이 학교 이사장입니다만?"

이 한국에서, 저런 외모에 유창하기 그지없는 국어라면 아마 단 한 명뿐이기 때문일 것이다.

백범신문(白帆新聞) 사장이자 '애리수와 피득' 재단 아시아 지부장, 그리고 한국경마회의 안주인.

통칭 '영길리댁' 김매지.

이 보성고등학교를 비롯해 수많은 교육재단을 인수해, 대한에서 제일가는 교육자로 이름 높은 이이기도 했다.

"그리고, 그쪽에 멱살 잡혀 있는 횡보(橫步)…… 염상섭(廉尙燮) 작가님의 고용주이기도 하지요."

"……큭!"

"서, 선생님!"

김연필은 이를 갈며 염상섭의 멱살을 놓았고, 조카인 김해경이 똥오줌도 못 가리고 저 파렴치한에게 달려가는 것을 보며 이를 뿌득 갈았다.

하지만 만약…… 만약에.

탐욕이 그득한 눈으로, 김연필은 매지에게 눈을 돌려 물었다.

"그래서, 내 조카가 진한솔 경 같은 자리에 오를 수 있다는 거요?"

"아뇨, 그건 무리죠."

"……뭐요?"

"진한솔이 우스워 보이나요, 우물 안 개구리 씨?"

매지는 나직이 코웃음을 치며 말했다.

애초에 진한솔은 세상에서 제일 글을 잘 쓰는 사람이 아니다.

그보다 글을 잘 파는 작가도, 아서 코난 도일을 비롯해 극소수지만 몇 명 정도는 있다.

하지만 그와 같은 자리에 앉는 것은 불가능하다.

작가, 사업가, 투자가, 그 외 기타 등등…… 한마디로 정리할 수 없는, 진한솔의 자리는 인류 역사에 유일무이할 테니까.

"그럼, 그 말은 뭐요 대체!!"

"저희 염 작가가 그러더군요. 귀하의 조카에게는 뭔가 재능이 엿보인다고."

매지의 눈이 잠시 김해경을 훑었다.

낯선 시선이 자신을 선명하게 핥는 것을 느낀 김해경은 잠시 몸을 떨었다.

"제 눈에도, 그리 보이는군요."

결혼 전부터 이미 수많은 작가를 보고, 그 재능을 가늠해 온 매지의 눈이다.

그녀의 눈에 어린 고등학생, 김해경에게서는 무언가……
기시감이 있으면서도 낯선 재능이 엿보인다.

오스카 와일드나, 아니면 그녀의 오랜 친구인 버지니아 울프. 그리고 현재, 옆 나라인 일본에서 한창 주가를 높이고 있는 아쿠타가와 류노스케와 비슷한 냄새.

"조카분이 쓴 습작을 염상섭 작가를 통해 받아 읽어 봤습니다. 저희 신문사에서 연재할 실력은 되겠더군요. 화려한 스타 작가가 되는 거야, 자기 운에 달린 것이지만 최소한 일류작가가 될 역량은 충분합니다."

"……해경아!! 네가 한번 말해 봐라."

이를 갈던 김연필이 조카를 불렀다.

염상섭의 몸을 살피던 김해경은 깜짝 놀라 당황해했다.

"예? 예……."

"너, 글을 쓰고 싶냐? 아니면 건축을 하고 싶으냐."

"……저, 는."

분노마저 차오르는 뜬금없는 말이었다.

언제는 자신에게 그런 선택지를 주었던가? 친부모에게서 떼어 놓아 데려와선, 새장가를 들어 자신을 자식으로도 대하지도 않은 이는 바로 백부가 아니던가.

그리고 동시에 그는 직감했다.

'지금 날개를 펴지 못하면…… 평생 펴지 못할 수도 있다.'

아직 펼치지 못한 날개를, 단 한 번이라도 펼쳐 볼 수 있다면.

백부라는 새장을 깨고, 자유롭게 될 수 있다면.

　김해경은 그렇게 생각하며, 공포의 마왕이나 다름없던 백부에게 말했다.

　"건축도, 흥미가 없는 것은 아닙니다. 하지만 저는……염 선생을 따라 글을 배워 보고 싶습니다."

　"그렇다는군요."

　"……하, 제기랄."

　김연필이 이를 뿌득 갈고 고개를 저었다. 그러고는.

　"……성공해라."

　"예?"

　"무조건! 성공해라. 그리고 가문을 일으켜야 한다! 네가 바로 우리 집안의 장손이니까!"

　그 말만을 남기고, 가문 외에는 아무것도 남지 않은 몰락 양반은 도망치듯 학교를 나갔다.

　그런 백부의 뒷모습을 보며, 김해경은 해맑게 웃으며 생각했다.

　'지랄.'

　성공한다면, 아우들 말고는 집안 따위 일절 보지 않으리라.

　성도 갈고, 이름도 갈리라.

　그것이 훗날, 아시아를 대표하는 아방가르드 시인 이상(李箱)이 자신의 필명을 결심한 순간이었다.

* * *

 '사상 유례없던 전쟁', '모든 것을 끝낸 전쟁', '인류 최초이자 최후의 세계대전'…… 혹은, 그냥 간단하게 대전쟁(Great War).

 이 대전쟁은 유럽의 벨 에포크에 사형선고를 내렸고, 이후 아프리카와 아시아 등지에서 벌어지고 있는 독립운동은 프랑스를 비롯한 서유럽 경제를 대규모 침체기로 내리박았다.

 막대한 인력 소모와 천문학적인 재건 비용, 그리고 화합되지 못하고 있는 정치 속에서 경제가 회복되면 그게 더 이상할 것이다.

 하지만 동시에, 이는 유럽 외 지역에 대규모 호황의 시대를 불러왔다.

 중국의 난세와 일본의 재건을 기회로 빠른 경제 성장을 하고 있는 한국 정도는 호황조차 아닐 수준으로.

 "돌아라, 공장아!!"

 "우리 포드 사는 24초에 한 번 차를 생산하고 있습니다. 자, 제가 말을 하는 사이 또 24초가 흘렀군요. 짜잔! 또 한 대의 차량이 생산되었습니다!!"

 제2차 산업 혁명.

 미국을 중심으로 전쟁의 상흔이 그리 깊지 않은 산업화 지역. 예를 들어 호주, 캐나다, 인도 등에서 값싼 노동력과 대규모 생산 시스템, 스크랩될 예정이었던 전함들을 인수 받아 만들어진 거대한 수송선들이 거대한 경제 호황의 중심이 되었다.

독특한 케이스는 영국이었다.

연방 제국으로 태세를 전환한 뒤, 과거 식민지였던 연방 소속 국가들에 대한 대규모 관세협정으로 인해, '기왕 값싼 공장을 세울 거라면 같은 연방 국가에'라는 심리로 호주와 인도 등에 공장을 세우고, 거기서 나온 싼 공산품 덕에 경제 호황의 수혜를 간접적으로 누린 덕이다.

서민층조차 집집마다 라디오를 듣고 마이카를 타고 다니는 시대가 열렸고, 주에 한번은 영화를 볼 수 있는 시대였다. 간혹 스릴을 즐기는 사람들은 트럭을 사는 기분으로 1인용 경비행기를 구매했다.

뉴욕, 시드니, 홍콩, 런던, 캘커타, 뭄바이에 에펠탑 못잖은 마천루가 세워졌으며, 대규모 화력 발전소와 전신탑, 10차선 도로가 등장했다.

여기에 야구의 베이브 루스와 권투의 잭 뎀프시. 그리고 경륜(競輪)의 움-버크톤이 새로운 센세이션을 일으키며 대중스포츠의 시대를 열었다.

그야말로 광란의 20년대라고 불리는 시대.

그러나 모두는 알고 있었다.

'이 호황은 언젠가 끝난다.'

자연의 법칙이다. 난세와 치세가 번갈아 오듯, 호황과

불황은 어쩔 수 없이 번갈아 오는 법이다.

하지만 대부분은 그 '언젠가'가 언제인지 몰랐고, 설령 언제라 해도 '나만 아니면 돼'라는 인식 때문에 그냥 돈이 복사되는 현실을 즐기기로 했다.

그리고 그런 기조 속에서, 이 미래인만은 그 언제가 언제인지 유일하게 알고 있었다.

'1929년.'

광란의 20년대가 괜히 '20년대'겠는가? 30년대까지 못 가니까 20년대지.

지나치게 강한 소비 경향과 주식과 부동산에 대한 맹신, 그리고 나날이 보고로 올라오는 심화된 양극화 속에서, 미래인은 뇌수 대신 마가린이 흐르는 금수저가 남아공 찐따의 금권선거를 받아 대통령에 오른 그 분위기를 읽을 수 있었다.

그리하여 그는 숏 칠 준비를 시작했고, 재단의 수익을 좀 더 넓은 빈곤 퇴치와 교육 확대에 투자했다.

정치인이 된 맥아더와 접촉하는 것은 물론, 안창호를 통해 패튼의 목줄을 쥘 준비도 그중 하나였다.

"자, 준비는 끝났다."

에어하트 캐슬 뉴욕.

마천루처럼 세워진 그 호텔의 최상층에서 드물게 와인 잔까지 꺼낸 미래인은 침을 꿀꺽 삼키며 화요일, 월가가 대폭락할 날을 기다렸다.

그러나 수요일.

'……늦네.'

목요일.

'뭐, 일주일 정도는 더 기다릴 수 있지.'

한 달 뒤.

'어, 어라?'

1930년, 새해까지 지나고 나서.

"아니, 왜 안 터지는 거죠?"

"왜 안 터지냐니, 자네 지금 나 놀리나!?"

"아니, 금본위제는 이제 한계라니까?"

"내가 한계야, 내가!!"

90세가 넘어서도 돈이 최고라고 외치는 이탈리아 출신 금융인과 사람(정확히 말하면 덕질)이 먼저라고 외치는 한국 출신 자선 사업 소설가.

미국 월스트리트 최강자들의 맞물리지 않는 대화를 들으며, 주변인들은 그저 가슴이 웅장해질 뿐이었다.

* * *

뒤틀림의 시작은, 당연히 남미 소련이었다.

"못 살겠다, 갈아엎자!"

"황제 폐하(페드루 2세)께서 우리를 해방시켜 주셨는데, 왜 우린 아직도 노예냐? 대체 누굴 위한 공화국이야,

이 개 같은 백인 대지주 놈들아!!"

"마리아테기(Mariátegui : 페루의 전설적인 공산 지도자) 동지 만세!! 인디오들이여, 일어나라!!"

인종 차별과 빈부격차로 신음하고 있던 것은 비단 아르헨티나만이 아니었다.

칠레는 이미 1922년에 사회주의 노동자당(Partido Obrero Socialista)이 설립되어 있었고, 페루에서는 '잉카 사회주의'라는 변종이 튀어나와 라티푼디스타스(latifundistas, 대규모 토지 소유주)의 권력에 도전했다.

비교적 세가 약했던 브라질에는 애매하게 해방되어 있던 흑인과 인디오계 노예들 사이로 빠르게 공산주의가 확산되었다.

먼로 독트린에 따라 유럽은 손을 대지 않고, 미국은 하딩 대통령의 부패와 비리로 얼룩져 있는 사이, 남아메리카 대륙은 순식간에 케이프 혼(Cape Horn: 남아메리카의 최남단)에서 남아메리카 해방의 영웅인 시몬 볼리바르(Simón Bolívar)의 고향, 성지 카라카스(Caracas: 베네수엘라의 수도)까지 시뻘건 빨갱이들로 가득 차고 말았다.

면적으로만 치면 원 역사대로 러시아 소비에트 연방을 건설한 것보다 훨씬 넓은 영토.

포클랜드 제도를 거느린 영국이 벌벌 떨고 그 땅의 원주인인 포르투갈과 스페인이 리얼리티 쇼크를 일으키며 미국이 긴장할 수밖에 없었다.

　물론.

―뭐야, 동지들. 왜 우리 연방의 인구가 이거밖에 안 되지?

―그야…… 원래도 인구가 별로 없으니까요.

―아니, 이 어마어마하게 넓은 면적에 고작 1억 명밖에 안 산다고?

　어쩔 수 없는 일이었다. 지구 최대 최악의 녹색 지옥 아마존, 지구에서 제일 긴 산맥인 안데스 산맥 등……. 아무리 어디에서나 살 수 있는 바람의 종족인 인간이라고 해도 도저히 못 살겠다 싶을 정도로 엄중한 오지이자 자연환경이 바로 남아메리카였다.

　따라서 국제혁명에 대한 의지로 불타고, 미 대륙의 북벌(北伐)을 진행하여 부르주아지들을 척결하고 프롤레타리아들의 낙원을 세우겠다는 야심을 가진 블라디미르 레닌조차…… 〈Man vs wild〉를 먼저 찍어야 하는 꼬마 케빈, 아니 꼬마 레닌이 될 것을 강요하는 남아메리카에서는 의지를 잠시 꺾고 신경제정책을 도입해 국가 경제부터 일으키는 수밖에 없었다.

　그러거나 말거나, 미국에 있어 도저히 바람직한 상황이 아니었다.

혁명을 일으킬 생각이 있든 없든 미국은 공산주의를 찢고 죽이고 싶어 하며, 심지어 그들이 순식간에 자신의 영역 안인 남아메리카에서 피어난 독버섯이라면 더더욱 그러했다. 존재 자체가 발작 버튼이었다는 뜻이다.

 이런 상황에서, 공화당에 돌아와 돌풍을 일으킨 대선 후보가 하나 있었으니.

 "허구한 날 잠만 퍼질러 자는 쿨리지 대통령과 감세주의자들은 도저히 저 공산주의자들을 치울 능력이 없습니다!"

 "강력한 대통령! 대전쟁의 영웅이자 시어도어 루즈벨트의 후계자! 빌헬름 2세의 파렴치한 전제 정권을 깨트린 이 주먹으로 공산주의와의 성전(聖戰)에 앞장서겠습니다!!"

 "우드! 우드! 우드!!"

 레너드 우드(Leonard Wood).

 1920년 대선에서 하딩에게 패배했던 남자가 1924년 대선에 다시 도전했고, 1923년 사망했던 하딩의 부통령이자 재선에 도전하는 쿨리지 대통령과의 대결에서 당당히 승리해 공화당 후보로서 대통령이 되는 데 성공한 것이다.

 "도와줘서 고맙네, 맥아더 소장. 아니, 이제는 맥아더 장관이군."

 "미국을 지키기 위한 선택이었습니다."

"그래, 이제 우리는 성전에 나서야 하네. 당연히 뉴욕에서 캘리포니아까지, 모든 미국인이 마음을 하나로 모아야 하지! 거기에는 빈부도, 피부색도, 남녀도 없어!"

캘빈 쿨리지 대통령 역시도 인디언들에게 미국 시민권을 주는 등, 민권 운동이라면 꽤 진보한 대통령이다.

하지만 대전쟁에 지휘관으로서 복무해 본 레너드 우드는 영국과 독일은 어떻게 강한 군대를 길러냈는지 확실히 보았고, 그 방식을 벤치마킹하여 미국에 도입했다.

"모든 주에 육군 예비군 훈련소를 설치하며, 18세에서 41세까지의 남성들은 1년에 2번 예비군 훈련을 받아야 한다."

"의료, 산재, 고용, 연금의 4대 보험을 '국가 보장 보험'으로 도입하며, 모든 남성은 이에 가입해야 한다!"

"언젠가 군대에 가야 할 인적자원들을 문맹으로 놔둘 수도 없다. 사투리 때문에 서로 말을 못 알아듣는 일도 용납할 수 없다! 내무부 산하의 교육청(bureau of education)을 승격시켜 교육부로 두고, 모든 초등교육을 통괄케 한다!!"

"아니, 우드 당신 제정신이오!?"

주 정부의 자유를 신봉하고, 중앙 정부의 권한이 확대되는 것이라면 경기를 일으킬 정도로 싫어하는 미국인들이다.

당연히 레너드 우드의 폭거에 가까운 개혁에 반발이 일

어났지만, 레너드 우드는 당당히 말했다.

"미쳤냐니, 이것은 그저 성전의 준비 단계에 불과하오!"

"아니, 하지만 그러면 예산은……."

"예산? 설마, 지금 우리 미국의 자유를 사랑하는 애국 시민들이 돈 몇 푼 아까워서 공산주의와의 성전에 돈을 내는 것을 주저한단 말인가? 혹시…… 빨갱이?"

"그, 그게 무슨!!"

"자유민주주의를 사랑한다면, 그 사랑하는 마음을 국가에 대한 세금으로 증명하시오!!"

연방 소득세율과 재산세, 그리고 부동산세가 순식간에 몇 배로 뛰었고, 이른바 '국방세'가 신설되어 미국에서 얼마나 많은 이득을 보고 있느냐에 따라 더 많은 세금이 매겨졌다.

당연히 강도 귀족들은 기겁하며 우드와 맥아더를 비롯한 정권 핵심 인사들에게 로비를 했고 이 특별 세금의 부과를 막으려 들었지만, 그들은 당당히 외쳤다.

"지갑을 지키기 위해 로비를 할 돈은 있으면서, 나라를 지키기 위해 그깟 세금 좀 더 못 내는가?"

"아, 공장주들은 남으시고. 군대에서 쓸 물량이 부족한데, 저 국가 예산에서 원하는 대로 발주해 드릴 테니 신무기의 개발에 박차를 가하시오."

"……충성을 다하겠습니다, 각하!!"

그렇게 같이 항의하러 갔던 포드와 제너럴모터스, 보잉

컴퍼니(Boeing Company)가 배를 까뒤집고 군부 정권의 개가 되었으니.

월가의 황제, J.P 모건이 이렇게 하소연하는 것도 이상한 일은 아니었다.

"카우보이가 미친놈인 줄 알았는데, 더 미친 군바리 놈들이 나라 경제를 망치고 있어!! 돈을 벌어도 세금으로 다 빠져나가니 수익이 나기 힘들고, 그러니 주가 올리기가 하늘의 별 따기지! 이러니 주식 굴리는 맛이 나겠냐 이 말일세!!"

"……으으으음."

죽을 때를 찾지 못해 노구를 이끌고 월가의 마천루까지 올라온 모건의 찡찡거림을 무시하고, 한슬로 진은 씽크탱크를 통해 입수한 보고서를 넘겨보았다.

레너드 우드가 각 잡고 뜯어내 풍족해진 예산은 단순히 국민개병제를 위해서만 쓰인 것이 아니었다.

'남아메리카에 의존하는 식량 안보를 해결'하기 위해 남부 농촌에 투자된 돈들이 농업 진흥으로 이어졌고.

'공산주의에 대항하는 아군을 만들기 위해' 중앙아메리카 국가들과의 관계 개선에 나서며 관세협정 등 경제 블록을 형성했다.

'건강한 인적자원을 확보해 두기 위해' 국가 공인 노동조합이 승인되었고 공무원이 대폭 늘어났으며, 테네시강을 비롯한 국가 단위 인프라 사업들이 발주되었다.

여러모로, '아무튼 냅두면 해결됨'이라고 주장하며 폭주하는 시장을 가라앉히지도 않고 뻗대던 고전 시장 자유주의자들과는 정반대의 길들이다.

거기에, 한슬로 진 자신이 A&P 재단을 통해 펼치고 있는 여러 자선 사업까지.

'풍선에서 바람이 빠지고 있다'라는 느낌이 강하게 들고 있었다.

"……그런가."

뭐— 그래. 좋은 게 좋은 거지.

한슬로 진은 그렇게 생각하며 보고서를 벽난로에 집어넣은 뒤, 가뿐해진 표정으로 창밖을 보았다.

1930년의 새해를 축복하기 위한 화려한 불꽃놀이가, 타임스퀘어 하늘을 수놓고 있었다.

6장
전후 세계 - 1930년대 (중)

전후 세계-1930년대(중)

서식스, 크로우버러(Crowborough) 윈들샴 저택.

창밖으로 부드럽게 구르는 언덕과 잔잔한 들판이 펼쳐져 있다. 이른 봄날의 햇볕은 온화했고, 바람은 산들산들 가볍게 나뭇잎을 흔들었다.

먼발치에는 작은 시내가 반짝이며 흐르고, 굴뚝에서는 희미한 연기가 하늘로 피어올랐다. 저택 주위를 감싼 키 큰 나무들은 바람에 고개를 숙이는 듯했고, 멀리서 새들이 지저귀었다.

"동풍(東風)이 부는군."

풍채가 좋은 흰 머리 노인이 툭 하고 말했다. 그 옆에 앉아 책을 읽고 있던 난쟁이 노인은 고개를 들고 물었다.

"무슨 말인가, 아서? 이렇게 따뜻한데…… 혹시 춥나?

창문 닫아 줘?"

"그런 말이 아닐세, 매슈. 됐어, 열어 두게. 내게 있어 동풍은 언제나…… 반가운 것이면 반가운 것이었지, 차갑고 쓰라린 것은 아니었다네."

"허어, 영문 모를 소리를."

"두고 보게. 오늘 아무래도 그리운 손님이 올 듯하니."

손님? 매슈가 고개를 갸웃거렸다.

"혹시 무언가 언질이라도 받아둔 건가?"

"아니. 그저 예감일세."

"허허, 이 친구. 그렇게 혼나 놓고 또?"

"영성론이 아니라 경험이야. 원한다면 내기해도 좋네. 10실링 걸지."

내기라…… 난처한 듯 웃던 난쟁이 노인의 표정이 흥미로 물들었다.

"좋아, 그러면 나도 10실링 걸겠네. 하지만 아서, 아무나 온다고 해서 전부 '그리운 손님'이라고 주장하진 않을 거라 믿네."

"아. 그럴 걱정은 없을 걸세, 매슈. 아마 나뿐 아니라 자네도 반갑게 맞이할 손님일 테니."

"대체 누가—."

그때였다. 먼 하늘에서 바람을 찢는 경비행기 엔진 소리가 귀를 때렸다.

조용한 마을에 어울리지 않는 폭력적인 소리였기에 아

서 노인은 쓴웃음을 지으며 말했다.

"하여간 저 친구, 성질도 급하긴. 저 친구 나라말로 하자면— '양반은 못 된다'던가."

"……솔직히 말하게 아서. 자네, 정말 무슨 연락 받은 거 아닌가?"

"오, 매슈."

친구에게서 10실링 지폐를 뜯어내 책갈피로 넣은 노인은, 마치 그 자신이 오랫동안 인정하지 않았던 아들처럼 빙글빙글 웃으면서 말했다.

"초보적인 것이라네, 친구여(Elementary, my dear)."

* * *

비행기에서 내리자, 익숙한 청년이 다가와 지팡이를 짚지 않은 쪽의 내 몸을 부축했다.

"와 주셔서 감사합니다, 한슬로 진 경! 미국에서 언제 오셨습니까."

"편하게 얘기하라고 했잖나, 킹슬리. 그래, 무릎은 괜찮고?"

아서 코난 도일 작가님의 큰아들, 킹슬리 도일.

대전쟁에 참전했다가 무릎을 다쳐 자택 경비원이 되었던 청년…… 아니, 이제 마흔이 가까워졌으니 청년도 아니군.

아무튼 그는 멋쩍게 머리를 긁으며 고개를 끄덕였다.

"예. 아니, 어렸을 때야 멋모르고 삼촌, 삼촌 했다지만, 이 나이까지 어떻게 그러겠습니까."

"쯧. 됐다. 네 아버지는 안에 계시냐?"

"예. 마침 아델피 테라스 준남작(Baronet of Adelphi Terrace) 각하께서도 방문하셨습니다."

"혀 꼬부라지겠다. 그냥 배리 작가님이라고 해도 된다."

마지막 말은 내가 한 말이 아니었다.

나는 킹슬리의 부축을 부드럽게 떼어 내고, 녀석의 뒤를 따라온 작은 노인과 마주 포옹했다.

"배리 대표님. 오랜만에 뵙습니다."

"오랜만일세, 콜록. 한슬, 자네라도 건강해 보이니 다행이군."

건강이라…… 나는 씁쓸하게 고개를 끄덕였다.

한창때 너무 밤샘하고, 혹사한 영향도 있다 보니 나도 슬슬 몸 여기저기가 삐걱거린다.

물론 간간이 기침하고 다니는 제임스 매슈 배리 작가님 앞에서 하기에는 좀 부적절한 말일 수 있겠지만.

"그건 그렇고, 언제까지 대표님인가? 나도 이제 은퇴했는데."

"한번 대표는 영원한 대표지요. 아니면, 총장님이라고 불러 드릴까요?"

그 말에 에든버러 대학교의 명예 총장은 기겁하며 손사

래를 쳤다.

나는 잠시 낄낄 웃다가, 얼마 가지 못하고 물었다.

"하여간 바쁜 와중에도 잘 왔네. 최근엔 미국에 있었다더니, 급한 일은 끝냈나?"

"오히려 더 자주 와야지요. 그쪽은 이제 로웨나와 윌리엄에게 맡기고 왔습니다."

"허, 참. 세계를 쏘다니는 사업가 부부는 바쁘기도 하군. 그런데……."

그렇게 아이스 브레이킹을 하시던 제임스 매슈 배리 작가님은, 잠시 주변을 둘러보며 눈치를 보았다.

보더니. 이내 내게 고개를 숙이며 물었다.

"그, 혹시 아서한테만 몰래 넘겨준…… 초소형 전화기 같은 거 있나? 자네가 아서랑 같이 쓴 그 소설, 007인가 뭔가 하는 그거에 나오는 것처럼 말이야."

"……예?"

"아니면 뭐, 진짜로 그…… 자네 소설에 나오는 것처럼 동양 특유의 초원거리 텔레파시 같은 거라도 득도한 건가? 뭐라더라? 천 리 전음(400km Telepath)이랬던가?"

"……같이 붙어 다니시더니 영성론도 옮으셨습니까?"

이래서 오컬트 작작 보라고 한 건데.

나는 뜻 모를 소리를 하는 제임스 매슈 배리를 슬쩍 패싱하곤("이봐! 자네! 돌아오게!! 내가 10실링을 잃었다고!!"라는 소리가 뒤이어 들렸지만), 저택을 따라 천천히 걸어갔다.

"왔나."

"별래무양하셨습니까?"

"자네 덕에 이런 호사도 누리고 있는걸."

잘 지내야지.

아서 코난 도일 작가님은 씨익 웃으며 관리 잘 된 하얀 이를 드러냈다.

이 시대 사람치고 나와 비슷했던 그 큰 키는 이제 풍채를 감당하지 못해 살짝 굽었고, 머리와 수염은 희끗희끗해졌다. 목소리도 이젠 거의 힘이 없다.

하지만 그 눈.

내 머릿속을 꿰뚫어 보는 듯한 저 날카로운 회색 눈동자만큼은…… 여전히 형형하게 빛을 내며 나를 바라보고 있다.

"그래— 자네 이야기를 들려주겠나, 멀리서 온 청년?"

나는 피식 웃었다.

이 사람은 남들 기억력이 다 자기 같은 줄 안다.

나도 절대 잊을 수 없는 말이니까 기억하는 거지, 저걸.

"이제 청년 아닙니다. 애들만 셋인걸요."

"자네는 처음 만났을 때도 애들이 셋이었어."

그렇게 말하면 할 말이 없다.

나는 피식 웃으면서 그 옆에 앉았다.

물론 이제 몬티, 매지, 메리는 애들이 아니지만, 내 눈으로 보면 여전히 애들이 맞긴 하니까 말이다.

그렇게 치면 일곱이군. 흠…… 예술적인 숫자다. 코난 도일 작가님의 형제자매 수와도 같군.

"뭐, 이야기할 거라면 많지요. 어디서부터 이야기해야 하나—."

나는 천천히, 멀리서 킹슬리의 부축을 받아 다가오는 매슈 배리 작가님을 보며 이야기보따리를 풀었다.

* * *

이야기는 밤새도록 이어졌다.

"……아니 그래서, 모건 그 영감이 끝까지 뭐가 문제냐고 한 겁니다. 저는 분명히 이제 대패닉이 일어날 거라고 봤거든요? 그 시끄럽기 그지없는 소돔과 고모라가 안 터지면 대체 어디가 터진단 말입니까?"

"그 소돔과 고모라를 만든 장본인이 무서운 말을 잘도 하는군. 이보게, ABC 방송국 회장님에 할리우드 명예 총장, 카드회사 선임고문에…… 또 뭐였더라? 아무튼, 맥주나 한잔 더 따라 보게."

가장 최근의 이야기부터.

"……그래서 애드리안 그놈 볼기짝을 때려 줬지. 난 평생 순애보만 걸었는데 어떻게 내 씨에서 그런 바람둥이 놈이 태어났는지 모르겠어."

"후처도 빠르게 들이셔서 그런 게 아닙니까? 루이자 형수님이 보고 계셨는데 그 간호인이랑……."

"루이자도 인정했네. 그렇게 치면 평생 제수씨 하나만 보며 살고 있는 자네 아들내미는 왜 그 모양인가?"

"젠장, 저도 미치겠습니다. 머리에 피도 안 마른 놈이 어렸을 때 못 챙겨 줬다고 무슨 연상을 그렇게……."

가정사.

"요즘 보던 사람들만 보이는 느낌인데, 자네 쪽 다 떨어졌나? 거 누구더라? 그, 히라이인가 하는 앨런 포 빠돌이 일본인 주워 온 거 외에는 영 시들시들하던데?"

"저라고 뭐 땅 파서 작가 등용해 오겠습니까? 매지한테도 달에 한 번은 보고 받고 있긴 한데, 대중작가 풀이 너무 떨어지긴 했어요. 싱클레어, 그 친구도 결국 노벨 문학상 받더니 참여문학만 쓰고 있고."

"이리 보니 버나드가 차라리 낫긴 하군. 그 친구, 상만 받고 상금은 안 받겠다고 했던가?"

"다시 받겠답니다. '상금을 거부할 정도로 부자라면 자신의 아이를 입양해 달라는 둥, 집 담보금을 갚아 달라는 둥 하는 편지들이 날아오더라'라고 하더군요. 그나마 가장 합리적인 게 자길 가정부로 써 달라는 여자 둘 편지였다고요."

"가만 보면 그 친구가 가장 멍청해. 쿨하게 사람 마음이 어떻다느니 사회가 어떻다느니 늘어놓더니 결국 그런 성가신 일을 만들지 않나."

업계의 이야기까지.

이야기 중에는 킹슬리도 간간이 끼어들었고, 매슈 배리 작가님도 끼어들었다.

식사는 아서 코난 도일 작가님의 후처인 레키 진 도일 형수님이 차려 주실 때도 있었고, 미국에서의 일이 끝나 뒤따라온 로웨나가 차려 줄 때도 있었다. 때로는 내가 실력을 발휘하는 일도 있었다.

보통 사람들과 너무 많이 이야기하다 보면 뭘 더 이야기해야 할지 모를 때가 많다.

그런 경우 억지로라도 대화 소재를 잘 만드는 기술을 갖췄으면 인싸요, 그렇지 않으면 아싸다.

나 역시 미리 준비하지 않으면 후자가 되는 경우가 많았고, 아서 코난 도일 작가님도 마찬가지였다.

둘 다, 괜히 작가를 한 게 아니니까.

하지만 우리 둘이 대화하면 그럴 일이 없었다.

때로는 서로 아는 이야기도 처음 듣는 것처럼 풀어 놓았고, 때로는 이제까지는 밝히지 못한 비밀들도 속 시원히 까발리는 일도 있었다.

대화 소재가 없으면 그저 멍하니 우중충한 영국 하늘을 보는 일도 있었고, 라디오를 틀어 대화 소재를 캐내는 경우도 있었다.

목소리가 높아지는 일도 있었고, 때로는 욕이 섞일 때

도 있었으나, 결코 선을 넘지는 않았다.

그렇게 나는 아서 코난 도일 작가님과 함께했다.

"한슬."

"예, 작가님."

그러던 어느 날 밤.

드물게 서로 위스키를 나누며 아무 말 없이 라디오를 바라보고 있던 때.

아서가 말했다.

"자네 덕에 나는 후회 없는 인생을 살았네. 가장 성가시다고 생각했던 아들과 화해할 수 있었고, 가장 성가시다고 생각했던 이와 친구가 되어 볼 수 있었지."

"코팅리 정도는 후회 좀 하십쇼. 고작 어린 여자애 둘이 제 만화 삽화를 잘라서 합성한 걸로 〈요정이 오고 있다(The Coming of the Fairies)〉요?"

"젠장! 아무튼, 내 작가로서의 삶에 더 후회는 없네. 홈스도, SF도, 007도. 하고 싶은 얘기는 대부분 끝냈어."

다만, 하고 위스키 한 잔을 들이켠 그가 조용히 말했다.

"딱 하나, 역사소설을 쓰지 못한 게 후회가 되는군."

"거, 포기 좀 하시지…… 너무 고증에만 집착하면 재미가 애매해진다니까요."

"아네. 그래서 이제 실제에 집착하지 않기로 했네."

"그러면요?"

"음, 그러니까…… 'IF'를 끼워 넣는 걸세. 예를 들어 말하면, 그렇군. 대충 이 1930년의 평범한 영국의 잡지연재 소설가가— 한국에 여행을 가는 걸세. 거문도, 그러니까 포트 해밀턴에 상륙했던 해군기지를 확인하고, 영국에서 대성공한 어느 소설 작가의 생가를 확인해 보는 거야."

나는 잠시 그를 보았다. 그리고요? 라고 조용히 묻자, 아서 코난 도일은 빙긋 웃으면서 말했다.

"그리고 키만 멀대같이 큰 어느 동양인 소설 작가를 펍에서 만나는 걸세. 함께 이야기를 나누고, 너무 이야기가 재미있어서 막걸리가 골수에 차 버린 순간—. 아이쿠 세상에. 1880년대, 거문도에 상륙했던 어느 영국인 수병으로 깨어나는 것이지."

"……."

"작가는 생각하네. 20세기라면 불가능했지만, 19세기라면— 소설가로서 대성할 수 있지 않을까? 하고 말이야. 물론…… 그 섬에 사는 어느 동양인과도, 친구가 되겠지. 어쩌면, 그 친구를 영국에 데려올 수도 있고 말이야."

셜록 홈스의 아버지가 늘어놓는 작품 구상은 끝도 없이 이어졌다.

나는 빙긋 웃으면서, 그의 빈 잔에 위스키를 따라 주었다.

"그거참— 대단한 모험이 아닐 수 없군요."

"그렇지."

아서가 그 위스키를 한 번에 털어 넣었다.

그리고 씨익 웃으면서…… 그 날카로운 눈에 더없는 애정을 담아 말했다.

"나는 수없이 모험을 했다네. 그리고 이제, 가장 크고 멋진 모험이 나를 기다리고 있지."

이틀 뒤.

아서 코난 도일은 조용히, 영원한 꿈으로 모험을 떠났다.

* * *

저택 지하실.

좁은 공간을 가득 채운 연기와 불안감은 공기의 무게를 더하고 있었다.

"때가 되었다."

테이블 위에 두 손을 짚고 앉아 있은 자가 조용히 말했다.

순간 불길하게 빛나는 눈빛, 이에 옆에 선 간부들은 조심스럽게 침을 삼켰다.

"총통 각하."

예전부터 그를 따라온 젊은 예비군 부사관, 지금은 장교의 계급장을 단 남자가 천천히 입을 열었다.

공포 섞인 침묵을 가르고 용기 있게 던져진 말이었다.

"결국…… 해야 하는 것입니까?"

"필요한 일이다."

하나, 결국 어둠 속으로 침잠한다.

차가운 목소리는 그의 충직한 부하를 달래듯, 혹은 불안감을 지우듯 담담하게 말했다.

"알고 있지 않으냐. 놈은 이미 넘어갔어. 우리를 지키려면…… 때로는 결단을 내려야 한다."

"그렇습니다, 각하! 나약한 저희와 국민에게는 단호한 행동이 필요합니다. 그것을 명하실 수 있는 분은 오직 각하뿐! 모두 각하의 지휘를 기다리고 있습니다!"

저 개 같은 사팔뜨기가…….

장교는 이를 북 갈며 뱀처럼 속삭이는 홀쭉이를 노려보았다. 하지만 이내 그들의 총통이 손을 들었고, 그들은 제자리로 돌아가는 수밖에 없었다.

잠시 침묵이 감돌았다.

들어 올려진 손이 조용히, 테이블 위에서 떨렸지만, 눈빛은 더욱 차가워졌다.

얼음장 같은 시선은 벽에 걸린 지도를 응시했다.

그들이 나고 자란 위대한 땅.

하지만 지금은 갈가리 찢겨, 저 침략자들에게 유린당하고 있는 비탄의 땅.

"우리가 지금 행동하지 않으면, 우리의 고향은 영원히 사라질 것이다."

그 지도를 움켜잡으며 총통은 말했다.

"두려워하고 있는 이유를 알고 있다. 그래, 우리는 칼을 들고 있으며, 들 것이다."

"하나! 암을 치료하려면 환부를 잘라 내는 결단이 필요한 법! 그 누구도 우리를 돌봐주지 않았고, 그 누구도 우리를 돕지 않았으니!"

"남은 것은 오직 하나. 우리 스스로가 우리를 돌봐야 한다. 그리고, 우리가 우리의 의사가 되어야 하는 것이다!!"

"와아아아!!"

"총통 각하 만세!!"

총통의 일장 연설에 간부들이 환호하며 손뼉 쳤다.

여느 때와 같이.

장교는 주저했다. 하지만 그를 둘러싼 무언의 압박 속에서, 그가 할 수 있는 일은 많지 않았다.

짝, 짝, 짝.

그 박수의 중심 속에서 환호를 만끽하고 있던 총통에게, 갑자기 누군가 방에 들어와 작게 속삭였다.

이어, 그는 손을 들어 좌중을 조용히 시키고는 말했다.

"놈의 신원이 확인됐다. 호텔에서 술에 절어 자고 있다는군."

"각하, 명령을! 기회를 놓치지 말아야 합니다!"

그렇지.

총통은 천천히 고개를 끄덕였다. 그의 눈이 고독하고 두려워 보였지만, 목소리는 결코 흔들리지 않았다.

"제거하라. 한 명도 남기지 말고, 지구의 안전을 위협하는 모든 것을!! 소거하라!!"

그리고 몇 시간 후.

기관총 소리가 새벽의 공기를 찢어 놓았다.

이제 곧 이 지구에서 암약하고 있던 수성의 마녀들, 화성의 용병들, 그리고 외행성들에 숨은 자들까지.

모두 찢고 죽이고 까발려, 지구를 순수한 인간들만의 행성으로 되돌려 놓으리라.

소델프 아다크는 자택 안에서 그 소리를 들으며 창밖을 응시했다.

그의 얼굴에는 승리와 고독이 뒤섞인 묘한 미소가 떠올랐다.

그를 호종하며, 루스탐 렌들러는 불안한 눈으로 그 뒷모습을 바라보았다———.

* * *

"다시."

두툼한 몸에서 나왔다고 생각하기 어려운, 냉정하기 그지없는 목소리가 바이에른 공화국 뮌헨의 어느 만화 스튜디오 안을 울렸다.

그 냉정하고도 짧은 독일어에 맞은편에 앉아 있던 콧수염 사내는 벌떡 일어나 항의하듯 말했다.

"다시라니! 다시라니!! 그게 무슨 말인가, 헤르만 괴링 팀장!"

"그렇습니다! 제 스토리, 그리고 사장님의 그림까지! 이보다 더 완벽한 〈행성 전쟁〉 프리퀄이 어디 있다는 말입니까!!"

그 옆의 비쩍 마른 각색 담당까지 목소리를 올리며(벌떡 일어서진 못했다. 그는 절름발이였으니까) 소리쳤지만— ㈜글로벌 미디어 중유럽 지사 편집부 제3팀장인 헤르만 괴링은 차갑게 말했다.

"무슨 말인지는 히틀러 사장님, 그리고 괴벨스 작가님이 더 잘 알고 계시지 않습니까? 두 분 모두 저보다 훨씬 더 고참이시니."

아돌프 히틀러가 괴링과 함께 ㈜글로벌 미디어 소속의 작화팀장과 각색 담당이었을 때부터 전담 편집자였고, 〈아돌프 만화회사〉로 독립한 뒤에도 그 인연을 이어 나가고 있으니, 얼추 10년은 족히 된 것이다.

그렇기에 헤르만 괴링은 이제 독일을 대표하는 만화 듀오로 성장한 두 사람에게 당당히 말할 수 있었다.

"물론 좋습니다. 하지만 이것만으론 부족하지요."

"부족하다니, 대체 어느 정도를 원하길래……."

"이번 〈행성 전쟁〉 프리퀄 코믹스 시리즈는, 단순히 중유럽 지사만의 의뢰가 아닙니다."

프랑스 지사, 미국 지사, 심지어는 기세가 무섭게 성장한 동아시아 지사에도 들어간 의뢰다.

괴링은 그렇게 말하며 진지하게 설명했다.

"그리고 그렇게 연재된 작품 중, 가장 성과가 뛰어난 연재작품을 뽑아 최근 역점을 두고 있는 사업— 애니메이션화의 원안으로 투입될 예정입니다."

"애, 애니메이션?!"

"그, 그럼 설마!"

"예, 그렇습니다."

헤르만 괴링은 자신 있게 고개를 끄덕이며, 초롱초롱한 눈으로 자신을 바라보는 두 사람에게 말했다.

"월트 디즈니 스튜디오(Walt Disney Studios). 바로 그곳입니다."

"크으으웃!!"

히틀러는 부들부들 몸을 떨었다.

디즈니라니.

현재 그들이 하고 있는 '만화'가 제9의 예술이라면, 현재 문화의 최선봉을 달리고 있는 애니메이션은 제10의 예술이라 당당히 등재될 수 있는 것이었다.

심지어 디즈니는 현재 전 세계에서 따라올 자가 없는, 으뜸가는 스튜디오.

'내 작품이 그런 곳에서 애니메이션으로 만들어질 수 있다니……!'

입사 경력으로 치면 선배이긴 하겠으나, 그 찬란하기

그지없는 재능에는 선후배가 없는 법.

히틀러는 디즈니의 찬란한 업적에 항상 동업을 꿈꿔 왔고, 그 꿈이 현실화될 수도 있다는 말에 감격의 눈물을 주체할 수 없었다.

'가만, 그렇다면…….'

그런 생각으로 다시 보니, 확실히 지금 그린 만화는 지나치게 투박하다.

어딘가 초점도 잘 안 맞고, 캐릭터도 지나치게 그 자신의 화풍으로 그려져 있는 듯했다.

그렇다면 디즈니 풍으로 다시 그려야 하는 것일까? 히틀러가 턱을 부여잡고 고민에 빠졌고, 그의 안색을 살핀 괴링은 미심쩍다는 듯 물었다.

"디즈니라니, 이상하군요. 저도 사장님도 디즈니 애니메이션을 무척 좋아해서 아는 것이지만, 그곳에서 만들고 있는 애니는 〈백설 공주〉 같은 동화의 원작이거나…… 그게 아니라도 오리지널 작품 라인업을 보더라도 〈오스왈드 래빗〉이나 〈미키 마우스〉 같은 어린이용이 대부분 아닙니까?"

즉, 〈행성 전쟁〉 같은 지나치게 무거운 성인용 SF를 왜 디즈니에서 만드냐는 의심이었다.

그것을 들은 히틀러 역시 고개를 퍼뜩 들고는 괴링에게 시선을 향했다.

"그러고 보니 그렇군. 괴링 팀장, 좀 더 자세히 말해 줄 수 있겠소?"

"역시 괴벨스 작가님이십니다. 예리하시군요."

괴링은 담담히 고개를 끄덕이며, 천천히 말했다.

"이것은 저희 쪽에서도 확인되지 않은, 전설적인 이야기이긴 하지만…… 듣기로 본사에서 월트 디즈니 스튜디오에 파격적인 제안을 했다고 합니다. 제작비는 얼마나 들든 신경 쓰지 않을 테니, 애니메이션의 신 지평을 열어보라고 말이지요."

"신 지평이라면, 즉……."

"이 시대 만화의 메인 스트림."

즉, 8등신 극화풍이다.

괴링은 그렇게 설명했고, 히틀러와 괴벨스는 어안이 벙벙하여 되물었다.

"그게…… 되겠소?"

"수요가 있을까요? 그런 걸 그린다면, 필연적으로 영화시장과 충돌할 수밖에 없을 텐데……."

"뭐, 저희도 아직 미심쩍긴 합니다만— 들리는 소문에 의하면……."

헤르만 괴링은 누가 듣기라도 할 새라(혹은 그 정도로 은밀하다는 과시를 하기 위해) 주변을 둘러보고는, 천천히 목소리를 낮추어 말했다.

"회장님께서, 직접 눈여겨보고 챙기고 계신 안건이라 합니다."

"회, 회장님이라면?!"

"서, 설마……!"

"물론, 당연히."

헤르만 괴링은 당당히 말했다.

"A&P 재단 총재이자 ㈜글로벌 미디어 회장, 위대한 한슬로 진 작가님이지요."

"허어어억!!"

두 사람은 누가 먼저라 할 것 없이 입을 딱 벌리고 서로를 보았다.

그렇다면 이번 일은 무려 그 한슬로 진이 직접 살피는 프로젝트란 말인가?

"듣는 바에 따르면, 그 슈트라우스를 다시 픽업해서 협업을 기획하고 있다더군요. 이게 사실이라면, 아마 애니메이션 최초로 웅장하기 그지없는 클래식을 도입한 작품이 되겠지요."

리하르트 슈트라우스.

독일의 대표적인 한슬리언이자, 이름난 작곡가로 유명한 그와 협업할 수 있는 기회라니.

이 영광된 기회를 놓치면 평생의 후회로 남을 것이다. 히틀러도 그것은 확실하게 알 수 있었다.

"그렇다면, 더더욱 가만히 있을 수 없지요!!"

그 말에 먼저 반응한 것은 다름 아닌 괴벨스 작가 쪽이었다.

히틀러 역시도 한슬로 진을 경애해 마지않기는 하지만, 그는 어디까지나 그림작가.

그가 간결해 보이면서도 결코 무너지지 않는 화풍으로 애니메이션을 만들고 있는 디즈니를 더 좋아한다면, 각색 일지언정 작가의 길을 걷고 있는 괴벨스는 당연히 한슬로 진이라는 말에 더욱 불타오를 수밖에 없었으니…….

"잠시, 잠시만 기다려 주십시오, 사장님! 더 뛰어난 캐릭터와 연출, 그리고 재해석으로 아다크와 루스탐을 그려 보겠습니다!"

"그, 어. 수고하게."

저거, 절름발이 맞지?

왠지 〈성 바바라 학원〉의 범죄조직 보스, 카이저 소제(Keyser Söze)를 떠올리던 히틀러는 한숨을 쉬고 몸을 소파에 뉘었다.

어쨌든 글 작가인 괴벨스가 처음부터 재구성을 하겠다면, 그림작가인 히틀러는 잠시 한담을 나누어도 될 것이다.

"그런데, 하필이면— 〈행성 전쟁〉이라……."

"사장님, 왜 그러십니까?"

"아니, 아니오. 그저…… 한슬로 진 작가님도 시국을 어떻게 보고 계시나, 생각해서."

히틀러의 그 말에, 헤르만 괴링 역시 씁쓸한 미소를 지으며 고개를 끄덕였다.

한때 강력한 하나의 제국이었던 독일은 다시 여러 왕정으로 찢겨 나갔지만, 무려 40년이나 한 나라였다.

게다가 대부분은 하노버를 제외하면 멀쩡한 항구조차 제대로 없는 데다, 그 하노버는 대영연방 제국에도 소속되어 있다.

자연스럽게 경제주도권은 하노버에, 식량은 바이에른이, 산업은 헤센…… 결국 서독일 관세동맹(West German Customs Union)이 체결되는 것은 자연스러운 일이었고, 이에 소외된 프로이센에서 '예전이 나았다'라는 얘기가 나도는 것도 이상한 일은 아니었다.

반대쪽의 프랑스도 1920년대의 혼란이 좀처럼 가라앉지 않는 모양새이니 더더욱.

"어쩌면 프로이센에서 이 만화와 같은 일이 실제로—."

무섭다.

히틀러는 솔직히 그렇게 생각했다.

오스트리아의 상업 화가로서 일찍이 재단의 후원을 받는 만화 스튜디오의 작화 담당으로 채용된 덕에, 파피용 프로젝트 대상자가 될 수 있었던 그였다.

자연스럽게 미필일 수밖에 없었고, 대전쟁에 대해서도 피상적으로 느낄 수밖에 없었다.

"그것에 대해서는 재밌는 이야기가 있더군요."

반면, 공군 출신 헤르만 괴링은 담담하게 말했다.

"우리 재단에서 에밀 졸라 작가를 대대적으로 후원하며

역점을 두고 있는 사업이 있는데, 그게 바로…… 서독일 관세동맹에 베네룩스 3국, 오스트리아와 체코, 그리고 나아가— 프랑스와 프로이센까지 끼워 넣자는 것입니다."

"허, 허어?"

그게 가능한가? 히틀러는 고개를 갸웃거렸다.

말만 들으면, 마치—.

"경제만으로는 나폴레옹 수준으로 유럽을 통일시키자, 라는 수준이지요."

"정말로 된다면 대단하긴 한데, 말이지요."

아무리 그 유명한 프랑스의 대문호라고 해도, 그 프랑스의 혐독(嫌獨) 성향을 딛고 관세동맹에 들여보내는 게 가능할까?

히틀러는 아무리 생각해도 부정적일 수밖에 없었다. 이에 괴링은 피식 웃으면서 말했다.

"뭐, 듣기로는 영연방에 대항할 '유럽 연합'이 장기적인 목표라는데……."

만약 그것이 실제로 일어난다면.

"······만화는, 만화로 남을 수 있겠지."

"그러니, 우리는 우리의 일을 열심히 해야지요. 세계의 평화를 위해."

괴링은 농담처럼 말했고, 히틀러는 고개를 끄덕였다.

그것은 재단의 일. ㈜글로벌 미디어의 두 사람은 '우선은 재미' 원칙이 우선해야 하니까.

"다 짜왔습니다!!"

"좋아, 다시 시작해 볼까!"

그렇게 〈히틀러 만화회사〉의 프리퀄 코믹스.

〈행성 전쟁—장검의 밤〉이 석 달 뒤, 중유럽 지사의 1면을 장식하며 힘차게 연재를 시작했다.

* * *

몬티 밀러는 대영 제국에서 가장 성공한 정치인 중 한 명이다.

이 명제는 그가 하원의원으로 당선되어 정치계에 데뷔한 뒤, 한 번도 뒤집힌 적이 없었다.

마셜 플랜의 통과, 해군 장관, 최초의 국방 장관으로서 대전쟁을 승리로 이끈 위대한 전쟁 영웅에 이르기까지.

그는 자유당 최고의 슈퍼스타이자, 미래의 총리. 그리고 대영 연방 제국의 청사진을 그린 위대한 설계자로서, 브리튼 섬의 역사에 남을 최고의 정치인 중 한 사람으로 역사에 길이 남을 것이——.

"씨발, 정치 때려치우고 싶네, 진짜."

지만, 그것과 별개로.

그는 진심으로, 대영 제국에서 정치인으로 살아남기가 굉장히 빡세다고 생각하고 있었다.

"후, 후! 또 무슨 일이기에 그리 죽상인가, 몬티 밀러

추.밀.원.장?"

"댁이 그 자리에 앉아 있는 것부터, 지금 뻔뻔하게 제 집까지 들어와 제 아내의 아까운 차를 대접받고 있는 것까지 포함해서 전부 다요."

몬티가 그리 뾰족하게 답하자, 상대는 짐짓 놀랍다는 듯 과장된 몸짓을 하며 말했다.

"세상에, 여당 원내대표가 현 총리에게 이토록 불손하다니! 자네, 그런 식으로 굴면 자네를 업어 기른 한슬로진 작가님의 명예에 큰 누가 되지 않겠는가? 으응?"

"하, 진짜."

이걸 때릴 수도 없고……

몬티는 깊은 한숨을 쉬며 고개를 내저었다. 어쨌든 상대— 윈스턴 처칠의 말대로, 그는 현재 대영 제국의 총리.

외무장관, 연방장관을 거쳐 다시 국회로 돌아와, 원내대표가 겸직하는 추밀원장(Lord President of the Council) 직을 맡고 있는 몬티에게 있어, 상사라면 상사이기 때문이다.

몬티는 눈 앞을 가리며 조용히 탄식했다.

"젠장, 전쟁 끝나자마자 총리 하겠다고 해야 했는데……"

지난 1918년, 전쟁이 끝남과 동시에 허버트 헨리 애스퀴스 총리는 2선으로 물러났고, 그 뒤를 이은 데이비드 로이드 조지 총리는 급진적인 민생 현안을 잘 처리했지만, 거친 언행과 구설에 휘말리는 바람에 5년 만에 노동당과의 거국내각을 꾸려야 했다.

그 결과, 1924년부터 총리가 된 인물은 최초의 노동당 총리 램지 맥도널드(Ramsay MacDonald).

그리고 모종의 징크스라고 할까, 양대 정당이 된 노동당에서 다시 자유당으로 대권이 넘어왔지만, 그 자유당에서 총리 자리를 거머쥔 인물이 바로 또 다른 전쟁 영웅이자 한슬로 진의 측근으로 그 이름도 찬란한 윈스턴 처칠.

그래, 몬티 밀러가 아니었던 거다.

"아니, 어쩔 수 없잖나. 그러면 설마 '차기 국왕의 처남' 타이틀을 달고 총리 자리에 오르려 했나?"

"진짜, 그럴 의도는 눈곱만큼도 없었다고요!!"

목소리 꾹꾹, 음절 하나하나마다 억울함을 꾹꾹 눌러 담은 외침이 터져 나왔다.

물론 몬티도 이해했다.

사실 영국이 왕가를 존중하고 남겨 둔 나라라지만, 그거야 어디까지나 상징성이나 뭐 그런 것의 의미지, 진짜 국가 원수로 취급하며 전권을 주기 위해 남겨 둔 것이 아니다.

오히려 그런 것은 철저히 배척하는 나라가 영국이고, 자유당이다.

당장 자유당(Liberal Party)의 이름부터가 '왕가로부터의 자유'를 표방하고 있지 않은가?

미국이 전통적으로 주 정부가 연방정부를 견제하는 불

문율이 있다면, 영국에는 의회가 국왕을 견제하는 전통적 불문율이 있는 것이다.

다행히 선왕 에드워드 7세나 현 국왕인 조지 5세, 그리고 차기 국왕으로 낙점된 앨버트 공자까지도 실권을 쥐기보단 뒤에서 간간이 훈수 두는 것에만 만족하는 '군림하되 통치하지 않는' 인물들이었고, 그 덕에 의회와 왕가의 동거는 계속되고 있었다.

하지만 애스퀴스를 비롯한 원로들은 똑똑히 기억한다.

선선대— 즉, 빅토리아 여왕 때만 해도 제법 간섭이 심했다는 것을.

그러니, 자연스럽게.

"왕가의 인척이자, 신흥 백작가인 애쉬필드 백작께선 당연히 총리 못하지."

윈스턴 처칠은 떨떠름하게 말했다.

물론 놀리는 맛이 있어서 몇 번이나 놀리곤 있지만, 양심상 그 역시 몬티가 앉아야 할 총리 자리를 도둑질했다는 느낌이 없진 않았기 때문이다.

그런 마음을 알기에, 몬티도 더 열불 내지 않고 푸념하듯 고개를 저어 말했다.

"그 백작위 안 받는다니까요…… 아무튼, 무슨 일로 여기까지 오셨습니까."

"아, 그래. 묻고 싶은 게 있어 내 자네 집까지 행차했다네."

……전면 취소. 양심에 찔리는 게 맞긴 할까?

묘하게 건방진 윈스턴 처칠의 말투에, 몬티 밀러는 잠시 쌍심지를 켰다가 그의 질문에 차분해질 수밖에 없었다.

"군축은 이해하네. 지금은 민생을 챙길 때니까. 하지만…… 서유럽 전체로 관세 동맹을 확장하자니, 그게 대체 무슨 소린가?"

"뭐, 말 그대로입니다."

몬티 밀러는 어깨를 으쓱이며 그렇게 말했다.

항간에는 에밀 졸라의 성명이자 호소를 통해 발표된 일이지만, 사실 그는 이미 90세가 넘은 노인이 아닌가. 호소문 좀 써달라고 하는 것만으로도 충분히 노인 학대 수준이다.

그를 대신해 국제연맹 사무관 출신인 장 모네(Jean Monnet)를 발탁하고, 유럽 곳곳에 뿌리내린 〈앨리스와 피터〉 재단과 적십자를 이용해 평화주의 경제동맹을 이끌어 내고 있는 사람은 당연히 대영 제국의 추밀원장. 몬티 밀러였다.

"어째서 그런 짓을 하는 게지? 우리 영국은 유럽이 통일되어 있으면 자연스럽게 소외될 수밖에 없어. 자네가 그걸 모르진 않을 텐데, 어째서 그런 짓을 하는 겐가?"

중요하니 두 번 말했다.

윈스턴 처칠은 그런 뉘앙스로 다시금 엄숙히 말했다.

이에 몬티 밀러는 깊은 한숨을 쉬며 고개를 저었다.

"그것에 대해서는 충분히 설명하지 않았습니까? 대영 연방 제국이——."

"물론 나도 제국 연방이 충분히 기능한다면, 굳이 유럽에 집착할 필요가 없다는 것은 이해하네."

윈스턴 처칠은 침착하게 말했다.

"아직은 성장 중이지만, 호주와 인도는 그 각각만으로도 유럽을 대체할 수 있는 시장이지. 유럽도 더 이상은 자기들끼리 살아남을 수 없어. 하노버 왕국을 통해 우리 영국과도 간접적인 자유 무역이 열린다면, 아마 그들은 더더욱 우리를 통할 수밖에 없겠지."

"……호오."

"장기적으로 유럽의 경제 블록, 그리고 연방 제국의 경제 블록. 두 블록의 허브로 기능케 만들겠다는 큰 그림은 내가 모르지 않네."

확실히 대단하다.

몬티 밀러는 고개를 끄덕였다.

워낙 막무가내에 파격적인 인물이라 무시되는 경향이 있지만, 윈스턴 처칠은 대단히 똑똑한 인물이다.

특히, 세계 전체를 부감하는 큰 그림을 볼 수 있는 사람으로는 이만한 사람이 없다.

"저도 새치기당한 게 불쾌하긴 하지만, 그걸 인정하기 때문에 당신이 총리 자리 앉는 데 찬성한 거죠."

"약점 잡아 놓고 그런 소리 하면 창피하지도 않나?"

"억울하면 약점을 잡히지 말았어야죠."

알아서 한슬 앞에 엎어졌으면서 딴소리는.

몬티는 코웃음을 치며 그렇게 받아치더니, 이윽고 한차례 고개를 끄덕였다.

"예, 그걸 알았으면 반대할 이유가 없지 않습니까?"

"있지. 낙관적으로 보면 장기적으로 우리 브리튼 섬은 유럽의 창구로서 확실히 위대해지겠지만, 비관적으로 보면 어떤가?"

양쪽 모두에 발을 걸치는 박쥐는, 필연적으로 양쪽 모두에게 비난받을 각오도 해야 한다.

브리튼 섬이 유럽에도, 연방국에게도 외면당하는 사태가 벌어지면 어떻게 하는가?

윈스턴 처칠은 그것을 경고하고 있었고, 몬티 밀러도 그것에 대해서는 어쩔 수 없이 고개를 끄덕일 수밖에 없었다.

"예, 확실히 그건 위협이 되겠지요. 지금까지야 줄줄이 뛰어난 총리들만 등장했기에 낙관적으로만 나아갈 수 있었지만, 언젠가 우리 영국에도 저 하딩 같은 머저리 정치인이 대권을 잡을 수도 있고."

"그건 좀 너무 가지 않았나? 우리 영국의 의회 정치는 그보다 더, 한 단계 세련된 정치라고."

"뭐, 저도 그건 부정하지 않습니다만…… 한슬이 그러

더라고요."

―지나치게 의회가 국민과 멀어지면, 국회의원들도 국민보다 자신들의 생존을 더욱 열망하게 되는 때가 온다.

할아버지 소리 들어도 이상하지 않은 나이가 돼서 그런가? 한슬로 진은 이제 예전의 경박함보다는 좀 더 의뭉스럽고, 뱅뱅 꼬아 말하는 경우가 많아졌다.
몬티 밀러는 그렇게 투덜거리다가 고개를 저었다.
"뭐, 저도 이거 자체는 부정하지 않습니다. 솔직히 말해 이제는 완전히 몰락했지만, 보수당 의원들이 전쟁 끝나기 전에 개지랄 떨었던 걸 생각해 보세요."
"크흠! 그걸 어떻게 잊겠는가. 아직도 치가 떨리는군."
거짓말은……
몬티는 처칠이 보수당과 뜻이 맞으면 언제든지 그쪽으로 넘어갈 수 있다는 것을 알고 있었다.
아마 그러고도 총리를 할 수 있는 남자가 처칠이겠지.
"그래서, 안전장치입니다."
"유럽 연합이 말인가?"
"예."
브리티시 불독의 불퉁한 얼굴에, 몬티는 담담하게 설명했다.
"한슬이 항상 말하더군요. '견제받지 않는 권력은 반드시 부패한다'."

"……상투적인 말이군."

"뭐, 그 인간이 늘 그렇지 않습니까."

상투적이고, 원론적인 말이다.

그리고 그것이 항상 지키기 어렵다.

"정부를 견제하는 것은 의회의 역할입니다. 기업을 견제하는 것이 정부의 역할이고요. 그렇다면 의회를 견제하는 것은 누구의 역할이겠습니까?"

윈스턴 처칠은 고개를 끄덕였다. 그는 다소 '강한 지도자'를 좋아하긴 해도, 민주주의를 자랑스러워하는 정치인이었다.

"유권자인가."

"예. 그리고 유권자가 깨어 있으려면…… 충분한 교육과 충분한 위기감이 언제나 필요하지요."

몬티는 그렇게 말하며 천천히 무언가를 꺼냈다. 처칠은 그것을 넘겨받고는 눈살을 찌푸렸다.

"이건 뭐…… 뭣?! 스페인에서 내란 위기?!"

"놀랄 만한 이야기는 아니지 않습니까. 그 동네에 정치 혼란이 어디 하루 이틀도 아니고."

게다가 그 남미소련에서 제일 가까운 유럽 국가이기도 하니 어느 정도는 예고된 사태였다.

처칠은 한탄하며 바로 '왜 하필 내가 총리일 때!'라 외치면서 뛰쳐나갔다.

흥, 어디 한번 고생 좀 해 보라지.

그 모습을 보며 몬티는 심술궂게 웃으며 그리 생각했다.

물론.

'저 친구라면 이 또한 어찌어찌 잘 처리하겠지.'

정 뭐 하면 자신도 힘을 보태 줘도 될 것이고.

몬티 밀러는 한숨을 쉬며 서재의 소파에 몸을 묻었다.

앞으로에 대한 걱정, 그것을 막기 위한 큰 그림, 한슬은 또 어딜 쏘다니고 있을까, 오늘 저녁 뭐 먹지 등의 생각으로 몬티 밀러가 꿈속으로 침잠해 들어가던 그때였다.

"아빠, 손님 나갔어?"

"삼촌! 나 경마에서 대박 땄다!! 이걸로 맛있는 거 사 먹자!!"

"난 불고기!!"

"시끄러워, 이것들아!!"

저 녀석들은 어째 커도 커도 머리가 굵어지질 않아.

몬티 밀러는 서재에 쳐들어오는 아들 마크 밀러, 그리고 한슬로 진의 두 아들들인 프레드 리처드 진과 아서 조지 진을 보며 그렇게 한탄했다.

7장 전후 세계 - 1930년대(후)

전후 세계-1930년대(후)

"아, 아니!! 또 떨어졌습니까?!"

한성.

(주)국제매체(國制媒體, 글로벌 미디어) 한국지사 출판부에서는, 언제나와 같은 고성이 울려 퍼졌다.

그럴 수밖에 없었다.

이곳은 국내 출판 매수 1, 2위에 빛나는 〈백범신문〉과 〈백범일보〉. 그리고 전통과 실력을 모두 갖춘 잡지 〈백조〉나 〈소년〉 등을 출판하며 한국 최고의 출판사이자 언론사로 이름 높은 회사이니.

흑룡강에서 제주도에 이르기까지 전국 16도에서 글이나 그림 꽤 쓰고 그린다는 창작가(創作家) 지망생들이 청운의 꿈을 안고 모여드니, 당연히 탈락하는 이들도 많을 수밖에 없는 것이다.

다만, 이번 일은 좀 특이했다.

"허, 음…… 그러게. 나도 참 의아하네."

편집부의 한편, 칸막이로 둘러싸여 전담 작가들과 미팅을 위해 준비된 상담실.

그곳에 들어가 방금 소리 지른 지망생을 마주한 사람이 다름 아닌 〈백범신문〉의 부편집장, 최린(崔麟)이었기 때문이다.

그 자신부터가 시인이나 소설가들이라면 수도 없이 봐온 고참 편집자이자, 한때 보성고등학교 교장도 맡아본 교육자.

게다가 화엄당 원내대표, 만해 한용운과도 친구인 만큼 그의 편집부 내 권력은 상당하다.

하나 그럼에도 불구하고 그가 추천한 학생—인지 중인지, 하여튼 머리 짧게 깎은 시인— 미당(未堂)의 시가 등재되지 못한 거다. 이것은 실로 이상한 일이었다.

하지만 그렇다고 뭔가 답이 나오진 않는 것.

그렇기에 그는 그저 난처하다는 듯 머리를 긁을 수밖에 없었다.

"아, 아니 대체 어째서?! 이번 시만큼은 정말 잘 썼다고 생각했는데요!!"

절규에 가까운 학생의 외침에 최린 역시 고개를 끄덕이고는 오징어 다리를 입에 넣어 질겅질겅 씹었다.

어지간한 회사는 전부 끽연이 허용되지만, 이 회사에서는 '화재 방지'를 위해 절대 금연이기에 사비로 지원되는 복지 중 하나였다.

"으음, 나도 그렇게 생각하네. 이번 시는 확실히 생동감이 굉장해. 우리 회사가 아니라 〈동아일보〉나 〈중앙일보〉, 어디를 가져갔어도 한 꼭지 정도는 능히 딸 시야."

"저, 정말이십니까?!"

"그럼. 내 돈이라도 걸 수 있네."

아니, 그뿐이 아니지.

최린은 진심으로 그렇게 생각했다.

본래 문학에서 제일 재능이 빛나는 이들이 쓸 수 있는 것이 시다.

그다음이 단편이고, 장편으로 넘어갈수록 문학적 재능 이상으로 체력과 성실함이 중요해진다.

그 점에서 시인으로서 미당의 재능은 확실하다.

따라갈 이가 없는 수준의 어휘력과 번뜩이는 소재 선택 능력.

이 양쪽 모두를 잡은 미당의 시라면 한 꼭지가 뭐냐, 아마 신춘문예 공모전 대상이라도 탈 수 있을 것이다.

'그래서……'

최린은 떫은 입맛을 다시며 입을 다물었다.

아무리 상대가 일개 학생에 불과할지라도, 정년인 환갑 전에 편집장 한번 달아 보자는 야망을 품었다는 것을 밝힐 순 없을 테니까.

"그, 부편집장님?"

"아, 음. 그렇지."

학생의 말에 최린은 천천히 고개를 끄덕였다.

그러고는 머리를 긁으면서 말했다.

"뭐, 사실 굳이 우리 국제매체사에서 데뷔할 필요는 없네. 솔직히 요즘 신문이든, 언론이든 오죽 많은가? 또 어느 회사 신춘문예에 당선됐다고 해서 특별히 그 회사에서만 글을 써야 하는 것도 아니고 말이야."

"그건, 그렇습니다만……."

학생은 떫은 마음을 숨기지 못하고 그렇게 말했다.

재능이 있다고 하지 않았는가. 그런데, 재능이 있는데 어째서 최고의 자리에서 최고의 등단(登壇)을 하지 못하는가.

그런 감정이 여실히 보였기에 최린은 천천히 고개를 끄덕이며 말했다.

"그냥 하는 말이 아니라, 내가 정말 안타까워서 그러네. 학생 정도면 정말 어딜 가든 훌륭한 시인이 될 수 있어. 당장 거 뭐냐, 김동리(金東里) 그 친구도 〈조선일보〉에서 등단해서 우리 잡지에서 글 내고 있잖나."

"하지만…… 저 구인회(九人會)에 오르려면, 역시 아무래도 여기서 데뷔하는 게 제일 빠르지 않습니까."

"……뭐, 그건 그렇지."

최린은 입맛을 다시며 고개를 끄덕였다.

구인회. 염상섭과 정지용 등이 '대한의 작가 연맹'을 표방하며 설립한 작가 친목 모임으로, '처음 모인 사람들이 아홉 명이라' 그리 불리었다는 소박한 일화를 지닌 단체다.

하지만 이 단체의 진면목은 전해지는 이야기와는 정반대로 휘황찬란하기 그지없었다.

그도 그럴 것이 이 집단에는 이상, 김소월, 이효석 등, 〈백범신문〉 최고로 꼽히는 시인과 소설가들이 속해 있었으니 오죽 그러할까.

물론 딱히 〈백범신문〉 출신 작가만 모이는 것도 아니고, 김기림과 같은 조선일보 작가도 참가했으며, 오히려 '북간도 총각' 윤동주처럼 우선 구인회에 소속된 뒤 등단하는 작가도 간혹 있었다.

즉, 친분 위주지 딱히 재능이나 성과 위주의 모임은 아니긴 했지만…… 그게 이제 갓 등단하는 작가들에게 어떻게 보일지는 딱히 더 설명이 필요 없을 정도지 않을까.

아마 그 이육사(李陸史)가 창단한 카프(Korea Artista Proleta Federacio) 정도가 아니면 범접조차 할 수 없겠지.

최린은 그렇게 생각하며 천천히 고개를 저었다.

"향상심이 있는 건 좋은 일이지만…… 현실도 봐야 하지 않나? 자네, 고향이 어디지?"

"그…… 고창, 입니다. 지금은 중앙 불교 대학교(동국대)에 다니고 있습니다."

"고창? 멀리서도 왔군. 허, 그러면 기숙사에서 살고 있나?"

"비슷…… 합니다."

학생의 반응이 마치 총이라도 맞은 듯 부자연스러워졌다.

하지만 최린은 대수롭지 않게 여기며 천천히 말했다.

"그래, 그러니 더더욱 현실을 봐야지. 아버지는 뭐 하시나? 학비도 보통이 아닐 텐데."

"그, 그게."

"부, 부편집장님! 부편집장님!"

그때였다. 칸막이를 두드리는 둔탁한 소리와 함께 다급한 목소리가 들리자, 최린과 학생이 동시에 고개를 들었다.

"미스 김? 무슨 일이야."

"무슨 일이긴요, 사장님이 찾으세요! 빨리!!"

"사장님이? 아니, 왜? 오늘 무슨 일도 없을 텐데…… 어휴, 알았네, 알았어. 그러면 미당 군."

그렇게 인사조차 할 새도 없이, 칸막이 사이의 상담소에는 어느 순간 학생 미당 혼자만이 남게 되었다.

'이제 어쩌지.'

단순히 돌아가 봐야 하나, 라는 생각만은 아니었다.

정확히 말하면 돌아갈 곳도 명확하지 않은 것이 그의 현실이었으니까.

그렇다고 도서관에서 더 잠을 자는 것도 부끄럽고, 오장환(吳章煥) 같은 친구 집에 빌붙는 것도 창피하다.

그렇다고 고향 집에 들어가자니, 몽둥이찜질이 무서운데…… 라고 생각하던 그때였다.

따악, 따악.

"이거, 학생이 쓴 시인가?"

"예?"

"한번 보지."

방금까지만 해도 혼자만 있던 상담실에 뜬금없이 웬 노인이 들어와 최린이 앉아 있던 그 자리에 앉더니, 다짜고짜 미당의 시를 집어 올렸다.

노인의 모습은 독특했다.

이른바 '세계화'가 시작되었다 해도 대부분의 사람은 최린처럼 편한 두루마기를 겉옷으로 입고 다니는 경우가 많았다.

많았음에도, 눈앞의 노인은 마치 수십 년은 걸친 것처럼 자연스럽게 영국식 양복 정장을 입고 다녔고, 짚고 들어온 듯한 지팡이는 오래 써서 닳은 것처럼 보이면서도 섬세하게 다듬은 티가 물씬 났다.

품에서 파이프 담배를 꺼내 무는 모습도 자연스러운 것이 하루 이틀 한 게 아닌 듯해 보였으나, 신기하게도 담배 냄새는 조금도 나지 않았다.

그리고 무엇보다…….

너무나 익숙했다. 정확히는 신문, 잡지, 사진 등의 매체에 담긴 형태로 말이다.

'!!'

이 사진으로 무수히 봐 왔던, 일평생 동경해 온 노인의 모습에 미당은 벌떡 일어나 그의 이름을 외칠 수밖에 없었다.

"서, 설마……!"

"음."

"지, 진한솔 경!? 경이십니까?!"

"목소리가 크군. 앉게."

페도라 아래로 묵직하게 명령하는 그의 모습에 미당은 황급히 착석했다.

그리고 그런 그에게 진한솔, (주)국제매체의 총회장이자 한국…… 아니, 세계를 선도하는 대중문화의 거인은 놀랍게도 이렇게 말했다.

"잘 쓴 시군."

"예, 예?!"

"내가 시에는 조예가 없긴 하나, 대단히 세련된 시야. 번역가를 잘 구한다면 영국에서도 충분히 먹힐 만하겠군."

"저, 정말이십니까?!"

"내가 거짓말을 하는 것처럼 보이는가?"

"아, 아뇨! 하지만……!"

학생, 미당은 애타게 말했다.

이제껏 그는 부편집장이 직접 발탁했음에도 불구하고, 단 한 번도 신문과 잡지에 실려 본 적이 없음을.

가난한 집에도 불구하고 열심히 문학을 갈고닦아 성공해 보려 했지만, 도저히 각박한 서울살이를 더 버티기 어렵다는 것까지 말이다.

"흐음…… 그것참 안타깝군."

감정의 동요는 전혀 엿보이지 않으나, 그것은 아마 저 노인이 살아온 평지풍파로 인한 침잠이리라.

미당은 그렇게 생각하며 진한솔을 반짝반짝 빛나는 눈으로 보았다.

그런 그에게 진한솔은 천천히 고개를 끄덕이며 말했다.

"그렇군. 내 특별히 힘을 써 볼 수 있겠어. 매지에게 이야기해 보지."

"저, 정말이십니까?!"

"단, 한 가지 부탁이 있네만."

부탁이라니…….

미당은 의아해하면서 그를 보았다.

부와 권력, 그리고 명예까지 전부 가진 그가 대체 뭐가 아쉬워서 부탁을 한다는 것일까.

"혹여, 요즘 내 회사 문인 중에…… 빨갱이 놈들이 창궐하지는 않는가?"

"……빠, 빨갱이 말씀이십니까?"

"그러네. 요즘 세상이 하 수상하지 않은가. 하, 내 때는 그런 놈들이 활개 치지를 못했는데."

그 말을 들은 미당의 눈이 번뜩 뜨였다.

그러고 보니, 몽골을 중심으로 중앙아시아를 시뻘겋게 물들이고 다녔던 빨갱이들이 청나라를 무너트리고 조선계 승려 출신인 김봉환인지 일성인지를 중심으로 북만주에 조선인민공화국을 세운 게 벌써 십수 년째 아닌가.

단순히 '한민족의 국가가 하나 더 생겼다'라고 보기도 어려운 것이, 그 땡중은 대한 왕국을 '자본제국 영길리의 총독 진한솔의 괴뢰국'이라는 어처구니없는 비난을 해 대는 자다.

더욱 어이가 없는 것은 예맹(카프)을 중심으로 그 비난에 동조하는 자들이 있다는 것이니, 진한솔로서는 당연히 경계할 만했다.

"나는 영국에 있는 일이 많아, 이 대한에서 무슨 일이 있는지 잘 모르지. 하여, 만일을 위해…… 일종의 '보험'을 들어 보고 싶은 것일세."

"그, 그 말씀은."

"만약 그들의 정보를 알려 준다면, 내 매지에게 잘 이야기해 볼 수 있네."

"……!"

"어떤가? 물론 받아들이지 않아도 좋아. 자네에게 불

이익은 없을 게야. 오로지 자네의 양심에 맡기지."

미당 서정주(徐廷柱) 군.

진한솔의 은밀한 목소리가 미당의 귀를 울렸다.

그리고 그 목소리에 서정주는.

"마, 말씀드리겠습니다! 전부 말씀드리지요!!"

"허, 정말인가?"

"그렇습니다! 지금 당장이라도 말씀드릴 수 있습니다!!"

희열에 휩싸였다.

솔직히, 글 좀 쓴다는 사람 중에서 그런 소리 나오는 게 어디 한둘인가.

당장 그 유명한 구인회에서도 상허(尙虛) 이태준(李泰俊)과 같은, 사상이 의심되는 작가들이 많았다. 아니, 아예 구인회와 예맹을 동시에 들어간 이들도 많았다.

'그자들을 끌어내리고, 진한솔 경의 비호를 받는다면······!'

구인회가 무엇인가. 그 유명한 작가연맹에도. 아니, 그 이상도 올라갈 수 있을지 모른다······!

그렇게 생각한 순간.

"그렇군, 그런가?"

감정이 드러나지 않았던 진한솔의 표정이 표변했다.

일그러짐에서 놀랍지도 않다는 듯한 경멸, 그리고.

분노로.

"들었니, 매지?"

"어, 어어?"

"응. 어휴…… 한슬이 쓰지 말라고 했던 이유가 있었네."

칸막이가 거두어지고, 그 뒤에서 (주)국제매체 한국 지사장 김매지가 드러났다.

그 뒤, 서정주를 아끼고 이런저런 조언을 주던 부편집장 최린부터, 그가 동경하던 구인회의 몇몇 작가들. 특히 회장 정지용과 그 제자인…… 각별한 친구 오장환까지.

"이, 이게!?"

함정이다. 서정주의 빠른 머리는 그것을 속삭였지만, 동시에 이해가 되지 않았다.

왜? 하필이면 자신 같은 일개 지망생을?

"창작가와 창작물을 분리해야 한다는 말이 있다. 나 역시 어느 정도는 동의한다. 자식 또한 같은 죄를 저지른다면 모를까, 그렇지 않은 죄는 오롯이 아비의 것이기 때문이다."

그런 그의 귀에, 진한솔의 말이 천천히 스며들었다.

"하나 동시에, 큰 힘에는 큰 책임이 따른다. 심성이 사악한 자가 걸작을 썼다는 이유로 호의호식하는 세상이 되어서는…… 그 업계가 통째로 퉁퉁 취급을 받을 수밖에 없지."

"저, 저는!!"

"인정하마. 말당(末堂), 아니 미당 네놈은 아직 아무것도 하지 않았다. 재능이 뛰어나긴 하나, 그것이 꽃필지 어떨지는 모른다."

하나, 하고 진한솔은 주름 사이로 흘러 지나간 세월 너머에서 올라오는 목소리를 쉬어 버린 목으로나마 선언했다.

"만에 하나 성공했을 때, 네놈이 타락시킬 문단의 해악이 너무나도 크다."

"그, 그건!"

"그러니, 꺼져라."

그리고 똑똑히 기억해라.

진한솔이 천천히 일어나, 그 큰 키로 서정주를 내려다보았다.

"네놈의 비루한 꼴을 내가 보았고, 뭇 문인들이 보았다. 다시 펜을 들고 싶다면— 이 시선이 닿지 않는 곳에서 해야 할 것이다. 이것이 내가 네놈에게 바치는 송가(頌歌)다."

"아, 아아!! 아아아아!!"

서정주가 도망쳤다.

그림자에서 벗어나려 하듯, 회사를 나가 멀리멀리.

* * *

21세기의 웹소설 작가가 1890년에 표류하여 생존 욕구와 사적인 인정 욕구, 그리고 자아실현 외 기타 등등의 이유로 대중문학의 꽃을 피운 지도 어언 40여 년.

강산이 바뀌는 것도 무려 4번은 바뀌었을 시간이고, 세대가 갈리는 것도 두 번은 물갈이되었다.

꽃이 피는 수준이 아니라 거목(巨木)으로 자라기도 충분한 시간이라는 뜻이다.

그리하여— 고고한 기존문학가들도 더 이상 대중문학을 '문학적 성취가 낮다'라고 할 수는 있어도, '대중에게 아양 떠는 삼류 저질'이라고 폄훼할 수는 없게 되었다.

그런 말을 해도 무사할 수 있는 이들은 이미 늙어서든 굶어서든, 아무튼 고고한 이상을 안고 시간의 강 저 깊은 곳으로 익사하는 자들 뿐이겠지.

아직 죽지 않은 자들은 즉시 '어휴 젊꼰 새끼', '지는 얼마나 잘 쓰길래?', 'MZ하지 못하다' 등의 비난 속에서 매장되었다.

혹자는 문학의 질이 땅에 떨어졌다고 한탄했지만, 혹자는 또 이렇게 평했다.

문학을 평가하는 기준이 다양해진 것이라고.

당장 현재 세계 3대 문학상만 보더라도 그러했다.

그 해, 가장 통렬하게 사회를 드러내고 담담하게 그려낸 '참여 문학'에 선사하는 〈앨리스와 피터〉 재단 프랑스 지부의 〈스탕달 문학상〉.

그 해, 가장 재미있게 소설을 쓰고 모든 사람의 가슴을 울렸던 '대중문학'에 주는 영국 작가 연맹의 〈디킨스 문학상〉.

마지막이 그 해, 가장 문학적 성취가 뛰어났다고 평가받는 '순수문학'의 작가에게 준다고 알려진 스웨덴의 〈노벨 문학상〉.

국적과 언어를 가리지 않고 가장 뛰어난 문학인에게 주는 상이 매번 다른 수상자를 선정하듯, 문학을 평가하는 길이 모두 달라진 것…… 이었으나.

실제 이런 평가를 받으며 소위 '순수한 문학적 성취'의 전당으로 평가받고 있는 노벨 문학상 심사관들, 스웨덴 한림원에서는 어떤 반응을 보이고 있었는가 하면.

"왜, 왜 이렇게 된 거지……!"

"무서워, 무섭다고!!"

"뭐가 '가장 순수한 문학적 성취'야!? 그런 걸 잴 수 있을 리가 없잖아!!"

문학의 성취란 과연 어디에 있는가?

문장의 아름다움에 있는가? 운율의 악성(樂性)에 있는가? 아니면 어휘의 구사력에 있는가? 마음속 깊은 곳에 울림을 준다면, 그것이 문학의 성취인가?

답은── 없다.

아니, 물론 그들이야 있다고 여긴다.

하지만 한림원에 드나들며 노벨 문학상의 심사를 맡을 정도의 문학인들이라면 당연히 갖추고 있는 '문학적 이상'도 제각각이며, 그 이상과 이상이 충돌했을 때 꺾이지 않는 강한 에고 또한 가지고 있다.

그렇기에.

"아, 이제 좀 정합시다! 올해 추천받은 이들은 다 검토 끝냈잖소!"

"제기랄, 이대로 아무도 정하지 못하고 끝내야 한다고!?"

"아니, 하지만 어쩔 수 없잖소!"

카렐 차펙(Karel Čapek)? 물론 체코어를 부활시킨 대문호이긴 하지만 지나치게 정치적이다. 탈락.

미겔 데 우나무노(Miguel de Unamuno)? 철학과 소설을 결합시킨 것이라면 현시대 최고지만, 도저히 알아먹기 힘들어서 탈락.

이 와중에서도 로저 마르탱 뒤 가르(Roger Martin du Gard)는 빠르게 배제됐다.

시리즈의 일부만으로 스탕달 문학상을 탔을 정도로 뛰어난 작가이긴 하지만, 아직 완결 내지 못한 작가는 '문학적 성취'를 가늠할 수 없으니까.

"체스터튼은······."

"너무 종교적이잖소. 그것도 가톨릭."

"끄응! 그럼 어쩌잔 말이요."

갑론을박은 좀처럼 끝나지 않았다.

아예 넘기자는 의견도 있었지만, '자존심 때문이라도 그럴 수는 없다'는 것이 그들의 중론.

나름 삼대 문학상이라 불리고 있는데, 거기서 '문학적

성취를 얻은 작가가 없어서 상을 주지 않는다'라고 하면 뭔가…… 여러 가지 의미로 좀 그렇지 않은가.

순수문학의 대표 비스름한 무언가가 된 만큼, 순수문학의 시대가 저물어 버리는 것 같은 느낌 하며, 상 자체가 가지는 위상까지 말이다.

"그렇지! 이번 기회에 아시아 문학에 주는 건 어떠하오? 그, 일본 문학이야 나츠메 전 장관을 비롯해 유명하고, 중국 문학이나 그, 한국? 문학도 요즘 기세가 대단하던데."

"아! 나도 요즘 그쪽 문학을 자주 보오. 그, 이-생(Yi-Sang)이던가? 참 아방가르드하던……."

"타고르 시인처럼 직접 영어를 배운 이들도 아니고, 번역해서 들어온 이들 아니오. 그런 그들의 문학적 성취를 우리가 순수하게 잴 수 있다고 보오?"

"……으음. 그건 그렇지."

아마 그들이 상을 타려면, 앞으로도 십수 년은 기다려야 할지도 모른다.

그렇게 생각한 심사원들은 깊은 한숨을 내쉰 뒤 결국 금단의 선택지를 고르고 말았다.

"이전 연도에 미끄러졌던 이들을 끄집어냅시다!"

"그래, 비록 올해 추천은 못 받았어도, 어쨌든 한번은 추천받은 이들 아니오?"

"아, 변명 그만하고 일단 뒤져! 어떻게든 찾아내야 해!!"

그리고 마침내 이런저런 요소로 거르고 거른 끝에 그나마 '줄만 하다'고 인정된 이는 다름 아닌— 영국, 허버트 조지 웰스.

1932년, '지나치게 저널리즘적이고, 문학적 깊이도 부족하다'는 이유로 존 골즈워디(John Galsworthy)에게 밀려 낙선되었던 작가지만, 딱 한 작품만큼은 그들조차 인정하지 않을 수 없었다.

〈두 발의 총성〉.

안 그래도 골즈워디보다 월등히 뛰어난 지적 능력과 풍부한 상상력으로 평가받고 있던 그가 그 지능을 전부 끌어모아 발휘한 듯한 작품이었다.

그도 그럴 게 '모든 것을 끝낸 대전쟁'이 발발하기 무려 15년 전에 발매되었으니 말이다.

심지어 그 내용조차도 '마치 미래를 직접 보고 온 듯' 엄청나게 디테일하게 묘사되었고.

작가 특유의 우화(寓話) SF스러운 점은 있지만, 건조한 문체가 오히려 그 점을 중화하여 진중하고 묵직한 맛을 느끼게 하는 진국의 글이라는 것이 세간의 평가였다.

"그리고 딱히 잘 팔린 글도 아니니 상업적이란 평가도 벗어날 수 있고."

"그때야, 지나치게 어둡다고 평가받기는 했소만…… 솔직히 그 대전쟁의 참호전을 떠올리니 이 정도는 귀여울 지경이지."

"자, 그러면 다들 인정하신 거지요? 결정한 겁니다?"

그렇게 마지막의 마지막에 와서야 결정된 1935년 노벨 문학상 수상자.

그것을 끝낸 한림원 심사위원들은 큰 짐을 던 것에 기뻐하며, 그리고 내년에는 제발 상 줄 맛 나는 순수문학인이 등장할 것을 기대하며 퇴근했지만.

……진짜 야근은 아직 시작조차 하지 않았다는 것을, 그들은 아직 모르고 있었다.

―〈친애하는 스웨덴 한림원에.〉
―〈나를 다시 노벨 문학상 후보에 올려 준 것에 대해서는 감사를 표한다. 하지만 매우 유감스럽게도 그대들의 무능, 혹은 무례함으로 인해 오해를 빚고 나를 구해 준 영웅에게 마땅히 돌아가야 할 영광을 도둑질하고 싶지는 않다.〉
―〈'대전쟁'을 예지한 소설, 〈두 발의 총성〉은 나의 글이 아니다. 그 글은 나의 비루한 말로는 도저히 그 위대함을 표현할 수 없는 대작가의 것이다.〉
―〈그렇다. 그 소설의 작가는 한슬로 진 경이다.〉
―〈따라서 그 상은, 마치 신의 것이 신에게 돌아가듯, 마땅히 그분께 돌아가야 할 것이다.〉
―〈허버트 조지 웰스 보냄〉

한림원은 폭발 사산했다.

* * *

〈충격!! 노벨 문학상 수상작, 〈두 발의 총성〉의 진실!!〉

〈'그 글은 내 것이 아니다'…… 문학계를 뒤흔든 대필 고백!〉

〈스웨덴 한림원 패닉…… 1935년 문학상의 향방은 과연?!〉

〈한슬로 진, 스웨덴 입국! "자세한 사항은 한림원과 논의한 뒤에."〉

세계 문학 시장을 선도하던 영국에서 작가 연맹이 왕립 문학회를 거꾸러트린 뒤, 문학계에서는 대부분의 금기가 상당히 풀린 면이 있었다.

사실 그럴 수밖에 없었다. 선배의 말에 따박따박 반박하는 하극상마저도 허용되는데, 모든 것이 허용되지 않을 이유가 없지 않은가.

물론 '범죄를 저지르면 안 된다.' 같은 기초적인 규범 정도야 남아 있었지만, 그 외는 대부분 풀렸다고 해도 과언이 아니다.

그리고 그렇게 풀리면서도, 그나마 남았다고 할 만한 금기가 바로— 대필(代筆).

서로 간의 합의가 있었다곤 하지만, 굳이 다른 사람의 글을 자기 거라고 발표하거나 다른 사람에게 자기 글을 내주는 것은 일종의…… '자식을 사고파는 행위'와 비슷한 맥락에 닿아 있었기 때문이다.

따라서 원래대로라면 글을 판 작가도, 글을 산 작가도 모두 비난받으며 침몰해야 정상이다.

하지만 이번 일만큼은 그렇게 흘러가지 않았다.

"아니, 양쪽 다 어마어마하게 잘 판 작가들이잖아? 그런데 대체 왜?"

"양쪽 다라니. 굳이 따지면 한슬로 진이 더 많이 팔았지. 문학적 어쩌구야 웰스가 더 좋다 쳐도."

"아잇, 사소한 건 때려치우고! 그래서 대체 왜 한슬로 진이 허버트 조지 웰스한테 글을 맡기냐고!!"

"그건……."

아무도 답을 내놓지 못했다.

굳이 따지자면 '당시에는 〈두 발의 총성〉이 욕을 엄청 먹었다'라는 점이 있었지만, 그거야 대전쟁 전의 이야기 아닌가?

결과론적으로 예언서 취급받으면서 불티나게 팔렸고, 전쟁을 겪고 다시 보니 선녀 같다는 평을 받으면서 일약 노벨 문학상까지 탔는데…….

'이 결과를 예측하지 못했다'라는 평가가 그나마 합리적이겠지만, 작품이 작품이라 그런 평가도 논리적 타당

성이 조각되었다.

상식적으로, '전쟁이 터질 걸 알았다'는 작가가 당연히 작품이 재평가받을 것을 몰랐겠는가? 라는 합리적 반박이 돌아오기 때문이다.

그래서 두 작가의 명성에는 그 어떤 흠집도 나지 않았고, 오히려 더욱 화제가 되어 큰 홍보가 되었다.

와중 스웨덴 한림원만이 그저 아무것도 모르는 채 '대필소설을 뽑아 버린' 자신들의 명성이 땅에 떨어졌지만, 이에 대응할 방법조차 찾지 못했으니…….

결국 한슬로 진이 직접 스웨덴까지 찾아올 수밖에 없었던 것이 바로 이런 이유였다.

그리하여 그가 한림원에서 내뱉은 말은.

"예, 몰랐습니다."

"그, 그것이 사실이십니까? 경?"

"그렇습니다."

아무리 서로가 순수문학과 장르문학.

업계로는 적대관계에 가까운 하더라도, 서로의 위치가 위치이니 존중할 수밖에 없는 관계.

그렇기에 한슬로 진은 천천히 설명했다.

"제가 쓰긴 했지만, 지나치게 어둡다 보니 잘 팔리지 않겠구나, 싶었습니다. 해서 허버트 조지 웰스 씨에게 부탁했던 것이지요."

"아, 아니 하지만…… 경. 경이 정말 그 책의 저자라면……

그 전쟁도 예측하셨다는 것 아닙니까?"

"예. 당시엔 외국인인 제 눈에 언제 터질지 모르는 폭탄이었으니 말입니다."

"그런데 몰랐다고요? 전쟁이 터진 뒤에 재평가받는 것을?"

"뭐, 어느 정도는 예측했지요."

이렇게까지 잘될 줄도 몰랐지만.

그렇게 늙은 볼에 쓴웃음을 담은 한슬로 진은 천천히 이어 말했다.

"하나 그렇다고 해도, 상관없었습니다. 그 글을 쓴 목적은 애초에 매출이 아니었으니까."

"그, 말씀은……"

"제 고향인 동양의 선현 중에 맹자라는 분이 있습니다. 그분이 말하길, 사람의 마음에는 누구나 '물에 빠질 것 같은 어린이를 구하려 드는 마음'이 있어, 그것이 선성(善性)의 기초가 된다고 하지요."

은은하면서도 환하게.

최근 유행하는 '동양의 미소'라는 것을 닮은 웃음을 띤 그가 말했다.

"저는 그 마음을 따랐을 뿐입니다. 전쟁이 터질 것을 알고 있었고, 크나큰 비극이 될 거라는 것도 알고 있었습니다. 사람들에게 그 비극이 닥칠 것을 미리 경고하고 싶다…… 그런 마음에 그 책을 썼습니다."

"……!"

"물론 매출이 안 나올 듯하다는 이유로, 책을 떠넘긴 것은 잘못이라고 생각합니다. 그러니 혹시라도 상을 주시겠다면 그것은 저 역시 거절—."

"아, 아니!! 아니오, 절대 아닙니다!!"

한림원의 종신 심사 위원장이 한슬로 진의 손을 덥석 잡았다.

"이 얼마나 아름다운 이야기입니까! 이웃을 사랑하는 예수님 말씀에도 부합하며, 문학의 역할 역시 일깨워 준 일이니, 참으로 감격스럽습니다! 수상을 하기에 부족함이 없지요!"

"말씀은 감사합니다. 하지만 그 글이 기술적으로…… 제 문학적 성취라고 보긴 어렵지 않습니까."

"아니! 요즘 나오는 글들 역시 절묘하게 절제된 감정표현으로 더욱 강조하고 있지 않소? 헤밍웨이라고 하던가, 그 친구가 그쪽에서 아주 대단하던데! 그런 새로운 문법을 창안한 공 역시 있다고 생각하오!"

"……으음."

"상은 드리겠습니다. 부디! 받아 주십시오!!"

심사위원장은 당장이라도 넙죽 엎드릴 것 같은 엄청난 기세로 고개를 숙였다.

그 반짝반짝한 태양권에, 한슬로 진 역시 떨떠름하게 고개를 끄덕일 수밖에 없었다.

"어쩔 수 없군요. 이것이 문학의 발전에 도움이 되기만을 바랍니다."

"감사합니다, 경!!"

그리하여.

종합적으로 1935년 겨울, 노벨 문학상에서 아시아의 두 번째 수상자가 등장했다.

그리고 〈두 발의 총성〉과 〈행성 전쟁〉, 더하여 〈우주 전쟁〉 등, 한슬로 진과 허버트 조지 웰스의 과거 저작들이 한동안 ㈜글로벌 미디어의 매출 랭킹 상위권에 반등하였으니.

모두가 행복한 결말이었다.

"하하하하!! 축하드립니다, 구세주님!! 드디어 구세주님의 문명(文名)이 세계 문학계에 우뚝…… 쿠엑."

"이 노망난 노친네가 진짜! 누가 맘대로 그걸 까발리라고 했습니까, 누가!!"

"그, 그렇지만 구세주님! 그 멍청한 한림원 놈들이 그거 하나 못 알아보고…… 쿠헉!"

"나이를 몇 살이나 먹었는데도, 어휴!!"

아무튼.

행복했다.

* * *

휘오오오—

바람이 회랑을 스치며 식당 안으로 흘러들었다.

기이하게 고요한 정적 속, 바람 긁는 소리가 긴장감에 얽혀 날카롭다.

이에 탁자 위 촛불이 파르르 몸을 떠는 사이, 일촉즉발의 분위기 속에서 먼저 침묵을 깬 것은 매서운 얼굴의 젊은이들 쪽이었다.

"끝내 꺾이지 않을 생각이시오? 평강불초생(平江不肖生) 선배."

사천 사투리가 섞인, 하북 특유의 된소리.

자신들이 수는 비록 넷으로 결코 많지는 않았지만, 한 명 한 명의 기세가 상대에게는 밀리지 않음을 잘 알고 있었다.

그 자신감 가득한 목소리가 눈을 감고 있던 반대쪽에 앉은 장년인의 귀를 어지럽힌다.

하지만 이쪽 또한 만만치 않다.

비록 한 명 한 명의 의기는 약하지만, 그 수는 결코 무시 못 할 수준의 일군(一群)이었기에.

그들을 이끌고 있는 남자는 천천히 눈을 뜨며 제 앞에 앉아 건방을 떠는 애송이를 노려보았다.

"광오하구나, 환주루주(環珠樓主)."

호남 어투의 낮은 목소리가 꼿꼿하기 그지없는 대쪽처럼 내리꽂혔다.

그것은 잠시 찬 겨울바람에 흔들리고 있더라도, 결코

자신이 이룩한 업적이 다른 이에게 밀리지 않는다는 자부심이 가득한 말이었다.

"네가 나를 사사하고 싶다고 보낸 서신이 아직도 내 롱에 그득하거늘, 올챙이 적 생각 못하고 우짖는 것이 참으로 우물 안이로구나."

"우물 안인 것은 선배의 일이겠지요."

환주루주라 불린 젊은이는 여전히 이죽거리며 말했다.

"이미 시대는 저희, 북파(北派)의 것이거늘 언제까지 고집을 부리려 하십니까? 그러니 우리 중화(中華)가 저 고려나 왜인들 같은 자들에게 밀리는 게 아닙니까?"

"건방진 놈. 조 선배조차 내게 그런 식으로 말하지 못했거늘!"

탕!!

평정심이 깨진 남파(南派)의 거두, 평강불초생이 내리친 탁자가 크게 흔들렸다.

이에 놀란 북파의 네 고수, 이른바 사대가(四大家)라 불리는 이들이 벌떡 일어났고, 한 사람 한 사람 이름은 없으나 결코 한 사람 몫을 못 하진 않는 남파인들이 맞서 일어나 다툼이 격화되려던 그때.

꼬르르르륵—.

어느 쪽 할 거 없이, 문하생들의 배 속에서 개구리 우는 소리가 울려 퍼졌다.

얼굴이 빨개진 북파 왕도려(王度廬)를 보며 백우(白羽)

가 호통치려던 그때, 불을 켜고 누군가가 모습을 드러냈다.

"지금, 싸우러 왔습니까?"

또각, 또각.

마치 북풍한설과 같이 차가운 목소리와 함께 등장한 인물은 찬란함은 잃었을지언정, 지금은 원숙한 백은 색이 섞여 더욱 위엄이 드러나는 황금색 머리카락을 휘날리는 미부(美婦)였다.

"그리고, 왜 멀쩡한 등불은 다 끄고 촛불을 켜셨죠?"

여기서 그녀를 그저 여인이라는 이유로 가볍게 여길 수 있는 사람들은 아무도 없었다.

'이 전쟁을 끝내러 왔다'라고 말하는 듯한 그녀의 서릿발 같은 눈빛.

그것에 남파의 개파조사라 할 수 있는 평강불초생도, 신진 후기지수라 할 수 있는 북파 사대가도 아무 말 하지 못하고 화를 죽이며 고개를 숙여야 했다.

"아, 그……!"

"사, 사장님! 그런 게 아니라!"

"조용."

말 한마디로 남과 북의 두 문파(門派), 아니 문파(文派)의 다툼을 가로막은 여인은 천천히 말했다.

"이런 식이면, 이번 만찬을 개최한 제 얼굴에 먹칠하겠다는 것으로 알겠습니다."

그 말에 거역할 수 있는 이는 단 한 사람도 없었다.

그도 그럴 게, 그녀는 실질적인 홍콩의 지배자.

동시에 천하제일의 거부이자, 천하제일의 신필(神筆)의 조강지처로 알려진 여인.

"자, 일단 식사부터 하죠."

로웨나 진—로스차일드.

사사롭게는 평강불초생 상개연(向愷然), 그리고 환주루주 이수민이 연재 중인 출판사 (주)국제매체 중국 총괄지부의 사장이기도 했다.

그녀의 손짓에 홍콩의 일류 요리사들이 직접 차린 요리가 가득 채워졌다.

그들이 평소 꿈도 꾸지 못한 프렌치와 이탈리안 등, 서양의 진귀한 요리들이었으니 당연히 작가들의 눈이 휘둥그레 커지는 것도 무리는 아니었다.

"그다음에 실컷들 하시지요…… 대화라는 것을."

그리하여, 천하제일 무협대회(World Wuxia Convention).

그 제1회의 시작은, 그렇게 홍콩—이스라엘의 마천루 식당에서 달콤한 냄새와 함께 시작했다.

* * *

이 시대에서는 어느 미래인만이 알고 있는 21세기의

상식으로, 무협소설의 장르적 개파조사는 1950년대의 신필(神筆)이다.

하지만 이것은 '판타지 장르'의 개파조사가 JRR 톨킨이라는 것만큼이나 애매하다.

왜냐하면 톨킨이 작품을 내기 이전에도 조지 맥도널드 등 판타지를 쓴 사람들이 있었듯, 그 이전에도 무협을 썼던 사람들은 있기 때문이다.

이른바 '협의소설(俠義小說)'.

이것이 청말(淸末)부터 중화민국에 이르기까지의 긴 시간 동안 어떻게 무협이라는 이름을 얻고, 중화권의 대중소설이 되며, 신필이 등장하는가, 에 대해서는 논외로 두고.

중요한 건, 어쨌든 이 바닥에도 팔리는 대중소설은 있다는 점이었다.

실제로 기유 혁명이 그렇게 성공했고.

―그러면, 팔면 되지요.

홍콩에 상륙했던 로웨나 로스차일드가 시작한 것도 바로 이 지점이었다.

수요는 있다. 그렇다면 확실히 팔린다.

물론 메인 매출은 번역소설에서 나오지만, 그것만으로는 선순환이 되지 않을 테니까.

로웨나는 한슬로 진 옆에서 붙어 있으며 보았던 '잘 팔리는 작가'들을 고르는 법을 십분 발휘해, 그보단 못해도 잘 팔릴 만한 작가들을 갈퀴로 긁어모았다.

물론 영국에서 대중문학을 삼류 저질소설로 여기는 것처럼, 중국에서도 협의소설을 삼류로 여기는 풍조야 당연히 있었다.

하지만.

―지, 지금 나보고 이런 저급한 소설 따위를 쓰라는 건가?!
―깜빡했는데, 이건 보수입니다.
―……내 항상 협의소설을 써 보고 싶었네! 당장 써 보지!!

알게 뭔가, 로웨나에게는 돈이 있는데.

수많은 문인은 거절하기에는 (중국인 기준으로) 너무 많은 돈을 받으며, '이건 다 대의를 위해서다'라며 자기 세뇌하며 협의소설을 써 날렸고, 이는 막대한 매출로 돌아왔다.

로웨나는 이 시드머니를 굴려 마작이나 〈문명충돌〉 등 보드게임 사업을 비롯한 대중을 표적으로 한 사업을 크게 벌였고, 이런 식으로 홍콩의 경제계를 장악해 갔던 것이다.

이후 로웨나는 진한솔에게 이를 보고하고 그를 쟁취(?)하는 한편, 홍콩—이스라엘의 건국을 위해 귀국하면서 이 사업을 오토로 돌렸지만…… 그녀가 키운 중국의 대중문학 시장은 줄어들지 않았다.

쑨원이 귀국하여 〈민명서보〉를 출간하고, 홍콩—이스라엘과 손을 잡으며 기유 혁명을 일으키고, 결국 중화민국을 건국해 한족의 생활권인 중원을 되찾는 동안. 협의소설을 쓰던 자들은 이에 기여하고 한족의 문화를 지킨다는 사명으로 더욱 열심히 글을 썼다.

절대 돈 때문이 아니지만 아무튼 그랬다.

그리하여 시간이 흘러 1920년대로 접어들며, 중국통일에 실패한 쑨원 총통이 은퇴하고 그 뒤를 잇기 위해 남경(南京) 정치권이 국민당과 공산당으로 나뉘어 외란(外亂) 대신 내홍의 시대로 접어들게 되고…….

그렇게 전쟁이 끝나 여유가 생긴 자들. 협의소설 대신, 무협소설(武俠小說)을 자칭하기 시작한 이들은 점차 그들 자신에게 묻기 시작했다.

"서양에서는 한슬로 진이라는 거물이 나와, 이른바 환상소설(幻想小說)이라 하는 것을 정립했다. 검과 마법(Sword & Sorcery)! 영길리의 문화를 셋으로 정립한 것이다!"

"그렇다면 우리의 무협(武俠)은 무엇으로 정의 내릴 수 있는가? 우리의 이야기는 과연 서양과 비교하여 어떤 특징이 있는가?"

이른바 '동양 판타지'에 대한 재고.

원래라면 먼 미래, 한국에서 '한국형 판타지란 무엇인가?'라는 질문과 맥이 닿아 있는 질문이었다.

그리고 이에 대해, 두 개의 답이 나왔다.

첫 번째 답을 내민 사람이 상해(上海)의 상개연.

평강불초생이라는 필명을 쓰는 작가로서, 대표작은 〈강호기협전(江湖奇俠傳)〉이었다.

"우리의 무협은 기환(奇幻)에 그 답이 있다. 서유기! 봉신연의! 진한솔 경 또한 〈던브링어〉에서 달라이 라마의 기기묘묘한 불공(佛工)으로 신비한 힘을 선보이지 않았는가? 이것이 답이다!"

하지만 동시기, 북평(北平 : 북경)을 중심으로 활동하던 조환정(趙煥亭)도 장편 대작 〈기협정충전(奇俠精忠傳)〉을 발표했다.

"우리의 무협은 체천행도(替天行道)가 그 답이다! 기환이라니, 그런 걸 보다가 권비(拳匪) 같은 도적 떼에 물들면 어찌하는가? 우리는 저 〈살수비이(殺手比爾: 살인자 빌)〉처럼 중국의 어두운 사실을 있는 그대로 표현하며, 이 사이에서 어떤 협행(俠行)을 해야 하는 가를 추구해야 한다!"

이른바 기환을 중시하는 남파, 사실주의를 표방하는 북파의 시작이었다.

물론 이 당시만 해도 이는 서로를 경쟁자로 여기며 양질의 소설들을 창출하는, 출판사 입장에서는 바람직한 다툼이었다.

딱히 이 둘의 성미가 온화해서는 아니고, 그냥 물리적으로 거리가 멀었기 때문이다. 중국의 넓이를 생각했을 때 '야, 옥상으로 따라와!' 하기에는 시간도 없고 교통비가 너무 비쌌으므로.

무엇보다 이 남상북조(南尙北趙)의 시대는 오래 가지 못했다.

의화단의 기억이 애매한 젊은 세대에게는 트렌드적으로 상개연이 더 잘 팔렸기 때문이다.

하지만 1930년대.

이 기조는 크게 바뀌었다.

"뭐? 조선의 소파(小波: 방정환)가 디킨스 문학상을 타?! 에도가와 란포가 탄 지 얼마나 됐다고!"

"스탕달 문학상이야, 뭐 우리도 루쉰(魯迅) 노사가 한 번 타오셨지만……."

"젠장, 또 빙허(憑虛: 현진건)의 소설이 할리우드에서 영화로 만들어졌다더군! 우린 언제쯤……!"

국제화.

철도가 놓이고, 근대화가 펼쳐지면서, 신선한 한국과 일본의 문학인들이 세계에서 성과를 내고 있는 것을 본 중국 무협 작가들의 애가 타기 시작한 것이다.

게다가 그 정점이 바로.

"한슬로 진이…… 노벨 문학상?"

"허, 허허! 대단해! 참으로 대단해!! 그야말로 신필이 아닌가!"

"대체 왜 이 분이 조선인인 거지? 한족에는 어째서 이런 분이 없는가!"

아무튼 이렇게 지금에 안주할 때가 아니다.

아무리 그래도 중원의 작가들이 중화의 기치를 걸고 있는데, 못해도 디킨스 문학상 정도는 타야 하지 않겠는가.

하지만 그렇다고 이제 와서 지금까지 자신들의 소설을 사랑해 준 독자들을 외면하면서까지 급격한 변화를 겪어야 하는가…….

이것이 남파의 거두로서 정통(正統)의 이름을 가진 상개연, 그리고 이런 상개연에게 도전하는 북파 대표 환주루주 이수민 간에 벌어지는 갈등의 요체였다.

……물론 이거야 명분이고, 실제로는 '시대의 흐름을 모르는 틀딱', '위아래도 없는 애새끼', '배가 부르니 발목이나 잡고 있냐' 등등, 선을 넘은 낯 뜨거운 말들이 오가는 게 제일 큰 문제였지만.

"물론, 솔직히 말해 작가 여러분이 어떤 가치관을 갖고 토론하든 출판사 입장에선 별 상관없습니다."

다만, 하고 로웨나 진-로스차일드는 말했다.

"서로에게 편지를 쓰느라 연재 시간을 번번이 지각하

는 건, 제가 보기에 배보다 배꼽이 더 큰 사태 같습니다만."

"그, 어흠."

"송구합니다……."

양측의 고개가 푹 숙였다. 틀린 말이 아니기 때문이다.

그리고 그러는 바람에 그들은 그들 사이로 천천히 들어와, 로웨나의 옆에 앉는 또 다른 누군가를 눈치채지 못했다.

또각, 또각.

"너무 그러지 마시오. 이들 역시 노력한 것이 아닌가."

"……으, 으음?"

"그대들의 노력을— 나 역시, 동료이자 선후배 간으로서 이해 못하는 바는 아니오."

늙고 구수한, 중국어이긴 하되 성조가 거의 없다시피한…… 그야말로 조선인이 중국어를 배울 때 생기는 버릇이 그대로 묻어나는 말씨.

그것에 놀란 상개연과 이수민이 동시에 고개를 들자, 로웨나의 옆에 마치 원앙처럼 잘 어울리는 노인이 앉아 있었다.

"다, 당신은……!"

"하, 하, 한……!"

한슬로 진.

바로 그가, 푸근한 웃음을 지으며 말했다.

"나 역시 무협소설을 흥미 깊게 보는 독자이자 한 사람의 작가로서, 이런 자리에 빠질 수 없지."

"여, 영광입니다……!"

"여러분의 노력은 매우 건전하고, 또한 아름답소."

하나, 하고 한슬로 진은 웃음을 거두고 짐짓 엄한 표정을 지었다.

"그 이전에, 여러분에게는 여러분에게 기대하고, 그렇기에 돈을 아낌없이 내는 독자들이 있다는 것을 명심하시오. 문(文)의 신이란 매우 질투심이 심해서 말이오. 지금 있는 자리를 잊고 올라가려 하면…… 반드시 발목을 잡더군."

"아, 아아……!"

"명심하겠습니다, 노사!"

"저희의 눈을 트여 주셔서 감사합니다!!"

그렇게 남북 중국의 소설가들은 눈물을 흘리며 깨달음을 얻고.

제1회 천하제일 무협대회가 진행되었다.

* * *

"후후, 봤지요? 중국인들이 은근히 이런 게 잘 통한다니까."

"보긴 했는데, 어째 저만 나쁜 역할 맡는 것 같단 말이죠."

"크, 크흠! 아무튼!"

좋은 게 나오면 그만 아니겠는가.

정파와 사파, 구파일방과 오대세가 등의 '맛있는' 설정들을 아낌없이 풀며 미래인은 그렇게 생각할 뿐이었다.

말년

 본래 19세기에 표류하여, 내가 제일 많이 신경 쓴 것 중 하나는 건강이었다.
 21세기에 살 때도 현대인 3대 엔진오일인 카페인, 니코틴, 알코올 중 카페인만을 가까이하긴 했지만, 알코올도 아예 안 하는 것은 아니었거든.
 그런데 19세기 오자마자 정말 중요한 때를 빼면 입에도 안 댔다. 언제 어디서 암 걸릴 줄 몰라서.
 어디 그뿐인가? 운동도 자주 하고, 요리도 최대한 챙겼다.
 영국 가정식이 맛없는 것도 있었지만, 허구한 날 빵에 버터 발라먹으면 살찐다는 걸 잘 알고 있었기 때문이다.
 그렇게 신경질적으로 건강을 챙긴 탓이었을까, 아니면

시간 표류의 얼마 안 되는 장점 중 하나인 걸까.

"너무 오래 살아 버렸어."

"한슬, 또 왜 그래."

"아니, 몬티 네가 생각해도 그렇지 않냐."

나보다 윗세대 사람들, 그러니까 밀러 씨나 아서 코난 도일, 오스카 와일드 같은 사람들은 그렇다 치자.

쑨원이나 나츠메 소세키, 오 헨리처럼 자기 몸 못 챙기던 양반들도 그렇다 치고.

오히려 이 양반들은 내가 개입해서 요절 피한 셈이지.

그런데 허버트 조지 웰스나 라이오넬 로스차일드, 네빌 체임벌린 같은 동년배들까지 가 버린 지금까지 살아 있는 건 조금 문제가 있다.

특히 체임벌린.

이 인간, 내가 정치하면 일찍 죽는다, 보수당 살리겠다고 갔다가 몬티랑 싸우면 이길 자신 있냐, 그런 식으로 엄포 놓고 한사코 정치 못 하게 말렸는데 결국 1940년 끝나기 전에 훅 가 버렸다.

원래 낙지 새끼 때문에 열 뻗쳐서 그 나이에 죽은 거 아니었나?

걔들 이번에 베를린에서 상 타고 난리 났다.

도대체 내가 무슨 짓을 했길래 괴벨스가 대작가로 불리는 이문대가 되어 버린 건지 모르겠다. 어떻게 예측하냐고, 이걸.

물론 내가 예측하지 못한 것은 그 외에도 많다.

기어코 중국을 반갈죽한 국공내전, 3개 대륙이 휘말려 미니 2차 대전쟁이 된 동남아시아 독립전쟁, 자유당의 우경화, 여운형 총리 암살 사건, 오스만 제국의 붕괴와 중동전쟁, 만주에서 펼쳐진 한국전쟁 그 외 기타 등등.

사실상 2차 세계대전만 안 터졌지, 짜잘짜잘하게 하루하루 언제 어디서 터져 나갈지 모르는 시간이었다.

그 스펙타클 하고 어메이징 했던 1940년대를 떠올리면 그냥 위만 아프다.

이러다 남미소련이 오르트 구름에서 온 극한종이라도 깨우는 거 아닌가 했다니까.

앓느니 죽어야 하는데, 진짜.

그렇게 푸념하고 있자니, 젊었을 적 로웨나를 똑같이 닮았으면서도 둘이서 똑같이 생긴 두 놈이 나와 몬티에게 다가와 말했다.

"아빠, 또 무슨 일로 몬티 삼촌을 괴롭혀?"

"내버려 둬. 심심해서 그런 거야."

"아! 그런 건가?"

저, 저 나이 먹고도 촐싹거리는 놈들이 진짜.

분명 주치의는 운이 좋아 틀니를 하지 않아도 되겠다고 했는데, 저 쌍둥이 놈들을 보고 있으면 이가 빠득빠득 갈려 나간다.

저런 게 내 자식들이라니.

"이름 때문이야. 역시 이름을 그따위로 지으면 안 됐어."

"뭔 소리야, 은혜를 갚고 싶다고 애들 이름 지은 거였잖아."

"그건 그렇긴 했다만."

예나가 태어나기 전부터 생각했던 거지만, 만약 아들을 낳으면 영국에 와서 가장 큰 은혜를 받은 사람들의 이름을 따리라. 그렇게 생각하고 있었다.

그래서 밀러 씨와 벤틀리 씨의 이름을 따서 프레드 리처드 진—로스차일드. 한국식으는 진이찰.

아서 코난 도일 작가님과 조지 5세의 이름을 따서 아서 조지 진—로스차일드. 한국식으는 진아슬.

……분명 생각은 좋았다. 뜻은 좋았는데, 하필 조합이 그렇게 되어 버렸다. 순서라도 어떻게든 꼬아 놓는 게 내 최선이었다.

그리고 이름에는 힘이 담겨 있다는 〈땅 바다 시리즈〉대로였던 걸까? 저 두 놈은 이름대로 최악의 말썽쟁이로 자라나 버렸다.

"아빠, 청승맞게 그러지 말고 파티 끝나면 또 마차나 한번 타지 않을래? 한미영 총합 12관짜리 기수가 태워 주는 말, 그리 쉽게 타는 거 아니다?"

"아냐. 평생 방구석에서 흑막놀이하면서 살아온 아버지가 그런 걸 맘에 들어 하겠어? 아버지, 제가 요즘 월가에서 록펠러 재단 애들이 이를 가는 작업꾼들 얘기를 얼핏 들었거든요? 그 황금 고블린들 대가리를 깨면 꽤 벌이가 짭짤할 것 같은데—."

한 놈은 경비행기, F1, 경주마를 안 가리고 온갖 걸 다 타고 다니는 속도광.

한 놈은 금융계의 뒤에서 환율과 가치투자에서 쾌감을 느끼는 변태 돈놀이꾼.

어째 내 씨에서 나온 애들이 전부 이 모양인지 모르겠다.

물론 아서의 경우는 로웨나가 하던 거랑 크게 다르진 않긴 한데, 훨씬 위험천만하고 도파민 터지는 음습한 일을 하려 드니 절대 재단을 물려주면 안 된다고 했었지. 끙…….

"됐고, 리처드 너는 운전이나 조심해라. 아서는 그, 두 놈은 찾았냐?"

"워렌인가 하는 그 천재 꼬맹이라면 찾았는데, 헝가리인은 오래 걸렸어. 소로스가 아니라 슈바르츠(Schwartz)던데?"

"……그랬냐? 암튼 잘 비벼 봐라."

역사가 많이 뒤틀리긴 했지만, 버핏이 여기서도 하버드 떨어진 거 보면 이 양반은 그래도 그대로 간 듯하다.

그러니 그 둘만 꽉 잡고 있어도 거지가 될 일은 없겠지.

물론 지금 한국 체급이 체급이니 IMF나 론스타 같은 짜증 나는 일은 없겠지만, 그래도 그런 위험한 놈들은 가까이에서 잡아 둬도 나쁜 것 없지.

그런 생각을 하고 있자, 어느새 화려한 베이지색 드레스와 우아한 모피 숄을 두른 로웨나가 천천히 다가오는 것이 보였다.

"늦었어요, 한슬."

"미안. 애들이 안 놔줘서."

꼬맹이들이 부부젤라 소리를 냈지만 무시했다. 억울하면 각자 마누라들한테 가서 하소연해라.

피식 웃는 로웨나의 얼굴은 예전과 달리 주름이 가득했지만, 여전히 아름다웠다.

콩깍지라고 아서가 씨부렁거리긴 하지만 어쩌란 말인가, 내가 보기엔 항상 예뻤는데.

그러는 사이 익숙한 하인이 다가와 정중히 안내했다.

이제 몸만은 부쩍 큰 아이들의 부축을 받으며, 나는 천천히 로웨나와 함께 걸어갔다.

〈한슬로 진 경, 그리고 로웨나 진—로스차일드 부인의 입장입니다!〉

버킹엄 궁전은 올 때마다 계절과 시간을 잊은 듯 그대로였다.

올 때마다 먼저 떠나 버린 내 친구가 생각나 웬만하면 자주 오지 않으려 했지만…… 앞으로 더 올 날이 있을까 싶어서, 올해는 가든파티에 참가했다.

그리고 그런 자리의 중심.

나는 그들을 향해 똑바로 걸어가, 한때 내가 업어 기른 두 아이를 마주했다.

조지 6세, 그리고 그 옆에 선 메리 클라리사 윈저 왕비.

애거사 크리스티에서는 너무나 멀어졌지만, 여전히 추리 소설을 손에서 놓지 않는.

내 제자이자 대녀.

"국왕 폐하와 왕비 전하를 뵙습니다."

"어서 오십시오, 경."

"오랜만이야, 한슬."

그녀가 웃고 있었다.

그래.

그거면 됐다.

* * *

그리고 잠시 뒤.

쫓겨났다.

정확히 말하면 끌려 나왔다.

물론 버킹엄 궁전에서 날 끌어낼 수 있는 사람은 없으니, 당연히 로웨나에게 끌려 나온 것이다.

"아니, 무슨 잔소리를 삼십 분 동안 내내 해요?"

"하나밖에 안 했어…… 담배 피지 말라는 게 못할 소리도 아니고."

나는 입술을 삐죽였다.

아닌 말로, 예전에 돌아가신 빅토리아 여왕과 에드워드 7세, 그리고 조지 5세를 비교해 보면 딱 알 수 있지 않은가?

이 영국 왕가 집안은 절대 전주 이씨처럼 노력해야만 요절을 피할 수 있는 집안이 아니다. 오히려 역사에 남을 장수 유전자 집안이지.

문제는 그걸 깎아 먹을 정도로 골초 집안이라는 게 가장 큰 문제다.

과중한 업무와 스트레스 때문에 좋든 싫든 줄담배를 피우게 된다는데, 이해는 하지만 그놈의 담배 때문에 친구이자 주군을 잃은 입장에선 절대 막고 싶은 게 내 입장이다.

"한슬, 또 헛소리했어? 언니, 오랜만이에요."

"오랜만에 뵙습니다. 경."

"오. 매지. 김 서방도."

나는 우리 장녀 매지와, 수십 년이 지나서야 적당한 호칭을 붙일 수 있게 된 백범 김구…… 김창수 서방과 마주했다.

"몸 아픈 데는 없지? 애들은 건강해?"

"당연하지. 김 서방이 계속 말 타러 다니자고 해서 싫어도 운동하고 있어. 애들도 아픈데 없이 건강해."

"그래, 그렇다니 다행이다."

"걱정해 주셔서 감사합니다."

김창수는 그렇게 말하며 고개를 숙였다.

그렇게 말하는 것치고는 젊었을 때는 없었던 흉터가 안타깝단 말이지.

원래는 독립운동할 일이 없으니 생길 일 없었던 흉터인데…… 대충 10년 전 동남아 독립전쟁 당시 여운형 총리가 북괴 놈들한테 암살당하는 바람에 전시 임시 총리로서 전방 순시할 때 생긴 흉터다.

이미 1930년대에 총리 8년 깔끔하게 내려온 김 서방이 고생이 너무 많았지.

"그래, 국왕 전하 새끼는? 아직 살아 있나?"

"……이젠 좀 조용해. 적당히 영화관이나 돌고 있어."

"그래야 할 게다."

나는 이를 빠득빠득 갈면서 말했다.

사실 한국 국왕…… 이강이 딱히 문제가 있진 않았지만, 그 망할 삼촌 놈이 타락시킨 우리 애들만 한둘이 아니다.

당장 에드먼드도 그 인간이 물들였고, 우리 큰아들 프레드도 그 인간한테 배웠다.

"김 서방도. 한 번만 더 프레드가 경기 뛰고 싶다는 거

말년 〈259〉

들어 주면 큰일 날 줄 알게."

"음, 그래도 저희 KRA(Korea Racing Association) 최고의 기수이긴 한…… 크흠. 명심하겠습니다."

김창수가 헛기침하며 눈을 피하는 꼬라지를 보니 진짜 자본주의에 확실하게 물들었구나, 라는 생각도 든다.

그래, 이래야 우리 김 서방이지.

한숨을 푹 쉰 나는 고개를 끄덕이며 말했다.

"아무튼 알았다. 조만간 한국 한 번 더 갈 테니까, 레드 카펫 잘 깔아 둬라."

"막상 깔아 주면 질겁을 하는 주제에…… 아무튼 알았어. 다음에 보자."

"다음에 뵙겠습니다."

슬슬 '한국에서 온 귀빈'으로서 국왕 내외에게 인사를 해야 할 매지 부부가 안으로 들어갔다.

나는 잠시 그 뒷모습을 바라보았다.

그러자 로웨나가 그런 내 팔을 조심스럽게 휘감으며 말했다.

"애들이 잘 컸네요."

"당신 덕이지."

밥이나 먹읍시다.

나는 빙긋 웃으면서 로웨나와 함께 식당으로 향했다.

물론 당장 먹진 못했다. 식당도 나름 사교의 장이고, 우리 부부는 나름 원로 중의 원로다 보니.

"경! 오랜만에 뵙습니다."

"오, 클렘(Clem). 오랜만이군. 건강하시오?"

"하하, 물론입니다. 덕분에요."

"그간 격조하였습니다, 작가님! 아니, 이 자리에서는 경이라고 해야겠군요."

"오, 해럴드. 맥밀란 씨 장례식에서 본 이래 오랜만이군."

"8년 전이었지요. 그때는 감사했습니다."

거대양당에도 가볍게 인사는 해 줘야 한다.

이게 다 인맥이다. 몬티도 조만간 다시 총리 자리 도전할 걸로 보이고.

연방 제국 총리로는 아직 성에 안 찬다나 뭐라나.

그런 내 눈에, 맥밀란 뒤에 있던 여인의 모습이 보였다. 뭔가 익숙한 얼굴에 나는 맥밀란에게 물었다.

"이 자리에 드문 젊은 아가씨군. 딸이요?"

"아닙니다. 저희 당에서 새로 당선된 신진기수입니다."

"여자 정치인이라…… 흔치 않구려. 귀족 출신인가?"

"남편 덕입니다, 경."

놀랍게도 원로와 중진이 이야기하는데 당당히 끼어든 여자는, 스스로 다가와 고개를 숙이며 말했다.

"마거릿 힐다 로버츠(Margaret Hilda Roberts), 이제는 대처(Thatcher) 성을 쓰고 있습니다."

"아아, 그렇군. 기억해 두겠소."

나는 빙긋 웃으면서 고개를 끄덕였다.
그리고 적당히 인사를 마친 뒤 로웨나에게 말했다.
"한슬, 혹시―."
"음. 몬티한테 일러둬."
이걸 뭐라고 표현해야 하나…….
나는 한숨을 푹 쉬며 말했다.
"템스강도 팔아먹을 쌍년이니까, 무슨 일이 있어도 정계에서 쫓아내라고."
내 영국에 대처는 필요 없다.

* * *

젊었을 적, 나는 나이 들었다는 이유로 서섹스나 서리 주 같은 한적한 근교 마을로 빠져나가는 것을 이해하지 못하곤 했다.

21세기에서 귀농이란 게 얼마나 지옥인지 들려온 괴담만 한가득이라는 점도 있지만…… 애초에 본가라고 할 만한 곳이 바로 데번 주 토키의 애쉬필드 아니었던가.

난 이미 시작부터 시골살이를 하고 있던 셈이다.

그래서 애들 대학 다니기 전 즈음해서 사업도 크게 된 김에 런던에서 살게 된 것이었고, 죽을 때까지 런던에 본적을 둘 줄 알았는데…… 막상 나이 들어 보니까 어르신들이 왜 그랬는지 알 것 같다.

매연도 매연이고, 젊었을 적의 향수가 너무 많다.

'여긴 누구랑 다녔는데', '여기에서 그 사람과 만났지', '여기서 그 영감을 얻었는데'…… 같은 생각이 자꾸 나다 보니까 현재가 과거에 파묻힌다. 망각이 인류의 축복이라는 클리셰에는 삶의 경험이 담겨 있던 것이다.

그래서 결국, 토키로 돌아왔다.

물론 애쉬필드 하우스는 몬티가 물려받은 집이고, 개장해서 돌아가신 밀러 씨와 내가 수집해 놓은 예술품들을 보관할 박물관으로 만들기로 했다.

그렇기에 대신 선택한 곳은 그린웨이 하우스. 18세기에 지어진 저택을 사들여서…… 싹 밀어 버렸다.

거기서 또 실족했다가 어디로 빠질지 모르는 것 아닌가? 난 이미 20세기 영국인으로 살기로 마음을 먹은 몸. 굳이 또 어디론가 표류하고 싶지 않았다.

대신 이제껏 지었던 에어하트 캐슬 호텔의 노하우를 십분 발휘해, 나와 로웨나가 평생 쉴 수 있을 만한 별장을 지어서 정말 필요한 일 아니면 나가지 않기로 했다.

바로 앞에 토키가 항구 마을이기도 하니, 굳이 런던 갈 일도 없겠지.

전속 기사도 시끄럽지만 빠방한 놈 하나 있지 않은가.

"안전 운전하라고 잔소리는 잔뜩 하면서 기사로 쓸 생각은 만만이네."

"억울하면 프레드 너도 뭔가 일이나 해라. 에반 이 녀석, 만날 때마다 수척해지는데 안쓰럽지도 않냐?"

마침 또 무슨 일이 있는지 우리 별장에 찾아온 에반을 가리키자, 집에 얹혀사는 주제에 뻔뻔하기만 한 장남 새끼는 우수에 찬 눈으로(잘생겨서 더 죽여 버리고 싶었다) 하늘을 보며 지껄였다.

"난 바람의 자식이라……."

"넌 내 자식이야, 인마."

저 뻔뻔함은 대체 누굴 닮은 걸까?

그렇게 중얼거리다 보면 몬티고 에반이고 로웨나고 빤히 나만 바라보는 게 억울해 죽겠다. 내가 울화통이 터져요, 진짜.

"차라리 아서처럼 뉴욕으로 아주 꺼지기라도 하면 눈에라도 안 보이지, 진짜."

"하, 하하. 물론 프레드가 와 주면 고맙죠. 하지만 저로선 아저씨가 와 주시면 더 편한데요."

"이 나이에 또 무슨 일을 시키려고. 난 그냥 집에서 글이나 쓰련다."

"하지만, 아저씨."

"원래 성공한 작가들은 쓰고 싶은 거나 쓰면서 놀고먹어야 하는데, 너무 멀리 돌아왔어."

양심이 있어서 과수원은 안 꾸렸다. 그것에 감사하라고 했더니 프레드와 에반은 고개만 갸웃거렸다.

쯧, 요즘 애들은 이래서…… 나 때는 까라면 깠는데 말이야.

아무튼 난 손 뗐다는 거는 순도 100퍼센트의 진심이다.

사실상 명예직인 회장 자리도 매지한테 넘겼고, 로웨나도 총괄 이사장 겸 CEO를 에반에게 물려주었다.

재단 회장 자리는 아직 갖고 있지만, 이건 어디까지나 아직도 내 소설에서 나오는 수익들을 다이렉트로 넣고 저작권 관리를 하기 위해서지, 딱히 뭔가를 더 하기 위해서는 절대로 아니다.

나중에는 정치 은퇴한 몬티 나, 예나가 이어받을 거고.

절대 빨갱이들이 말하는 것처럼 '영길리 제국주의자의 공산주의 분열 책동'도, 백인 우월주의자 놈들이 말하는 것처럼 '유대 볼셰비키 자본이 세상을 지배하고 있는 증거'도 아니라고.

아무튼 솔직히 이제 내가 예측할 수 있는 범위는 많이 지나가기도 했고, 이젠 그냥 좋아하는 작가들이나 지원하면서 조용히 살고 싶은 게 내 생각이란 말이다.

"그래도 디즈니 씨가 놀이동산 만들고 싶어 할 때 전폭적으로 지원하라고 하셨잖아요. 대박 났고."

"그 발레리나, 오드리인가 하는 사람도 바로 업어 오라고도 했었지? 난 또 우리 아버지가 드디어 바람이란 걸 피나 했는데, 아카데미상 받고 지금 난리 났지."

"TV 히어로물의 인기가 좀 떨어지니까 바로 프로레슬

러들 영입해서 WWE도 만들었잖아요. 솔직히 좀 너드 씹덕 같았는데, 사람들이 환장하는 거 보고 진짜…… 생각을 관뒀죠."

"아, 난 그거 보자마자 개쩔 거라고 생각했어. 솔직히 말만 들어도 괜찮지 않아?"

"어, 아니. 난 창작물은 창작물일 때 좋은 게 있다고 생각했는데……."

인싸일지언정 씹덕기가 있는 프레드와 온화하고 성실하지만 훌륭한 경영인으로 자라난 에반의 차이가 여기서도 드러난다.

뭐, 그래서 에반을 최종적으로 후계자로 낙점한 거긴 하지. 경영자가 꼭 모든 걸 다 잘 알 필요도 없고, 사업의 안정화도 중요한 요소이긴 하니 말이다.

앞으로 '확실하게' 통할 것만 몇 개 알려 주고, 감은 확실한 프레드가 가끔 꼴리는 거 밀어주면 나와 로웨나가 발맞추던 걸 그럭저럭 따라갈 수 있을 거라고 생각한다.

그러다 위험할 때는 전술 아서를 투입하면 될 것이다.

그 녀석은 자리고 뭐고 돈이나 달라던데 어찌 보면 다행이지, 재단에 욕심을 내지 않으니.

그렇게 결과적으로 각자 자기 꼴리는 일들을 하고 있으니 참으로 의좋은 아이들이 아닐 수 없다.

본의 아니게 이렇게 된 것에 가깝지만 아무튼 그렇다.

"그래서 에반, 너는 무슨 일로 찾아왔느냐. 김치 떨어졌어?"

"아, 아뇨. 그건 남았어요. 단지, 그……."

"그럼 뭐냐. 레이건 그 새끼가 또 사고 쳐? 협회장 불러다 좀 찍어 누를까?"

"저도 그 배우는 좀 싫긴 한데, 아무튼 그것도 아니고요, 중동에서 또 아랍연합이랑 OPEC이—."

"그걸 왜 나한테 말하냐. 지들이 알아서 하라고 해."

거기에 입김이 제일 센 게 나 아니냐는 에반의 항의는 조용히 묻었다.

하여간 그놈의 동네는 내가 이스라엘을 치워 줬는데도 여전히 시끄럽기 그지없다.

물론 현대사회의 쌀이요 금인 석유가 나오는 왕자의 땅이니, 그 왕관을 쓰고 있으려면 그 무게를 견디기가 좀 많이 빡세긴 하겠다만…… 여전히 그 쌈박질을 하는 건 좀 심하지 않나.

뭐, 시아파와 수니파가 종교 문제로 쌈박질하는 게 아니라 국가 권력과 전경련 같은 자본 권력이 쌈박질하는 건 좀 다행이긴 하지만 말이다.

"거기 자본가들, 전부 우리 재단에서 교육받은 애들 아냐. 그거 다행 맞아?"

"모른다. 아무튼 그런 국제 정세나 그런 건 전부 치워라. 어딜 은퇴한 사람 멱살을 잡으려 들고 있어?"

"아하하, 예, 예."

나는 그렇게 말하는 에반 녀석이 품에 넣은 종이에 '남미 소련 해저 유전 발견', '맥아더 대통령 암살 미수', 'n차 프랑스 내각 붕괴' 등의 뉴스들을 무시했다.

몰라, 몰라. 난 이제 저게 다 무슨 말인지 모른다고.

"그, 예나가 말씀하신 것의 실마리를 찾았다고 합니다."

"……예나가?"

"예."

에반 진 밀러.

내 사위이기도 한 밀러 씨의 마지막 아이는, 천천히 고개를 끄덕이며 말했다.

"잠깐, 다녀와 주시겠습니까?"

"……흠. 뭐, 어쩔 수 없지."

정말 그거라면.

내가 죽기 전에, 무조건 한번은 봐야 한다.

"프레드, 차 꺼내 와라. 네 엄마도 데려오고."

"아, 슬슬 〈파워레인저〉 할 시간인데. 오늘 드디어 보스 가면 벗잖아."

"그거 주인공 아빠야."

"뭐?!"

충격을 받아버리는 프레드 놈의 얼굴이 매우 맛있다. 후후후.

근데 에반 너는 왜 충격받니? 쫄쫄이는 취향 아니라고

하지 않았냐?

* * *

"아빠, 엄마!!"
"예나야!"
"아이쿠, 우리 딸."
애는 벌써 애들이 몇인데 이렇게 안겨 들어.

나는 로웨나를 닮은 금발 머리를 휘날리는 예나를 꼭 안아 주며 어깨를 토닥였다.

"그래, 애들은 잘 크냐?"
"힘들어…… 애들이 왜 이렇게 쑥쑥 크는 거야? 내가 클 땐 그렇게까지 안 컸던 것 같은데."
"너도 그랬어. 원래 다들 그렇게 크는 거야."
"흐에에엥…… 엄마 미안해."

나는 울상이 되어, 로웨나의 품에 안겨든 예나를 보며 피식피식 웃었다.

이젠 이 아이도 벌써 애들 엄마이자 대학교수다.

정말이지, 얘를 데리고 한국 처음 갔을 때가 엊그제 같은데.

"그건 그렇고……."

정말 오랜만의 킹스 칼리지 런던이다. 나는 주변을 둘러보며 생각했다.

생각해 보면 여기서도 정말 많은 인연이 있었지.

당장 매지와 메리, 예나가 여기 출신이고, 루이스 캐럴을 비롯해 많은 선배를 여기에 모셨다.

휴, 이러면 안 되는데.

나는 나도 모르게 또다시 우수에 잠기는 느낌에 빈 파이프 담배를 입에 물었다.

마른 나무껍질 향이 내 뇌를 일깨웠고, 그런 내 귀에 예나와 프레드가 말다툼하는 소리가 들렸다.

"야, 넌 아직도 엄마 아빠 등골 빼먹고 있냐?"

"섭섭하게 왜 이래. 모시고 사는 거지."

"지랄 염병을 떨고 있네. 너도 빨리 아서처럼 장가나…… 아니, 아니다. 네가 건드린 내 제자들 생각하면 아직도 위가 아파."

"아, 내가 꼬드겼냐? 피 끓는 청춘 남녀들이 좀 만날 수도 있…… 악!!"

"아주 매를 벌지, 아주!"

……차라리 계속 우수에 잠길 걸 그랬다.

아니, 쟤들은 나이 차도 10살 넘게 나는 데 왜 연년생 남매처럼 위계 서열이 안 잡히지?

내가 할 말을 잃고 한숨만 푹푹 쉬자, 호호 웃던 로웨나가 가만히 말했다.

"둘 다, 조용히 하고 여기 오렴. 놀러 온 거 아니잖니?"

"네, 엄마."

"응, 엄마."

음, 그래도 군기는 안 빠져서 다행이다. 역시 우리집 위계 서열이 어떻게 되는지 아느냐. 그냥 로웨나가 1위고 그 밑으로는 다 평등하다.

"그래서 예나야, 네 남편이 귀띔해 주길……."

"아, 그거! 아빠, 따라와!!"

예나는 힘차게 말하며 우리 가족을 자기 연구실로 이끌었다.

예나를 입학시키는 조건으로 세운 이과 대학 실험실은 내가 기억하는 것보다 훨씬 잘나가는지 수많은 학생이 돌아다녔고, 몇몇은 예나와 화창하게 인사를 나누었다.

그리고.

"아빠, 이거야."

"오……!"

눈앞에 있는 것은 컴퓨터였다.

물론 내가 기억하는 것보다 몇 배나 크고 투박했다. 하지만, 그 앞에 달린 내 얼굴만 한 흑백 볼록렌즈 등의 소소한(?) 차이점들을 제외하면, 구조 자체는 비슷하다 할 만하다.

그리고 중요한 건— '고작' 몇 배밖에 안 크다는 점이다.

"아빠가 말한 대로 집마다 갖추려면, 무조건 집적회로(IC)가 필요하겠더라고. 그걸 만들려고 실리콘으로 반도체 소자를 만들고, 초소형 프로세서 장치를 구축해서—."

"시끄럽고. 그래서 이걸로 뭘 할 수 있는 건데?"

"너 나중에 두고 보자."

프레드와의 말다툼을 뒤로하고, 예나가 조용히 무언가를 두드렸다.

그리고.

피잉—

볼록렌즈에 무언가가 드러났다.

가로로 19줄, 세로로 19줄. 익숙하기 그지없는 동양의 고전 게임.

바둑판이었다.

"바둑은 아직 무리고 오목이긴 한데…… 아빠. 한 수 둬 볼래?"

"……그래."

가운데, 천원에 흑 돌이 놓아졌다.

나는 그 위에, 볼록렌즈에 표시된 자리에 백 돌을 놓았다.

탁, 타탁. 타타탁.

한 돌 한 돌 놓을 때마다 시끄러운 소리가 어마어마하게 들려왔다.

하지만, 이건.

틀림없는—.

"그래."

비디오 게임이다.

나는 희열을 느끼며 고개를 끄덕였다.

아마 나는 이 뒤로 이어질 발전을 보지 못할 것이다.

하지만 그래도 상관없었다.

'수는 놓았다.'

이제, 그다음의 대국은.

이 시대의 사람들이 뻗어 나갈 것이다.

* * *

"〈하여간 세상 숭악한 건 전부 영길리 놈들이 만든 거라더니.〉"

런던, 웨스트엔드 거리에 회색 하늘이 낮게 내려앉았다.

유구한 역사를 자랑하긴 개뿔. 웨스트엔드의 오래된 건물들은 그저 한국에서 온 유학생에게는 그저 낯설게만 느껴졌다.

'기숙사 안에나 처박혀 있을 걸 그랬나.'

아냐, 그녀는 고개를 가로저었다.

"〈뭐가 '헤이, 파크. 술이라도 한잔하지 않을래? 너희 나라 사람들이 그렇게 말술이라며?'야? 빌어먹을 인종차별주의자 놈들.〉"

이게 다 〈체이스 킴〉인가 하는 이상한 추리소설 때문

이다. 추리소설로서야 당연히 재미있지만, 거기 드러나는 이상하고 해괴한, 한국인에 대한 스트레오 타입은 그녀와 같은 유학생들을 괴롭힌다.

그런 멍청이들이랑 어울리느니, 차라리 관광이라도 계속하는 게 나을지 모른다.

무엇보다, 스스로에게 주어진 이 짧은 휴일을 그냥 방안에서 보내고 싶지 않았다. 어찌 보면 젊은이 특유의 치기 어린 모험 같은 것일지도 모르겠다.

'기세는 좋았는데······.'

익숙해질 수가 없다.

그녀는 짐짓 진주 경마장의 경주마 훈련처럼 앞만 보고 걸었다.

거리의 행인들, 그녀를 바라보는 눈빛.

대놓고 적대적이지는 않지만, 그 미묘한 거리감을 견딜 수 없었다.

'······알아. 안다고.'

그녀는 문득 주먹을 꼭 쥐었다가 풀었다.

알고 있다. 모든 것이 차별은 아니다. 이 나라가 그럴 리가 없다는 것은 그녀가 제일 잘 알았다.

대영 연방 제국의 수도에서 설마 아시아인을 차별할 리가 없지 않은가.

하지만 낯선 날씨, 낯선 풍토, 낯선 언어가 그녀를 혼란스럽게 했다.

이 나라의 모든 것이, 마치 자신을 시험에 들게 하는 것처럼 느껴졌다.

한국에서도 흔한 볶음밥 식당과 뻥튀기 아이스크림 카페 체인점만이 그녀의 부담을 덜어 주며 위로해 준다는 현실이 너무나 참혹했다.

"……아냐."

이겨 내야 해.

소녀는 주먹을 불끈 쥐었다.

반드시 성공해서 입신양명하리라. 그리고, 옆방의 미시마인가 하는 쪽바리보다 훨씬 보란 듯이 적응해 주리라.

그렇게 생각한 순간, 갑자기 웨스트엔드의 어느 거리 끝에서 따뜻한 불빛이 새어 나오는 펍 하나가 눈 안에 들어왔다.

문밖에 세워져 있는 메뉴판에 그려진 육즙이 흐르는 고기와 그 아래에 쓰인 '영국 정통 요리 — 선데이 로스트(Sunday Roast)'가 그녀를 유혹했다.

'그치만…….'

사람으로 가득한 안이 그녀의 두려움을 불러왔다.

목소리와 웃음소리, 맥주잔이 부딪치는 소리가 뒤엉켜 마치 〈용류해전(龍流海傳)〉에 나오는 용 둥지(Dragon Rare) 같은 인상을 주었다.

돌아갈까?

두려움에 굴복하려던 그 순간, 문이 열리고 한 가족이

말년 〈275〉

밖으로 나오면서 함께 삐져나온 기름 냄새가 코를 찔렀다. 구운 고기와 허브 향이 어우러져 그녀를 감쌌다.

정신이 들었을 때, 그녀는 이미 펍 안에 있었다.

내가 미쳤나? 당장 나가야 하나? 그렇게 생각함과 동시에 이내 수십 쌍의 시선이 자신을 흘끔거리는 것이 느껴졌다.

'……아이 씨, 모르겠다.'

한번 죽지 두 번 죽나.

그녀는 시선을 피하지 않았다. 오히려 짐짓 당당하게 허리를 곧게 피고, 바닥에 딱딱한 굽을 울리며 안쪽으로 걸어갔다.

다리가 후들거리는 것은 땅이 흔들리는 것이다. 결코 그녀가 흔들리는 게 아닐 것이다.

한쪽 구석에 반쯤 비어 있는 테이블이 보였다.

주인을 찾는 듯한 눈으로 주변을 둘러본 후, 그녀는 계산대 쪽으로 다가가 중년의 남성을 불렀다. 대머리에 험상궂은 얼굴, 아마도 주인일 것이다.

"여기 앉아도 될까요?"

그녀는 명확한 발음으로, 하지만 어딘가 딱딱한 어조로 물었다.

남자는 그녀를 위아래로 훑어보았다. 무뚝뚝한 얼굴에는 어떤 감정도 드러나지 않았다. 그러더니 고개를 가로저으며 퉁명스럽게 내뱉었다.

"만석이오."

순간, 그녀는 그 말이 허공에서 빙빙 도는 것처럼 느껴졌다.

만석? 진짜? 아니면 그냥 자신을 내쫓고 싶어서 하는 말일까? 그 짧은 순간에 수십 가지 생각이 스쳐 간 순간이었다.

"괜찮네, 핍. 합석을 하면 되니."

어느새 그녀의 옆에, 낯선 신사가 한 자 남짓한 지팡이를 걸친 채 자리에 앉아 있었다.

신사는 독특했다. 일단 전혀 담배 냄새가 나지 않는 파이프 담배를 입에 물고 있는 것이 그러했다. 저건 그냥 멋일까?

하지만 그 이상으로, 그녀와 마찬가지로 아시아인이라는 것보다 독특하진 않을 것이다.

저 익숙해 보이는 동네 지역 유지 노인 같은 모양새인데, 그 유명한 위인조차 정체를 숨겨야 했을 정도로 엄혹했을 시절부터 부유하게 살았을 노인이라니.

'……어디서.'

분명, 어디서 많이 본 얼굴인 것 같긴 한데…….

의아해하던 그때, 노신사가 중절모를 까딱이며 말했다.

"미안하군, 아가씨. 요즘 내가 일이 있어, 이 자리를 내 지정석으로 쓰고 있었다네. 이제 안 그래도 된다고 했는데…… 핍이 괜히 마음을 써 준 모양이군."

"아, 아뇨. 괜찮아요."

"사과의 의미로 식사를 대접하고 싶군. 흠, 그런데 혹시 어디서 왔나? 일본? 한국? 중국? 중공?"

"하, 한국이요. 킹스 칼리지 런던에 유학생으로 왔어요."

"오."

이거 더더욱 대접해야겠군.

노신사는 빙긋 웃으며 말했다.

"나도 한국에서 왔다네. 자네의 이야기를 좀 듣고 싶군. 멀리서 온 아가씨."

* * *

"……그래서 막상 유학은 왔는데, 뭘 해야 할지는 모르겠어요."

"허허, 그때는 다들 그렇지."

왜 이렇게 됐더라?

한국인 유학생 박 모 양은 애플파이를 3조각째 입에 넣으며 생각했다.

노신사는 좋은 대화상대였다. 조곤조곤하고 나긋나긋했으며, 상대의 이야기에 대한 리액션이 풍부했다. 공감 능력이 뛰어났지만, 결코 선을 넘지는 않았다.

이것이 노인의 지혜라는 것일까…… 그렇게 생각하다 보니, 어느새 대화는 장래에 대한 것이 되고 있었다.

"이럴 거면, 차라리 집에 돌아가서 하고 싶은 일이나 할까 봐요."

"하고 싶은 일이라…… 그건 어떤 건가?"

"소설을 쓰는 거요."

"……흐음."

그 순간, 노인의 눈빛이 달라졌다.

마치 서늘한 칼 같기도 하고, 번뜩이는 번개 같기도 하고.

"아시겠지만 한국 문학, 잘 팔리거든요. 책을 워낙 좋아하고, 또 친구 중에도 그쪽을 가고 싶다고 하는 친구가 있다 보니 자주 얘기를 듣는데…… 되게 재밌어 보이더라구요."

"그게 중요하지."

노인은 천천히 고개를 끄덕이며 커피잔에 손을 가져갔다. 그러자 아메리카노의 그윽한 향이 코를 간지럽혔다.

"소설이라는 것은, 특히 장편 소설이라는 것은 대단히 고독하고 심신을 깎아 먹는 작업일세. 그러니 그 일을 진심으로 즐기고 재밌어하지 않으면 대성하기 힘들지."

"어르신도 작가세요?"

"흠, 그렇지."

노인은 우수에 찬 눈으로 커피잔을 내려놓았다.

그리고 잠시 시선을 돌려, 해가 지며 서서히 가로등 불이 들어오는 런던의 거리를 바라보며 말했다.

"원래는 시골에서 살고 있네만, 내 마지막 글에는 이 풍경을 담아야 할 듯하여…… 잠시 올라와 있었네."

"……다 쓰신 건가요?"

"다행히. 조만간 출간할 게야."

잘 팔릴지는 모르겠네만.

시선을 원래대로 돌린 노인은 장난스레 어깨를 으쓱였다.

"하지만, 예나 지금이나— 제일 중요한 것은 따로 있다네."

"그게 뭔가요?"

"사랑."

……이것도 노인이라 그런 걸까? 아니면 이곳에 오래 산 사람이라 그런 걸까?

학생은 새삼 놀란 눈으로 노인을 보았다. 아니, 뭐 이런 낯부끄러운 말을 이렇게 당당하게 하지.

"자기 자신을 사랑할 것. 자기 작품을 사랑할 것. 그리고 자기 작품이 만들어지기까지 도와준 이들을 사랑할 것. 무엇보다— 독자들의 애정을 애정으로 보답할 것."

"……중혼은 범죄 아닌가요?"

"기억하게. 이 나라의 법률로는 아가페를 막을 수 없다네."

그런 얘기가 아닌 것 같은데…….

여학생은 고개를 갸웃거렸다. 그러자 아무튼, 하고 노

인은 고개를 끄덕이곤 말했다.

"나는 이 거리를 사랑했고, 이곳의 사람들을 사랑했다네. 내가 생각한 것보다 더, 너무 큰 사랑을 받아버려서…… 여기에 남을 수밖에 없었지."

"……그렇게 좋으셨나 봐요."

"아무렴. 세상에서 가장 좋았지. 자네도, 만약 정말 이 길을 오고 싶다. 그렇게 생각이 든다면— 그런 사람들을 만들어 보게. 만약 이 길로 오게 된다면, 흠."

늙은 작가가 품에 손을 넣었다가, 그 안을 몇 번 두들겼다.

그러고는 잠시 황망한 얼굴로 말했다.

"아, 이런. 명함집을 놓고 왔군. 잠시만 기다리게."

노인은 품에서 수첩을 꺼내더니, 뭔가를 끄적인 뒤 북 찢어 내밀었다. 유학생은 그것을 황급히 받아 들었다.

"이건 내 전화번호랑 사인일세. 혹시 뭔가 일이 있으면 주저 말고 연락하게."

"아, 감사합니다!"

"아닐세. 잘되길 바라지. 아, 그러고 보니 이름을 못 들었군."

"아, 제 이름은———."

여학생은 떠나갔다.

노작가는 혼자 남은 자리에서 아메리카노를 한 잔 더 주문했다.

말년 〈281〉

"……흠. 그랬나."

역시 그랬군.

어울리지 않게 킬킬거리며 웃던 작가가 고개를 끄덕였다. 그런 그에게 새하얀 머리의 노파가 다가와 말했다.

"한슬? 오늘도 여기 있었어요?"

"아, 로이. 데리러 오게 해서 미안하오."

노인은 중절모를 다시 쓰고, 지팡이로 몸을 일으켰다. 그리고 천천히 런던의 밤을 올려다보며 말했다.

"참으로 좋은 밤이군. 그렇지 않소?"

"오늘 한파 온댔는데요."

"크흠."

한슬로 진이 멋쩍게 헛기침을 했다. 로웨나는 빙긋 웃으며 그런 그의 팔을 잡아끌었다.

"한슬."

"응?"

"행복해요?"

작가는 잠시 런던의 밤하늘을 보았다.

별일인지, 오늘따라 구름 한 점 없이 한없이 밝고 깨끗했다. 찬란한 은하수가 그의 눈에 가득 담겼다.

어둑한 거리를 걷고 있자니, 저 별들과 같은 밤하늘에서 걷는 듯한 묘한 기분이 들었다.

씩.

나쁘지 않았다.

"응."
노부부가 웃었다.

* * *

남은 일은 이제 별로 없었다.

데번 주 토키의 별장에서, 가족들이나 후배들과 가끔 시답잖은 이야기를 나누었다.

새로 나온 영화와 만화, 소설을 수집하며 평론을 보내지만, 매번 4~5점이라 변별력이 없다는 이야기를 듣곤 했다.

손자와 손녀들을 위해 크리스마스에는 선물을, 설날에는 세뱃돈을 준비했다.

그리고.

〈성공했습니다! 달에 사람이 착륙했습니다!〉
〈이것은 한 명의 인간에게는 작은 발걸음이지만, 인류에게는 위대한 도약일 것입니다(That's one small step for a man, one giant leap for mankind).〉

1959년 7월 21일. 인류가 달에 착륙한 그 날.

한슬로 진과 로웨나 진—로스차일드 부부가 몇 시간의 간격으로 잠자듯 사망했다.

〈앨리스와 피터〉 재단 총괄 이사장, 몬티 밀러 전 총리는 한슬로 진의 마지막 유고작을 발표하여 ㈜글로벌 미디어의 매지 킴—밀러를 통해 출판했다.
　그 작품의 이름은.

　〈대영 제국에서 작가로 살아남기〉

9장

위키 : 한슬로 진

위키 : 한슬로 진

분류: 1875년 출생, 1892년 데뷔, 1959년 사망, 판타지 작가, 한국계 영국인, 영국의 소설가, 영국 남성 작가, SF 작가

한슬로 진
Hanslow Jean
GBE

본명 | 진한솔(陳翰率)
출생 | 1865년 2월 10일 전라도 거문도[*][*]
[*] ㈜글로벌 미디어와 여양 진씨 문중은 이렇게 기술하고 있으나, 그의 출생 연도가 밝혀진 족보는 최근 여양

진씨 문중이 조작한 것으로 밝혀졌다. 실제 기록은 혼란했던 조선 말기의 오지임을 고려해 볼 때 유실되었거나, 아예 존재하지 않을 가능성도 높다.

[*] 현재는 전라남도 여수시 삼산면.

본관 | 여양 진씨
사망 | 1959년 7월 21일 (향년 94세) 영국 데번 주 토키 골드스피릿 하우스
국적 | 대한 왕국, 대영 연방 제국[*]
[*] 본래 조선에서 호패를 받았다는 기록은 없으나, 대한 왕국이 수립된 이후 왕국이 수여한 국적을 부여받았다. 다만 본인은 한국에 머문 날짜가 길지 않고, 평생 자신을 영국인으로 생각했다는 기록이 다수 보인다.

직업 | 소설가, 사업가, 자선가, 평론가
장르 | SF, 판타지, 동화, 논픽션, 밀리터리, 멜로, 오컬트, 모험, 추리, 역사, 액션
활동 | 1892~1959
신체 | 186cm
작위 | 기사(1902년 서임)
수상 | 디킨스 문학상(1921) [br] 스탕달 문학상(1933) [br] 노벨 문학상(1935) [br] 레지옹 도뇌르 훈장 — 코망되르(1942) [br] 미국 과학 환상 문학 협회 선정 1대 그랜

드마스터 [br] 대한민국 무궁화대훈장 등

　데뷔작 | 피터 페리와 요정의 숲(1892)

　소속 | 작가 연맹

　종교 | 성공회

　배우자 | 로웨나 진—로스차일드(1904)

　자녀 | 딸 : 애나 밀러(1905)[한국_이름1 진예나]

　장남 : 프레드 리처드 진—로스차일드(1921)[한국_이름2 진이찰]

　차남 : 아서 조지 진—로스차일드(1921)[한국_이름3 진아슬]

　대표작 | 〈피터 페리〉 시리즈 [br] 〈빈센트 빌리어스〉 [br] 〈턴브링어〉 [br] 〈닥터 박사〉 시리즈 [br] 〈두 발의 총성〉 [br] 〈행성 전쟁〉

　목차
　1. 개요
　2. 생애
　2.1. 유년기
　2.2. 작가 데뷔
　2.3. 앨리스와 피터 재단 설립
　2.4. 보어 전쟁
　2.5. 사업가로서
　2.6. 대전쟁 시기

2.7. 전후
2.8. 사망
3. 여담
3.1. 다른 작가들과의 관계
3.2. 가족 관계
4. 평가
4.1. 작가로서
4.1.1. 대중문학가로서
4.1.2. 참여문학?
4.1.3. 그 외
4.2. 사업가로서
4.3. 자선가로서
4.4. 음모론
4.5. 총평
5. 어록
6. 대중매체에서의 등장
7. 관련 문서

1. 개요
〉 공상이여 멈추어라, 너 참 아름답구나(Stop day dreaming, you're beautiful)![*]

[*] 한슬로 진의 묘비명. 그의 묘비명을 짓기 위해 J.R.R. 톨킨, 어니스트 헤밍웨이, 프란츠 카프카 등 그

의 제자 격인 작가들이 피 튀기는 사투를 벌이다가 결국 애쉬필드의 메리 왕비가 선정했다는 전설 아닌 전설이 있다. 결국 선정된 이는 독일의 헤르만 헤세.

한국 출신의 영국인 대중문학, 장르 소설 작가이자 자선사업가. 벨 에포크를 대표한 세계적 문학가 중 한 명이자 사업가였다.

인류 역사상 가장 상업적으로 가장 성공한 작가. 엄청난 원고료를 받은 건 말할 것도 없고, 연극과 라디오 드라마, 영화로도 성공했으며, 대중매체가 등장하기 전 이를 선점하고 장악하여 현대까지도 영향을 미치고 있는 ㈜글로벌 미디어를 설립했다. 사실상 '세계 매체'를 뜻하는 글로벌 미디어라는 자체가 이 회사명에서 나왔다는 설도 있다.

또한 후대의 작가들에게도 지대한 영향을 끼쳐, 대중문화의 아버지로도 평가받는다.

2. 생애
2.1 유년기
1865년 전라도 거문도 출신이다. 이때의 기록은 미비하여 자세히 알려지지 않았지만, 여양 진씨 문중 족보에 의하면[*] 그는 족보가 끊겨 있던 고려 시기 진숙(陳淑)의 후예로서, 유생 진허록(陳虛錄)과 김해 김씨 출생이라고 한다.

[*] 교차 검증이 전혀 되지 않지만, 일단 국가 기록과 ㈜글로벌 미디어는 이 기록을 채용하여 소개하고 있다.

어렸을 때부터 유생이었던 아버지 덕에 거문도에서 그나마 책을 많이 읽을 수 있었으나, 좁은 섬은 언제나 그에게 불만만 가득했다. 하지만 현실적으로 조선 왕국 본토에 나가 봐야 할 일도 없을 거라고 생각해 허송세월 보내면서 공상하던 그에게, 1885년 영국의 거문도 사건이 발생했다.

특유의 친화력으로 거문도 사건 당시 정박한 영국 수병들에게 적극적으로 말을 배운 진한솔은 1887년 그들이 철수할 때 몰래 밀항, 홍콩을 거쳐 영국으로 가는 데 성공한다. 3년에 걸쳐 정말 큰 나라, 영국에 가고 싶다는 일념 하나로 3년에 걸쳐 뱃일을 했다고 하며, 결국 영국 남서부 작은 항구도시 토키로 들어가는 데 성공했다.

당시 무일푼 쿨리였던 그는 인생이 바뀌는 첫 번째 행운을 맞는데, 바로 토키의 지역 유지이자 미국인 사업가

겸 예술품 수집가인 프레데릭 알바 밀러의 눈에 띄어, 상회의 직원으로 고용된 것이다. 그곳에서 카피바라급 친화력으로 밀러 가문과 급속도로 친해지며[*] 예술에 대한 기묘한 식견으로 밀러 상회를 순식간에 영국의 일류 상회로 올려놓았다고 한다.[*] 오죽하면 이 일만으로 평생 살아도 상관없었을 거라고.

[*] 물론 이에는 밀러 가문의 개방적인 분위기도 한몫한다. 당시 토키 사람들은 물론, 주변인들 모두 프레데릭 알바 밀러가 사람이 좋고 유머가 풍부하며 온화한 인물이었다고 기록한다. 다만 사람을 너무 덜컥 믿고 사업 수완은 신통찮았다고 하는데, 다른 이도 아닌 그 아들인 몬티 밀러가 '한슬로 진이 아니었으면 우리 아버지는 진작 망했다'라고 할 정도였다.

[*] 당시 밀러 상회가 발굴한 화가들은 빈센트 반 고흐, 에드바르트 뭉크, 폴 세잔 등이다. 현대에 이들이 끼친 영향을 생각해 보면 정말 어마어마한 안목이었다고 볼 수 있다. 반면 주인인 프레데릭 알바 밀러는 이런 화가들이 정말 성공할지 의구심을 품었다고 하는데, 괜히 그 아들이 깐 게 아님을 알 수 있다.

하지만 2년 뒤, 그는 인생을 바뀌는 두 번째 행운을 맞이한다. 바로 우연히 그가 쓴 책, 〈피터 페리와 요정의 숲〉이 대성공을 거둔 것이다…….

(중략)

4. 평가
4.1. 작가로서
※ 본 문단에서는 토론을 통해 소설가로서의 평가만 서술합니다.

1890년대에 활동을 시작한 이래 가장 갑론을박이 많은 소설가 중 한 명이기도 하다. 20세기 초, 아서 코난 도일 등과 전혀 다른 장르에서 활동하며 '세계에서 가장 상업적으로 성공한 소설가'라는 평가를 받고 있음에도, 문학적으로 과대평가를 받고 있다는 점이 그러하다.

4.1.1. 대중문학가로서
〉 현시점에서 그가 그 어떤 방면에서 최고의 소설가라고 말할 수는 없다. 그보다 재미있는 글, 잘 쓴 글은 그 외에도 수없이 많이 나왔다. 하지만 그는 모든 것을 끌어올렸으며, 모든 것에 정통했다. 그렇기에 그는 최고의 대중문학가였다. (1951년 제1회 휴고상 장편 소설상)
〉 인정한다. 우리는 대중들을 위해 글을 쓴다는 것에 두드러기를 내곤 했다. 대신 얼굴도 모르는 선배, 권위

자, 그리고 내면의 편협하고 작은 나 자신을 만족시키기 위한 글을 쓰면서, 정작 대중들이 우리의 글을 몰라 주는 것에 분노했다…… 이런 우리를 수정시켜 준 사람이 바로 한슬로 진이었다.(모리스 르블랑, 1923년 디킨스 문학상 소감 발표)

한슬로 진은 빅토리아 시대 말기에서 조지 5세에 이르기까지 당대 최고의 인기를 자랑하는 소설가 중 한 명이었으며, 많은 소설가의 우상이었다. 영국 문학의 최전성기라고 불린 이유 중 하나인 이 작가의 시대에 대중성에 있어선 최고봉에 이르렀다고 알려져 있던 그의 작품들은 유럽 전역에서 선풍적인 인기를 끌었다.

그 인기의 비결은 읽기 쉬운 글과 생생한 캐릭터성, 그리고 '독자가 원하는 것'을 정확하게 짚는 능력 등이었다. 그는 스스로 〈작가를 위한 지침서〉를 출간하면서 '대중의 취향을 읽으라'고 주문한 바 있는데, 실제로 그는 '블루오션'을 지목하는 데에 뛰어났다.

당장 '아이들을 위한 동화'가 애매했던 시기에 〈피터 페리〉 시리즈를 출간했고, 대중들의 사회 지위 상승 욕구를 읽은 〈빈센트 빌리어스〉를 쓴 바 있다. 또한 '고딕 소설'의 인기 저변에 '공포'가 있음을 읽었으며, 그 공포를 해소해 줄 수 있기에 '추리 소설'이 인기 있음을 알고 이 둘을 혼합한 〈던브링어〉를 출간한 것이다.

이렇게 치밀한 시장 조사가 기반이 된 그의 작품은 노동자에서 왕가에 이르기까지[*] 만인에게 사랑받았으며, 데뷔 시기가 비슷한 동시대의 아서 코난 도일과 어깨를 나란히 한 최고의 인기 작가였다. 하지만 이 당시의 아서 코난 도일 등 대다수의 소설 작가들과 크게 다른 점이 있다면, 그는 진심으로 '대중들을 위해 글을 쓰는 것'을 좋아했다는 점이다.

[*]그를 직접 초청해 한담을 나누며 우정을 나누었다는 조지 5세의 이야기는 영화로도 유명하다. 또한 왕가에서 공식적으로 인정한 바는 없지만, 말년의 빅토리아 여왕 또한 몰래 왕실 시종들을 부려 한슬로 진의 소설들을 수집했다는 소문이 있는데, MI5에서는 이에 대해 명확한 답변을 하지 않고 있다.

현대 영화나 게임, 만화가들에게도 종종 보이는 일이지만, 이 시대 소설가들은 소위 말하는 '대중문학'을 천시하는 경향이 강했다.[*] 한슬로 진은 이런 환경에서 유일하게 '나는 대중의 편'임을 적극적으로 알리는 작가였다. 찰스 디킨스처럼 대놓고 공개낭독회를 다니지 못했다곤 하지만, 이것은 그가 동양인이라는 특성 때문이었지 결코

그가 낭독회를 기피한 것은 아니었다.[*]

[*] 물론 찰스 디킨스쯤 되면 장르를 가리지 않고 존경받았지만, 그 역시 왕립 문학회와 대립했다는 기록이 있다. 또한 디킨스는 19세기 중반 사람들의 모습을 생생히 담아내 참여문학이 등장하기 전 사회파 소설의 시초로도 여겨지지만, 한슬로 진은 이런 참여문학을 본격적으로 쓰진 않았다는 점에서 아르놀트 하우저 등의 비판을 받기도 했다.

[*] 실제로 자서전 격인 유고작에서 이런 아쉬움을 여러 차례 표출한 경향이 있다.

실제로 한슬로 진은 초기부터 많은 '팬레터'들을 받으며 이에 적극적으로 답장을 써 주었다고 하는데, 제자 중 하나로 알려진 J.R.R 톨킨은 어렸을 적 이것이 자신의 보물 중 하나였으며, 그 역시 언젠가 한슬로 진과 같은 소설을 쓰는 꿈을 꾸고자 했었음을 밝히기도 했다.

이 때문에 해당 시기에도 조지 메레디스 등, 찰스 디킨스를 기억하는 많은 작가 원로들은 '한슬로 진이야말로 찰스 디킨스의 후계자'임을 공공연하게 표출했다고 한다. 한 번도 만난 적은 없었다 하더라도, 소설가로서 직업의식이 그에 비견될 만하다는 뜻이다.

이러한 평가에도 불구하고 '최고의 대중문학상'이라 불리는 디킨스 문학상을 수여받지는 못했는데, 이건 딱히 작품으로서의 평가가 문제가 아니라 한슬로 진 자신이 작가 연맹의 중진으로서 구설에 오르는 것을 피하기 위해서였다. 당장 아서 코난 도일도 같은 이유로 고사했다.

4.1.2. 참여문학가인가?

〉한슬로 진의 시대에 문학은 소위 '낭만'이라는 족쇄에 매여 있었다. 한슬로 진은 이에 격렬히 저항하며, 글쓰기의 자유를 억압하는 모순된 상황과 부조리에 맞서 스스로 '가장 낮은 곳에서 가장 천한 이들과 함께하겠다'라는 문학적 이상을 실천했으며, 이루었다. 이것이 앙가주망(engagement)이 아니면 무엇이란 말인가?(프랑스 평론가 겸 작가, 장 폴 사르트르)

〉한슬로 진의 소설은 기본적으로 영웅주의가 맥락에 깔려 있다. 모든 일은 결과적으로 온건하고 두루뭉술한 보수적 가치관으로 해결되며, 정치적 의도를 희석시킨다. 이것은 그가 공공연히 말했듯 '대중을 위한 문학'이기 때문이며, 대중의 지위가 올라가는 것이 대중문학의 지위를 올리는 것이기 때문일 뿐, 결코 정치적 이상을 위해서가 아니다. 따라서 그는 참여문학가가 아닌, 대중문학가일 뿐으로 해석해야 한다.(영국 평론가, 테리 이글턴

교수)

다만 그가 대중문학가임은 의심할 여지가 없지만, 참여문학가였는가에 대해서는 문학계의 유명한 전설은 아니고 레전드급 떡밥이다.

전반적으로 역사적 맥락을 고려해야 한다고 주장하는 문학인들은 한슬로 진의 시대에 대중 자체가 사회의 주류가 아니었음을 지적하며, 이들의 입지를 높이고 대중주의를 설파한 그가 참여문학가가 맞다고 주장한다.

반면 역사적 맥락과 무관하게 그가 대중주의를 설파한 이유는 정치적 목적이 아닌 경제적 목적이었음을 지적하며, 실제로 그가 말년에 특별히 사회적 참여를 적극적으로 하지 않았다는 점을 근거로 한다. 다만 이에 대해서는 그 스스로가 사회 기득권층이 되어 버린 상황이 고려되어야 한다는 반론도 존재한다.

4.1.3. 그 외
'필력'이라는 면에서는 아쉽다는 평가를 받기도 한다. 작품 자체로 충분히 재미있고, 캐릭터들은 생동감이 넘치며, 거대한 스케일과 신선한 소재는 지금 봐도 '19세기에 이걸 썼다고?'라는 생각이 들기는 하지만, 전체적으로

서사 자체는 거대할 뿐 평이하며, 연출로 커버할 뿐 소위 반전이 적기 때문에 다소 심심하다는 평까지 있을 정도다.[*]

[*] 특히 문장이나 어휘에 대해서는 중학생이 쓴 것 같다는 평가도 종종 받았다.

만화 업계에서는 '최초의 만화 작가' 중 한 사람으로 꼽기도 한다. 실제로 최초의 현대적 만화 작가인 안나 무하는 '연출의 대부분은 한슬로 진의 아이디어'라고 밝힌 바 있으며, 자기 작품을 코미컬라이즈하는 데에도 대단히 열정적이었다.

당대 문학인 중에서는 드물게 인기 소설 장르인 '공포 소설', '로맨스 소설', '역사 소설' 장르에는 일절 손을 대지 않았다. 이에 대해 제자이자 체코의 공포소설 대가인 프란츠 카프카에 의하면 '아이디어는 확실히 존재했다'고 한다. 실제 그는 한슬로 진의 필체로 쓰인 공포소설 아이디어집을 공개한 바 있는데, 이 아이디어집에는 프란츠 카프카의 데뷔작인 〈무한의 공간〉은 물론이고 각종 기기묘묘한 공포소설 아이디어가 들어 있었다. 이를 볼 때 아이디어는 있지만, 굳이 자신이 쓸 부분은 아니라고 판단한 듯하다.

〈두 발의 총성〉은 본디 그의 또 다른 제자이자 동료였던 허버트 조지 웰스의 글로 알려졌지만, 훗날 이것이 한슬로 진의 글임이 밝혀져 구설에 오른 적이 있다. 하지만 이후 그가 이를 깨끗하게 밝히면서 오히려 미담이 되었으며, 노벨 문학상을 타는 계기가 되었는데, 이에 대해서는 항목 참조.

(중략)

4.4. 음모론

20세기 초의 가장 성공한 작가이자 자선사업가였던 만큼 많은 음모론에 회자된다. 속칭 '언빌리버블 시리즈의 대부'. 물론 해당 프로그램은 〈앨리스와 피터〉 재단으로부터 다수의 고소를 당하고 있기 때문에 맹신하지 말 것. 유대인/편견 및 음모론 항목도 참조.

* 대필 음모론 : 당대 미국의 인기 작가였으나, 인종차별주의자였던 잭 런던이 제기한 음모론. 그는 "아시아인이 그 걸작들을 써 내려갔다는 것을 믿느니 셰익스피어를 두드리는 원숭이가 있다는 말을 더 믿겠다"라고 할 정도로 한슬로 진=동양인 진한솔 설을 부정했으며, 진짜 한슬로 진은 조지 알렉산더 발라드 전 영국 해군 참모총장이라고 주장했다.

위키 : 한슬로 진 〈301〉

* 반론 : 하지만 상기한 일생 문단에도 있듯 발라드 대장은 대역에 불과했으며, 오히려 그 이름이 대단히 무겁고 불편했다는 인터뷰가 있다. 또한 잭 런던 본인이 훗날 후배 작가 싱클레어 루이스의 글을 훔쳐 대필했다가, 루이스의 대변인이 된 〈앨리스와 피터〉 재단의 고소를 당해 철저히 몰락했기 때문에 앙심을 품고 억지를 부린 게 아니냐는 의혹이 있다.

　* 유대인 관련 음모론 : 한국인은 유대인의 12지파 중 하나의 후손이며, 그렇기에 유대인 로스차일드 가문이 진한솔을 불러와 사위로 삼고, 자신들의 인식을 희석시키기 위해 고용하였으며, 아시아 금융의 중심인 홍콩과 세계의 5대 강대국인 미국, 영국, 일본, 한국, 중국을 지배하고 있다는 설이다. 〈앨리스와 피터〉 재단이 조지 소로스, 프란츠 카프카, 이즈리얼 쟁월 등을 포섭한 것이 그 증거다.

　* 반론 : 실제 한슬로 진의 아내인 로웨나 진—로스차일드는 유대인이었지만, 로스차일드 방계라는 설이 강하다. 또한 그를 진짜로 잘 대해 준 것은 현대 영국의 정치 명문 가문인 밀러 가문이며, 오히려 로스차일드와는 데면데면했다는 설이 더욱 강하다. 유사 역사학은 논할 가치도 없다.

* 유대—공산주의 음모론 : 한슬로 진은 공산주의 볼셰비키이며, 지금도 〈앨리스와 피터〉 재단을 통해 세계 혁명과 정복을 꿈꾸고 있다는 음모론. 미국의 '국민 건강 보험'이라 불리는 AP보험이 〈앨리스와 피터〉 재단에서 운영하는 것이 그 증거이며, 이들은 백신을 통해 사람들을 볼셰비키 바이러스에 감염시킬 것이라 주장한다.

 이 역시 '한국인=유대인 10지파설'에서 시작하는데, 결론은 정반대라는 것이 충공깽.

 * 반론 : 물론 한슬로 진이 버나드 쇼, 허버트 조지 웰스, 쑨원 등 좌파 사회주의자와 가까웠으며, 그 본인도 사회주의적 발상을 종종 표출했다는 것은 여러 가지 정황으로 보아 사실로 보인다.

 하지만 그는 명백히 '공산주의 사회가 오기엔 아직 멀디멀었다.'라고 주장하며 남미소련과 동구소련을 동시에 비판했으며, 이 때문에 지인들과 잠시 사이가 멀어진 적도 있었다. 그는 어디까지나 자신이 유교적 노블레스 오블리주에 충실한 자본가에 불과하다고 주장했으며, 그의 예언대로 남미소련은 시장을 개방했고 동구소련은 붕괴하기에 이르렀다.

 * 미래인 음모론 : 아무리 훈장의 아들이었다지만 무지렁이에 가까운 동양인이 지나치게 비상한 사업 능력과 투자 능력, 그리고 과학적 지식으로 영국에서 인기 있는

소설을 썼다는 것이 말이 되지 않으며, 그가 미래에서 왔거나 최소한 미래 예지 능력이 있었다고 주장하는 음모론. 20세기 초 영성론자이자 오컬티스트인 알레이스터 크로울리가 주장한 음모론으로, 그는 한슬로 진이 미래에서 왔으며 세계선을 인류사의 가지에서 떼어 내 파탄시키고 있다고 주장했다.

* 반론 : 진한솔이 아시아에서 왔다고 해서 자수성가한 것이 이상하다고 주장하는 것은 인종 차별이다. 무지렁이라 해서 성공하지 못한다면 카네기는 스코틀랜드의 금수저라도 되어야 한다. 실제 진한솔은 자신의 투자와 사업은 대부분 아내이자 로스차일드 가문의 영재 교육을 받은 아내가 비서 시절부터 도와줬다고 자서전에서 서술했으며, 자신은 그저 대중이 원하는 바를 비교적 정확하게 알았을 뿐이라고 주장했다. 또한 실제 그가 투자한 주식 종목 중에는 손해 본 것도 많다.

4.5. 총평

〉벨 에포크는 한슬로 진을 낳았다는 것만으로도 고평가받을 자격이 있다.(평론가 한나 아렌트)

〉대중을 만든 것은 시대지만, 대중 예술문화를 만든 것은 진한솔이다. 우리는 모두 그 거인의 어깨 위에 있다.(백남준 한국 문화부 장관)

한슬로 진은 전 유럽이 평화를 누리며, 경제, 문화가 급속하게 발전한 태평성대였던 벨 에포크의 수혜를 한껏 받아 성공한 인물이자, 그 벨 에포크를 '대중의 세계'로 발전시킨 인물로 평가받고 있다.

그가 데뷔한 벨 에포크는 전반적으로 유럽 전체에 낙천주의적이고 관용적인 분위기가 퍼져 있었다. 이는 인종차별과 별개로 '세계인들은 하나가 될 수 있다'라는 희망이 담겨 있었다.[*] 한슬로 진은 얼마 안 되는 아시아계 지식인으로서 그 지식과 품성을 얼마 안 되는 낙관주의자인 프레데릭 알바 밀러에게 인정받았고, 그 능력을 펼칠 수 있었다.

[*] 또 다른 수혜자가 바로 남미소련의 개국공신이자 2대 서기장인 레프 트로츠키다. 그는 1차 세계대전 당시 공산 혁명을 부추기는 글을 썼다가 프랑스 당국의 신경을 거슬렀는데, 결국 국외 추방되었고, 스페인을 거쳐 미국, 아르헨티나로 갔다. 그런데 이 과정에서 경찰들은 시종일관 '지식인'이란 이유로 그에게 공손하게 굴었다고 한다.

그러나 아시아에서 온 이방인이었기에 그의 눈에는 벨 에포크의 어두운 면이 확실하게 보였고, 그렇기 때문에 그는 그 능력을 자기만을 위해 사용하는 것이 아니라, 벨 에포크의 피해자들을 구제하는 데에 사용하여 영국의 빈부격차를 크게 줄이는 한편 민주주의가 발전하는 데에 크게 기여했다고 평가받는다.

뿐만 아니라 이러한 성과를 영국에만 한정시키지 않고, 대전쟁을 정확하게 예측하여 그 피해를 줄일 수 있도록 정·경계와 함께 노력했고, 그 결과 신병기들을 발명해 내 결과적으로 대전쟁의 피해를 줄일 수 있었다는 연구 결과가 있다.[*]

[*] 영국 군사 보고서 중에서는 대전쟁에서 그가 기여한 비행기, 탱크 등의 발명품이 없었다면? 이라는 가정으로 워 게임 시뮬레이션을 돌려 본 적이 있는데, 결과적으로 수천만 명의 인구가 씨 몰살을 당했을 것이란 결과를 도출하기도 했다.

또한 그와 형제처럼 지낸 몬티 밀러가 제창한 '탈식민주의', '제국연방' 시스템의 이론적 근거를 마련하여, 프랑스가 상임이사국이자 대전쟁의 승전국이라는 이름에도 불구하고 알제리 독립전쟁, 동남아시아 독립전쟁 등에서 번번이 패주하여 창피를 당하는 동안, 영국의 안정적인 연착륙에 기여했다.

아시아의 평화에도 관심이 많아, 그의 아내인 로웨나

진—로스차일드가 홍콩을 장악하는 데에 성공하자 나라를 세우기 위해 움직이던 유대인들을 홍콩으로 옮기는 것을 제안했고, 이것은 훗날 일본의 동아시아 침략을 막아 내는 비수로서 작용했다. 또한 고향인 한국의 근대화에 많은 투자를 하여, 현재 세계 최대 경제권[*]인 동아시아 경제특구의 건설에도 크게 기여했다.

[* 단일 국가 경제권으로는 미국의 북미 경제권이 제일 높다. 하지만 인구와 평균 GDP로는 현재 영국의 해양 경제권, 북미 경제권, 남미 소련 경제권, 유럽 경제권과 비교하여 동아시아 경제권이 제일 크다고 평가받는다.]

이렇듯 벨 에포크의 낙폭이 별로 크지 않고, 오히려 20세기를 넘어 21세기에 다다르는 현재까지, 인류에게 평화적 진보와 발전만이 이어질 수 있게 된 것은 진한솔과 그의 유산인 〈앨리스와 피터〉 재단 덕이라 하지 않을 수—.

* * *

"……거참, 금칠도 이 정도면 예술 수준이군 그래."
"아니, 뭘 그렇게 보고 계셔요."
"대선배가 좀 보겠다는데 그게 그렇게 꼽나?"

"그건 아니긴 한데, 뭔가 좀 거시기하단 생각 안 드십니까?"

애거사 크리스티 작가님.

나, 진한솔은 그린웨이 하우스 별장에서 그녀를 마주했다.

10장
에필로그

에필로그

"오랜만이네요, 여기도."

나는 60여 년 만의 그린웨이 하우스를 둘러보며 말했다.

엄밀히 말해 여기는 현실의 그린웨이 하우스 그 자체는 아니다.

내가 기억하는 그린웨이 하우스는 낡은 관광지였고, 사람도 북적거렸다.

하지만 지금 이곳은 인기척이라고는 전혀 없었고, 대신 그 자리에는 지금 당장 누군가가 살고 있다는 느낌의 생활감이라고 해야 하나? 그런 것이 맴돌았다.

그리고 무엇보다…… 창밖으로 보이는 먼바다에는 마치 오픈 월드 게임의 텍스처럼 짙은 안개가 껴 있었다.

이런 환경이 현실일 리는 없겠지.

그렇게 말하자, 눈앞의 노파는 고개를 끄덕거리며 말했다.

"그래, 맞다. 여긴 내 집이지. 단순히 내 별장이라서 하는 얘기가 아니라, 흠…… 네놈 나라의 말대로 하자면, 신당(神堂), 서낭당, 뭐…… 그런 거라고 해야 하나?"

"솔직히 지박령 붙은 흉가에 더 가까운 것 같— 악! 왜 때리십니까!"

"건방진 빨갱이 시키가 나불거려서 때렸다. 허! 이래서 머리 검은 짐승은 거두지 말라는 거군."

"절 거둔 건 아버님이시거든요."

댁이 아니라.

나는 한껏 이죽거리면서 말했다. 난 이럴 자격이 있다.

본인도 그걸 아는지, 애거사 크리스티 작가님은 입술을 삐죽이더니 구시렁대면서 말했다.

"이럴 줄 알았으면 런던 한복판에 떨굴 걸 그랬나……."

"……그랬으면 저 진짜 데뷔도 못 하고 굶어 죽었을 겁니다."

"네 녀석의 팽팽 돌아가는 혓바닥을 보면 절대 그럴 일 없었을 게다, 하."

깊은 한숨을 쉰 노파가 고개를 설레설레 저었다.

그러고는 앉은 자리에서 날 쏘아붙이듯 올려 보며 말했다.

"언제부터 알았느냐."
"뭘 말씀이십니까?"
"의뭉스러운 놈…… 널 보낸 게 나라는 거 말이다."
"아니, 그거야 뻔하잖아요."
힌트가 너무 많지 않았는가.

나는 어깨를 으쓱이며 말했다. 만난 곳부터가 대놓고 애거사 크리스티의 별장, 떨어진 곳은 애거사 크리스티의 집, 내가 태어나기도 전에 해체된 비틀즈를 MZ 취급하시는 노파, 그리고 묘하게 간간이 날 꿰뚫어 보는 듯한 눈으로 보던 메리까지.

애거사 크리스티가 날 시간선에서 표류시킨 범인이 아니었다면 오히려 그게 장르 드리프트였겠지.

물론…… 결국 눈치챈 건 생일 때였지만.

"허."

마지막 말은 감추고 설명하자, 범인은 헛웃음을 지으며 고개를 끄덕였다.

"그래. 정답이다. 사인이라도 해 주랴?"
"미안하다고는 안 하십니까?"
"그게 듣고 싶은 표정은 아닌 것 같아서 말이다."
거참, 뻔뻔하시긴.

그러고 보니 아까부터 존댓말도 집어치우셨네.

"한데, 눈치챘는데도 용케 어린 나를 봐줬구나."
"메리는 메리지, 아직 애거사 크리스티가 아니었으니

까요."

나는 어깨를 으쓱이며 말했다.

딱히 애거사 크리스티가 밉지 않았다거나, 미래에 저지를 과오를 과거의 자신에게 푸는 게 잘못됐다거나 그런 철학적인 논쟁이 아니다.

애초에 난 친일문학인도 갖다 버리지 않았던가, 평소에도 왜 마왕은 용사가 클 때까지 적당한 애들만 보내서 성장시키는 걸까? 필살기가 있으면 바로 써야 하는 거 아닌가? 같은 생각을 먼저 하는 주의라서.

그런 싹은 미리 잘라야 둬야지, 암.

물론 내 세계의 히틀러는 만화라는 적성을 찾았고, 평생 외방으로 떠돌던 이승만처럼 내가 감시할 수도 있었으니 살려 뒀다.

내가 죽은 뒤라면 걔들도 호호 할배인데 뭘 할 수 있겠냐고.

하지만 서정주는 성공할 때쯤이면 내가 이미 늙어 죽었겠더라.

그래서 내다 버렸다. 딱히 살려 둔다고 이상이나 현진건보다 좋은 작품을 쓸 놈도 아니고.

"그리고 성장한 메리는 생각대로 애거사 크리스티이긴 한데, 메리 밀러더군요. 제가 죽기 전엔 메리 윈저가 됐고."

"하, 그게 참으로 충격과 공포이긴 했지. 세상에, 내가 영국의 국모라니."

"작가님이 아니라, 제 세계의 메리가 국모입니다."

"그 메리가 지금 내 안에 없을 거라 생각하나?"

이건 또 무슨 소린가?

나는 눈살을 찌푸렸다. 하지만 애거사 크리스티 작가님은 설명해 줄 생각은 없다는 듯, 산책이나 하자면서 의자 옆에 있는 휠체어를 하나 가리켰다.

귀찮은데, 라는 생각이 들면서도, 뭔가 메리 기저귀 갈아 주던 기억이 생각나서 일단 가져왔다.

"표정이 복잡미묘한데?"

"영어엔 그런 표현 없을 텐데…… 우리 말 너무 잘하시는 거 아닙니까."

"내가 하는 지금 하는 말이 한국어로 들리나?"

아니다. 기본은 영어가 맞다.

하지만 내 귀에는 마치 한국어, 프랑스어, 중국어, 일본어…… 그 외 기타 등등, 내가 아는 모든 언어로 동시에 들리는 듯하다.

아마 내가 모르는 언어로 말씀하셨어도 그렇게 들렸겠지.

역시…… 그런 건가.

나는 고개를 끄덕여 해답을 말했다.

"그렇군요, 역시 영령의 좌!"

"비슷한데 아니다."

하여간 이래서 MZ세대 놈들은…….

그렇게 떨떠름하게 중얼거린 애거사 크리스티가 혀를 차며 설명했다.

"영령이니 뭐니, 거창한 얘기는 아니다. 그저 불교에서 말하는 카르마일 수도 있고, 하나님이 보시기에 충분히 끌어올릴 만하다고 생각하시는 것일 수도 있고…… 하여튼 위업을 이룩하고, 사람들의 머리에 오래 기록되고 남은 영혼들은, 좀 더 오래 남거나 특별한 혜택을 누리거나. 뭐, 그럴 수 있는 거지."

과연, 그래서 메리의 기억도 갖고 있다는 뜻이군. 단순히 내 원래 세계의 애거사 크리스티가 아니라, 모든 평행세계의 애거사 크리스티의 집합체? 비스무리한 것일 테니 말이다.

그런데, 그렇다면—.

"……위업이라. 저도 말입니까?"

"무슨 생각을 하는지 알겠다만, 걱정할 필요 없다."

피식 웃는 그녀의 손에는 어느새 두 갈래로 갈라진 황금색 나뭇가지가 들려 있었다.

언제 꺾어 오신 거래, 저건.

"큰 줄기에서 곁가지로 삐져나왔어도, 그것은 나무가 맞지. 그 큰 줄기 또한 어딘가의 가지일지 누가 알겠느냐."

"……제가 긴 꿈을 꾼 건 아니란 말씀이시군요."

"현세 자체가 거대한 일장춘몽이라면 혹시 또 모르겠지만, 그건 또 아니니."

그러니 잔말 말고 휠체어나 끌라기에, 나는 피식 웃으면서 고개를 끄덕였다.

이곳이 환상향인지 영령의 좌인지는 모르겠지만, 풍경 자체는 확실히 내가 기억하는 토키와 비슷했다.

해안가에 애쉬필드 저택이 있으며, 울창한 숲에는 몬티와 매지가 서로의 키를 비교하던 커다란 나무가 있었다.

흠, 저 나무는 내가 그네 만들어 줬던 나무 같은데, 그건 없군.

"하여간 꿈이든 아니든 네놈은 내 예상을 벗어나도 한참 벗어났지."

"제가 또 뭘 그리 잘못했습니까, 그래."

"그럼 그 헛소리가 내 앞에서 할 말이었다고 생각하는 게냐? 세상에, 대중성이 곧 예술성이라니."

애거사 크리스티가 고개를 설레설레 저었다.

음, 이러면 휠체어를 확 밀어 버리고 싶어지는데.

"예술성에 대한 관념이야 예술가들마다 다르겠지만, 대중성이 예술성이라고 하는 놈은 또 내 처음 봐서 기가 찼다."

"그래서 절 밀치셨다고요? 혹시 분노조절 장애 같은 거 있으십니까? 아니면 갱년기?"

"네놈이 먼저 날 긁었잖아! 감히 내 앞에서 푸아로 얘기를 꺼내!?"

"아니, 그거야 할머님이 애거사 크리스티인지 몰랐을

때 얘기죠!"

상식적으로 영혼이니 뭐니, 그런 건 그냥 창작물 소재인 시대의 사람으로서 눈앞의 노파가 애거사 크리스티라고 하면 정신병자로밖에 더 보겠냐고.

"애초에 뭐, 그런 거 없습니까? 현세인에게는 정체를 들키지 말아야 한다거나 뭐라던가."

"그런 건 적당히 둘러대면 되는데 뭘 굳이."

"허허, 참. 돌겠네."

"하여튼."

애거사 크리스티는 그렇게 말하며 고개를 저었다.

"그래, 그 참 좋았던 시절. 네놈 때처럼 바쁘게 살아가는 시대가 아니라, 진지하게 모든 이들이 책을 탐닉하고, 그런 시대로 보낸다면— 네놈도 문학성이라는 게 뭔지, 참된 예술이라는 게 뭔지 다시 생각해 볼 거라고 기대했다."

그런데, 라고 노파는 얼굴을 일그러트렸다.

나는 피식 웃으면서 어깨를 으쓱였다.

"전 변하지 않았고, 오히려 더 앞당겼지요…… 대중성이 예술성이 되는 시대를."

"그래, 개자식아."

어쩔 수 없지 않은가.

나는 피식피식 웃으면서 그렇게 생각했다.

송충이는 솔잎을 먹어야 하고, 누에는 뽕을 먹어야 잘

자란다. 나 역시 마찬가지였다.

나는 대중문학가고, 대중문학을 쓴다. 왜? 내가 좋아하니까.

"예술성에 대해 다른 사람들이 무슨 견해를 가졌는지는 모르겠습니다. 알 바도 아니죠."

물론 나도 나름대로 살아오면서, 그리고 여러 방면의 예술가들과 만나면서 순수예술이라는 게 뭔지 대충 생각에는 있다.

내가 아서 코난 도일 작가님이나 알폰스 무하 같은 대중문화계 예술인들만 만난 건 아니잖은가.

나도 나름대로 피카소나 마티스하고도 사인 교환까지 했다고.

그런데 그건 딱히 말 안 하련다. 굳이 여기까지 와서 싸울 필요도 없고, 무엇보다.

"중요한 건 제 예술관이죠. 그리고 제게 있어 제 글은 ― 소통입니다."

말이라는 건, 혼자 하면 재미없다.

동굴 속에서 손전등 켜고 아무도 못 듣는 곳에서 혼자만 말해 봐야 재미가 있나?

물론 있을지 모르겠지만, 적어도 난 아니다. 그럴 거면 차라리 입을 다물고 있는 게 낫지.

그렇게 말하자 애거사 크리스티는 입술을 삐죽이며 말했다.

"궤변이다. 네놈의 소통은 돈을 내야 마주할 수 있는 게냐? 상대 듣고 싶은 얘기만 들려주는 게 네놈의 소통이야?"

"그, 전자야 뭐, 자본주의 사회니까 어쩔 수 없는 거지만…… 대화라는 건 원래 그런 식이거든요?"

상대가 듣고 싶어 하든 말든 자기가 하고 싶은 말만 하는 게 무슨 놈의 대화인가.

대화의 본질은 티키타카다. 공이 왔다 갔다 해야 게임이 진행되는 것처럼, 서로 말이 왔다 갔다 해야 대화라는 게 성립한다고.

그러기 위해서 아이스브레이킹을 하고, 상대가 관심 있어 하는 주제로 대화를 시작하면서 서로 왔다 갔다 해야 하는 거 아닌가.

나도 그럴 뿐이다. 그러면서, 상대가 충분히 받아들일 수 있겠다 싶으면 그때 내 얘기를 꺼내 놓는 거고.

뭣보다.

"그래서, 듣기 싫을 거 각오하고 제가 입 다문 것도 아니잖습니까? 세계대전 막았죠? 노벨 문학상 탔죠?"

"그거 보고 얼마나 기가 찼는데, 하…… 됐다."

이런, 대화가 실패한 모양이다. 어쩔 수 없지. 대화라는 게 매번 통하는 것도 아니고, 안 되는 경우는 포기하는 것도 방법이니까.

"아무튼, 어쩔 거냐."

"뭘 또 말씀이십니까."

"저거."

휠체어의 애거사 크리스티가 팔을 들어 바다를 가리켰다.

아니, 저것은 바다가 아니다.

나는 바닷속에서 몬티가 하원의 아버지로서 브렉시트에 반대를 표하는 모습, 매지와 김창수가 쿠데타를 일으키려던 군인들을 몸으로 막아 낸 모습, 그리고 메리가 다이애나 스펜서와 담소를 나누는 모습을 볼 수 있었다.

애나와 에반이 말년에 나와 로웨나처럼 적당한 섬에서 은퇴하는 모습, 프레드가 홍콩에 정착해서 제 유대인 아내와 함께 보트를 타는 모습, 아서는…… 어…… 쯥. 쟨 안보는 게 나을 뻔했다.

그리고 그 외.

내가 죽은 1950년대에서, 내가 영국에 떨어지기 직전의 2025년까지 화면이 빠르게 바뀌어 갔다.

나는 그중 한 명, 대충 프레드의 둘째 아들의 장남의 셋째의 둘째쯤 되는 녀석이(아서 코난 도일 작가님의 손녀의 외손자이기도 했다. 세상에.) 내 별장에 들어와 이따위 소리를 지껄이는 모습이 보였다.

―젠장, 요즘 작가들은 전부 왜 하나같이 이따위 돈에만 눈먼 글을 쓰는 거지? 좀 더 이렇게, 가슴을 울리고

영혼을 감동시키는 글을 쓸 생각이 없나?
—한설 오빠, 오빠가 그러니까 안 팔리는 거라고 생각하지 않아?
—난 잘못 없어!! 대중들이 보는 눈이 천박한 거야!!

허허, 참.
나는 떨떠름하게, 나는 나와 얼굴만은 매우 닮은 그 후손 녀석을 바라보다가 말했다.
"……저기로 들어가란 말씀이시군요."
"정확하게는, 들어갈 수도 있단 얘기지."
애거사 크리스티는 무덤덤하게 말했다.
"넌 원래 저 시대 사람이니까 말이다. 네가 원래 살 수도 있었던 삶을 살수도 있다."
"……흠."
그렇군. 확실히 저 별장도 그렇고, 우리 애들이 그렇게 똥볼을 찬 건 또 아닌 것 같으니 저 금수저 생활을 즐기는 것도 나쁘지는 않을지 모르겠다.
저 시대로 돌아가서 아이들이 남긴 흔적을 돌아보는 것도 나쁘지 않겠지.
어쩌면 환생한 로웨나와 다시 만날 수도 있을 것이다. 그리고 다시 사랑을 나누고, 가정을 꾸릴 수도 있겠지.
하지만.
"아뇨, 됐습니다."

나는 선선히 고개를 저었다.

그 순간 내가 순식간에 늙어 버린 것이 느껴졌다.

흠, 이 감각은 대충 죽기 직전의 내 몸인가.

애거사 크리스티가 놀란 눈으로 나를 보았다.

"어째서냐."

"저는 이미 책을 다 썼습니다."

나는 내 자서전을 남겨 두고 왔다.

어쩌면 내 후배나 후손이 거기에 후속작을 만들 수도 있고, 속편을 만들 수도 있겠지. 외전을 끼워 넣을 수도 있을 것이다.

하지만.

"가필(加筆)은 안 됩니다."

그건 반칙이니까.

완결이 난 책을 억지로 추가로 이어 쓰는 건 못 할 짓이다.

후속작은 후속작의 주인공이, 속편은 속편의 주인공이 이어져야 하는 것이다.

"그러니까…… 집에 가자. 메리."

"……하."

그러자 애거사 크리스티 또한, 그 모습이 변화했다.

메리 밀러.

내가 기억하는 메리의 모습이었다.

"정말, 마지막까지 내 뜻대로 안 움직여 주네."

"그래서."
나는 빙긋 웃으며 말했다.
"재미없었니?"
"아니."
그녀도 해맑게 화답했다.
"최고로 재밌었어."

    (대영제국에서 작가로 살아남기 외전 完)